新潮文庫

ゼツメツ少年

重松　清著

目次

ゼツメツ少年

プロローグ

センセイがタケシからの手紙を初めて受け取ったのは、例年になく暑かった夏がようやく終わろうとする頃だった。

センセイの職業は小説家で、手紙の中ではずっと「センセイ」と呼ばれていた。片仮名だ。親しみを込めたつもりなのか、微妙な揶揄《やゆ》も含んでいるのか、そもそも礼儀がよくわかっていないのか。最初は鼻白《はなじろ》んでいたセンセイだったが、手紙を読み進めるにつれて、それはもう気にならなくなった。慣れてしまうと悪くない。

タケシは中学二年生だった。パソコンで入力した手紙の言葉づかいは、中学生なりに幼く、つたない。ただ、内容には不思議な力があった。途中で読むのをやめてしまうことができない。飛ばし読みもためらわれる。

〈センセイ、僕たちを助けてください〉

タケシは手紙の冒頭にそう書いていた。

〈僕たちはゼツメツしてしまいます〉

こちらの片仮名には、自分なりの理由があった。〈漢字の「絶滅」だと手紙を書くのもキツいほど悲しくなってしまうので、「ゼツメツ」にします〉――その悲しみの詳細を伝え、そこから早く救い出してほしいと訴えるために、彼はセンセイに長い手紙を書き送ったのだ。

〈センセイにお願いがあるのです。僕たちのことを小説にしてくれませんか?〉

そのあとに、ごく短い自己紹介がつづいた。「僕たち」は、タケシ以外にあと二人いる。どちらも小学五年生だ。一人がリュウという男子で、もう一人がジュンという女子。二人とも、タケシと同じように、このままだとゼツメツしてしまうのだという。

〈だから、助けてください〉

どうやって――。

〈僕たちに逃げ込む場所を与えてください〉

嵐《あらし》で難破しそうになった船が、無人島の入り江に身をひそめて波と風をやり過ごすように。

〈僕たちをセンセイの小説の登場人物にして、物語の中に隠れさせてほしいのです〉

やれやれ、とセンセイは苦笑した。正直に言って、あまりいい気分はしなかった。センセイは地味な小説を好んで書いている地味な小説家だが、デビューして二十年もこの商売をやっていれば、見知らぬひとに「私の話を小説にすればいい」「私がいいネタを差し上げましょう」と言われたことは何度かある。発表した小説を読んで「自分が無断でモデルにされた」「私が書いた小説の盗作だ」と言い張るひとの執拗《しつよう》なクレームに悩まされたことも、ないわけではない。タケシの申し出も、最初はそのたぐいだと思っていたのだ。

タケシはセンセイのそんな反応を予想していた。

〈びっくりして、あきれているかもしれません。ごめんなさい。でも、僕たちは真剣なのです。どうか最後まで手紙を読んでください。読んでくれれば、わかります〉

実際そうだった。よくわかった。

〈僕たちの話には、信じられないこともたくさんあると思います〉

でも、とタケシはつづけて、こう書いていた。

〈大事なのは想像力です〉

その後も、ときどきセンセイはタケシからの手紙を受け取った。

ゼツメツしそうな二人の少年と一人の少女の物語が、少しずつ明らかになってきた。

〈センセイ、早く僕たちを物語の中に入れてください〉

わかっている。タケシがあまたいる小説家の中でセンセイに白羽の矢を立てた理由は、ひとえに、〈センセイの書くお話には、なんというか、僕たちがこっそり隠れる場所がたくさんありそうな気がするのです〉――ほめ言葉だと受け止めておくことにした。

三人に会いたい。センセイも思った。助けられるかどうかはわからない。ただ、ゼツメツの危機に瀕《ひん》した子どもたちが物語の中に逃げ込んで、物語の中で生き延びる、という発想に強く惹《ひ》かれた。

〈僕たちに会うのは簡単です。僕たちの物語を書けばいいのです〉

センセイはタケシの願いに応《こた》え、三人が登場する長編小説の連載を雑誌で始めた。物語の骨格はタケシの手紙をそのまま使わせてもらい、多少の肉付けをした。タケシも連載を読んでくれていて、手紙に感想や注文を書いてくるようにもなった。センセイのほうも、書き手の特権というやつで、タケシたちに物語の中でいくつかの頼みごとを聞いてもらった。

そんなふうにして、『ゼツメツ少年』の物語は綴《つづ》られていった。

もう、すでに始まっている。どこから物語の世界に入っているかは言わない。

タケシが真っ先に物語にもぐり込んだ。リュウとジュンも、リュウは元気よく、ジュンはちょっと拗《す》ねた様子で、あとにつづく。

センセイはいま五十歳で、中学生や小学生の父親世代よりも少し上になる。どうせなら三人にもっと近づきたい。仕事部屋の棚の隅に、小ぶりのフォトフレームが置いてある。五年前に家族みんなで撮った写真だ。四十五歳のセンセイと、同い年の奥さんと、ちょうどタケシと同じ中学二年生の娘。それを、仕事中にすぐに見られる位置に移した——という場面を描いて、物語のプロローグを終えつつあるところだ。

夏休みだ。とても暑い日の午後。三人の出会いの舞台は、山の中だった。切り立った高い崖《がけ》をリュウが見上げる。うつむいたジュンが足元の小石を軽く蹴《け》る。そして、早起きをしたタケシがこっそりあくびを噛《か》み殺して、ゼツメツ少年たちの物語が始まる。

第一章　テーチス海の岸辺

1

まず最初にヘルメットを渡された。

「おとな用ですから、小学生にはちょっと大きすぎるかもしれません。内側の輪っかを小さくしたり、頭にタオルを巻いてからかぶったりして、それぞれ調節してください」

ハンドマイクを持った隊長は、十人ほどいる小学生に指示を送った。

リュウはヘルメットの内側についているベルトを手早く締めたが、ほとんどの子は付き添いの親にまかせきりだった。親の手助けなしでヘルメットを調節しているのは、リュウ以外には一人——同じ五年生のジュンという女の子だけ。

リュウはあきれ顔で首をかしげる。そういうことしてるからだめなんだよ。みんなに言ってやりたかった。この合宿の目的、忘れちゃったのか？

隊長もリュウと同じことを感じていたのだろう、マイクを持ち直し、「自分でがんばってやってみよう!」と声を張り上げた。

リュウは一人でさっさとヘルメットをかぶる。隊長と目が合った。隊長は、よし、とうなずき、リュウは、あたりまえだよね、と小さくうなずき返した。

隊長はリュウのお父さんだった。だから、そもそもリュウには手伝ってくれる親はいない。合宿中のことはなんでも自分でやるしかないし、リュウはそれが簡単にできてしまう少年でもあった。

「頼んだぞ」と出発前にお父さんに言われたのだ。「べつにお手本になる必要はないけど、行動や態度で示すっていうか、みんなにいろいろ教えてやってくれ」

もちろん、ヘルメットのベルトの締め方だけの話ではない。

「でも、五年生がいちばん年下なんでしょ?」

リュウは言った。この合宿に参加しているのは、小学五年生以上と中学生だ。

「歳《とし》は関係ないよ」とお父さんは笑った。

「そうかなあ……」

「お父さんが言うのもヘンだけど、おまえはたくましいからな。合宿に来るみんなが持ってないものを持ってる。中学生の子にとっても、リュウを見てると刺激になると思うんだ」

ちょっとほめすぎだ。リュウは照れくさくてしかたなかったが、お父さんは真顔で「それに……」とつづけた。「こういうときでもないと、おまえを夏休みに遊びに連れて行ってやれないもんな」

リュウの家には、お母さんがいない。小学二年生のときに病気で亡《な》くなった。以来、お父さんと二人暮らしで、家事のほとんどはリュウがこなしている。五年生に進級したばかりの頃、初めてアジを三枚に下ろしてフライにしたときには、お父さんは目に涙まで浮かべて「おいしいなあ、やっぱり出来合いのやつとは全然違うなあ」とぱくついていたものだった。

「はい、じゃあヘルメットをかぶったひとは、ゴーグルや軍手を取りに来てください」

スピーカーから聞こえるお父さんの声が、すぐ目の前の崖《がけ》に跳ね返って響く。

山の中だ。国道から狭い県道に入り、さらに狭い未舗装の道に入って、ここまで来た。参加者が分乗した三台のマイクロバスは、県道をはずれてからはタイヤが浮き上がるほど揺れどおしだった。

リュウはヘルメットの顎紐《あごひも》を締めて前に出た。途中でもう一人の子が、横からすっとリュウの前に出た。さっきの女の子――ジュンだった。

ぶつかりそうになって、リュウはあわてて足を止めた。ジュンは道を譲り合うそぶりもなく、ちらっとリュウを見ただけで、さっさと歩いていく。不機嫌そうな顔をしていた。ちょっとどいてよ、じゃま、という声が聞こえてきそうなほど。

なんなんだ、こいつ。リュウもムッとした。朝からずっと、ジュンはふてくされたような態度をとっていた。バスの中で自己紹介をしたときも、「です」や「ます」すら付けずに、名前と学年を言って、それで終わり。付き添いの両親も、まわりの子よりもむしろジュンに気をつかって、顔色をうかがっているように見えた。

「小学生はこっちに来て」「中学生はこっち」と二人の副隊長が呼ぶ。副隊長はどちらもおばさんだった。小学生の部の副隊長は小学校の先生で、中学生の部の副隊長は中学校の先生、そして隊長をつとめるリュウのお父さんは中学校の理科の先生だった。この合宿も、大学時代に地質学を専攻していたお父さんのツテで開かれた。

ここは、化石の発掘現場だ。二十年近い歳月をかけて崖を削り、石を割って、発掘調査がつづいている。

副隊長に渡された軍手をはめ、ゴーグルをつけて、崖を見上げた。階段のような形に削り取られた崖には、まるでバウムクーヘンの断面のように地層がくっきりと出ている。この現場からは恐竜の骨がたくさん発掘されているのだという。

もちろん、リュウたちは本格的な発掘を手伝わせてもらえるわけではない。パワーショベルで崖を削り、大きな岩を割って、それを調査員が手作業でさらに細かく割って化石が含まれていないかどうか調べたあとの、「はずれ」の石礫《せきれき》を少し分けてもらって、貝や木の葉の化石を探すのだ。

　全員の準備が整うと、お父さんは石の割り方や化石の見分け方を説明した。使うのは、カナヅチとタガネ。タガネの刃を石にあてて、お尻《しり》をカナヅチで叩《たた》くと、石が割れる。運が良ければ、その断面に化石が見える。ただし、石が割れるときに細かいかけらが目に飛んでくることがあるので、ゴーグルは決してはずさないように。

　お父さんは化石の写真を拡大したパネルも準備していたが、出発前にあらかたの話を聞いていたリュウは、説明を聞き流しながら、まわりの様子をうかがった。

　小学生も中学生も、それほど張り切っているようには見えない。「このあたりは大昔は湖だったから、タニシの祖先の化石がたくさん見つかります。それをおタニシみに」とお父さんがダジャレを言ったときも、笑うのは付き添いの親だけで、総勢三十人を超える子どもたちは、しんと静まりかえったままだった。ヘルメットとゴーグルで誰の顔も細かくは見分けられないが、しゃがんで隊長の話を聞く背中の丸め具合や、横顔のうつむき具合から、みんながちっとも楽しそうにしていないのは伝わってくる。

　しょうがないのかもな。リュウは首にかけたタオルで頬の汗を拭《ふ》きながら、入道雲の湧《わ》いている空を見上げた。

　合宿を主催したのは『かくれんぼの会』というサークルだった。いじめなどが原因で学校を長期間休みつづけている子どもたちと、その親を支援する団体だ。

参加した子どもたちは、みんな同じ市内の公立学校に通っている。ただし、人口が百万人を超える大きな市なので、同じ学校の子どもたちはいない。全員、初対面。親のほうはときどき集まって、個人的に連絡を取り合っているひともいるが、子どもは――そういうことができるようなら、そもそも、こんな合宿は必要ないわけだ。

二泊三日の合宿はまだ始まったばかりだ。先は長い。リュウは早くも帰りたくなってしまった。恐竜にも化石にも興味はないし、不登校になってしまう気持ちは、正直言って、よくわからない。もっと正直に言うなら、ココロのどっかが弱いんじゃないの、とも思う。

たとえいじめられても、絶対に逃げない。低学年の頃からずっとそう思っていた。五年生のいま、それを実行している。

お父さんには話していないし、担任の先生も気づいていない。おとなにしゃべるのはずるいし、負けだ、と思うから。

リュウは学校でいじめに遭っている。

石礫がうずたかく積まれた空き地で、化石探しが始まった。少しずつ話し声や笑い声が聞こえるようになった。だが、それはすべて親子の会話だった。子ども同士でしゃべっている子は誰もいない。お父さんはみんなの中にどんどん入っていって、「化石っぽいものが見つかったら、遠慮なく隊長に見せてくださーい」「黒っぽい石が狙《ねら》い目だよーっ」と声をかけているが、返事をしたり石を持って行って「これ、化石ですか？」と質問したりするのは、親だけだった。

みんなおとなしすぎる。親が世話を焼きすぎる。特に母親。男の子に母親が寄り添うように石を割っているのを見ると、なんだかムッとする。悔しくて、ほんとうは少し、うらやましい。

お父さんと目が合った。おう、やってるな、と笑ったお父さんは、空き地を見回すように顎を動かした。みんなに話しかけてみろよ、ということなのだろう。

えぇーっ、やだよそんなの、と顔では応《こた》えたが、一人で張り切って空回りするお父さんがかわいそうだったし、ずっと黙ったままでいるとさすがに退屈する。

リュウは立ち上がり、新しい石を探すついでに、空き地をまわってみた。

ジュンがいた。付き添いの両親に背中を向けて、面倒くさそうにカナヅチを振っていた。

あの子も不登校なんだろうか。いじめ――？　どっちかと言えば、いじめるほうが似合いそうだけどな。

ジュンはふと顔を上げ、リュウに気づくと、こっち見ないでよ、と言いたげににらんできた。

リュウはあわてて目をそらし、逃げるように遠ざかった。「怖《こ》えーっ」とこっそりつぶやいた。性格悪そうだな。顔はけっこうかわいかったんだけどな。

空き地の隅に、数メートルの高さに石礫を積み上げた山があった。登ってみた。足元には気をつけていたが、てっぺんに立ったときに足元が崩れてしまった。小さな石がいくつも落ちて、ふもとで石を割っていた中学生の男子のすぐそばまで転がった。

中学生は驚いて顔を上げた。一人だった。近くにも親の姿はない。ひょろりと背が高く、内気そうな顔をしていた。

「すみません……」

リュウが謝ると、中学生はなにも応えず、またうつむいて、タガネをカナヅチで叩いた。大きめの石が、きれいに二つに割れた。その断面をじっと見つめた中学生は、よしっ、と大きくうなずいて、割れた石を大事そうに足元に置いた。

化石が見つかったのだろうか。頼めば、見せてくれるだろうか。

興味を惹《ひ》かれたリュウは山を駆け下りて、中学生に話しかけた。

「化石、あったんですか？」

新しい石にタガネの刃を当てていた中学生は、リュウに目も向けず、そっけない声で「うん」とうなずいた。

「見せてください」

「おまえ、化石好きなの？」

ここで「べつに」と答えると、見せてもらえないかもしれない。

「大好きです」

「ほんとか？」

「ほんとです、ほんと、大好き」

「おまえ、小学生だろ」

「小学生でも、好きなんです」

嘘《うそ》はよくない。わかっている。だが、とにかく朝から誰ともしゃべっていないのだ。ずっと退屈して、おとなしすぎる雰囲気に息苦しささえ感じていたのだ。

「ビビパルスですか？」

リュウは訊《き》いた。お父さんからゆうべ教えてもらった大昔の貝の名前だ。さっきの説明では「タニシの祖先」としか教わらなかったので、中学生も、へえーっ、という顔になって、「よく知ってるな」と言った。

「だって、好きだから」

くわしく質問されたら困っちゃうな、ヤバいよなあ、と心配していた。

だが、中学生はその一言ですっかりリュウのことを信じ込んだらしく、ゴーグルをはずして「ビビパルスって、これだよ」と足元の石を見せてくれた。

小指の先ほどの小さな巻き貝だった。化石をじかに見るのは生まれて初めてだった。もっと見分けづらいものだと思っていたが、石の中に埋め込まれたビビパルスは、殻のスジまではっきりと見えた。

「で、これがシダの葉っぱ」

中学生は石をもう一つ見せてくれた。ほんとうだ。ぎざぎざした葉っぱがきれいに石の断面に浮き彫りになっていた。

「すごーい……」

思わず声をあげたリュウに、中学生は「すごくないよ、こんなの」と照れくさそうに言って、初めて笑った。

それが、リュウとタケシの出会いだった。

二人並んで石を割りながら、タケシは化石や恐竜の話をしゃべりどおしだった。リュウにはさっぱりわからない用語や恐竜の名前が、次々に出てくる。ほんとうに、くわしい。そして、化石や恐竜の話をする相手がいてうれしくてしょうがないというように、口調はどんどん熱を帯びてくる。最初は嘘がばれないように相槌《あいづち》だけでもがんばって打っていたが、途中からはそれが追いつかないくらいになった。

「でも、だまされちゃったよなあ」

タケシは話が一段落すると、悔しそうに言った。「化石発掘っていうから、俺、あっちのことだと思ってたんだ」と発掘現場を振り向いて、ため息をつく。

崖の発掘は工事現場のようだった。パワーショベルの爪《つめ》が崖を崩し、砕岩機《さいがんき》のドリルが岩を割って、地下水を汲《く》み上げるポンプの発電機がうなりをあげる。つい何日か前に恐竜の脚の骨が見つかったので、数十人の調査員の作業にも、見るからに熱が入っている。

「すごいよな、恐竜がほんとにいたんだもんな……二億年とか一億年前って、すごいよな、やっぱり……」

そう言われても、リュウにはちっともピンと来ない。恐竜よりもタケシのほうに興味がある。

『かくれんぼの会』の合宿に参加したのだから、タケシも学校に行っていないということになる。いじめに遭ったのだろうか。それとも、別の理由からなのだろうか。恐竜の話ばかりするから、みんなに気味悪がられて嫌われた――それ、ありそう、とクスッと笑った。

「タケシくん」

「うん?」

「タケシくんって、おとなになったら恐竜の専門家になりたいの?」

「俺？　俺は……」

うーん、どうなんだろうなあ、恐竜っていうか、なんていうか、専門家っていうか、どうなんだろうなあ、うーん……と、タケシはぶつぶつ自問自答しながら、急に考え込んでしまった。リュウがあわてて「あ、べつに、どっちでもいいんだけど」と言っても、うーん、うーん、うーん……と腕組みまでして、答えに悩む。まじめすぎる。こういう性格だと、学校で友だちと軽いノリで遊ぶのはキツいだろう。

タケシはやっと考えをまとめて言った。

「俺、恐竜よりも、もっと好きなのがある」

「なんですか？」

「原始クジラ」

「……ふつうのクジラとは違うの？」

「うん、いまのクジラが出てくる前に絶滅したクジラのこと」

パキケタス・アトッキ、アンブロケタス・ナタンス、ロドケタス・カスラニ、ドルドン・アトロックス、バシロサウルス・セトイデス……。

舌を嚙《か》みそうな原始クジラの名前をすらすらと口にしたタケシは、「昔のクジラは脚があったんだ」と言った。

「ほんと？」

「だって、クジラはもともと陸に棲《す》んでたんだから」

「そうなの？」

知らなかった。生き物はすべて海で生まれ、そこから陸に上がったのが他の哺乳類《ほにゅうるい》や爬虫類《はちゅうるい》や鳥類《ちょうるい》などで、クジラはずっと海に残ったままの生き物なんだと思っていた。

「だったら、クジラって、最初は海で生まれて、それから陸に上がって……」

「また戻ったんだよ、海に」

「なんで？」

タケシはまたしばらく、うーん、と考え込んでから答えた。

「俺の考えだけど……負けたんだよ、クジラの祖先は」

「負けたって、誰に？」

「他の動物に。このまま陸にいても、他の動物に食べ物を取られちゃって生きていけないから、強い動物のいない海に逃げたんじゃないかって、俺、ヤマ勘だけど、思ってる」

タケシはそう言って、リュウの知らない言葉をまた口にした。

テーチス海――。

ずっと昔、インドは島だった。ユーラシア大陸とインドの間にあった海は、テーチス海と名付けられている。クジラの祖先は、テーチス海の岸辺から海に帰っていったのだ。

「どんな気持ちだったんだろうなあ、せっかく何万年とか何十万年もかけて海から陸に上がってきたのに、また海に帰っていくのって……悔しかったのかなあ、それとも、ほんとうのふるさとに帰れてうれしかったのかなあ……」

べつになにも考えてないいんじゃないの、とリュウが笑うと、タケシはちょっと怒った顔になった。

「大事なのは想像力だよ」

おまえも想像してみろよ、と言われた。

「俺たちはいま、テーチス海の岸辺にいるんだ。陸はめちゃくちゃヤバいことになってて、このままだと俺たち、マジ、ヤバい。でも、ずーっと昔に海から陸に上がってきて、もう、俺たちの体は陸に棲むことに慣れちゃって、海に入ってもヤバいかもしれない……」

おまえなら、どうする？　タケシは目を閉じていた。なあ、リュウ、おまえなら、どうする？

リュウは、まいっちゃったなあ、とうつむいて、目についた石をタガネの刃で軽く削った。「俺たち」と言われても困る。クジラの祖先の気持ちになんかなれるわけがない。

だが、タケシは目をつぶったまま言った。

「俺、最近けっこう考えてる、そういうこと。リュウも同じじゃないの？　だって、同じだろ、俺たち、クジラの祖先と」

「……そう？」

「学校は陸だよ。海は、よくわかんないけど、学校以外のどこか」

ああそうか、と気づいた。お父さんに誘われて合宿に参加したことは、まだタケシに話していない。タケシはリュウのことを、自分と同じ不登校の子どもだと思い込んでいるのだろう。

正直に話したほうがいいのかどうか迷っていたら、タケシは目を開けて、リュウをじっと見つめた。

「いまから俺がしゃべること、絶対に誰にも言うなよ」

真剣な顔をしていた。リュウがうなずいても、まだ心配なのか、タケシは左右を見回してそばに誰もいないのを確かめてから、言った。

「俺、もうすぐ家出するんだ」

リュウは口をぽかんと開けたきり、なにも応えられなかった。

「一緒に家出する仲間を探しに来たんだ、この合宿に」

仲間の条件は、ただ一つ――。

「ゼツメツしたくないって思ってるヤツ」

リュウはなにも応えられない。耳に入った「ゼツメツ」という言葉が漢字の「絶滅」

に置き換わるまでだいぶ時間がかかった。

きょとんとするリュウに、タケシは「おまえだって絶滅したくないだろ」と言った。

「でも、このままだと、俺たち絶滅しちゃうと思わないか？」

わからない。なにを言っているのか、さっぱり。

タケシはしばらくじっとリュウを見つめていたが、「やっぱり小学生じゃだめか……」とつぶやいて立ち上がった。

「いまの話、冗談だから、本気にするなよ。でも、冗談だけど、絶対に誰にも言うなよ」

いいな、と念を押されて、リュウは黙ってうなずいた。

歩きだすタケシの背中を呆然《ぼうぜん》と見送っていると、いったん漢字になった「絶滅」が、頭の中でまた音だけの「ゼツメツ」に戻っていった。

ゼツメツ、ゼツメツ、ゼツメツ、ゼツメツ、ゼツメツ……。

胸がどきどきしてきた。なぜかはわからない。ただ、そのとき不意に浮かんだ光景は、目の前の石礫ではなく、テーチス海の岸辺でもなく、誰もいない放課後の教室だった。

2

　リュウの部屋には一枚の紙が貼《は》ってある。今年の一月、学校で書き初《かぞ》めをしたときの作品だった。自分のいちばん好きな言葉を書きなさい、と先生に言われて、迷わず「正義」と書いた。画数の多い文字を選んでしまったので、お習字としての出来映えはたいしたことがなかったが、先生も友だちも、リュウらしくていい、とほめてくれた。

　実際、リュウは正義感のかたまりのような少年だった。ずるいことやひきょうなことが大嫌いで、相手のほうが絶対に間違っていると思うときには、たとえ上級生でもひるまなかった。

　いつも思っていた。

　お母さんが見ている――。

　亡くなったお母さんが、ずっと見守ってくれている。だから強くなれる。お母さんに対して恥ずかしいことは絶対にしたくない、と誓っていた。

　いいことをした、と自分で思うときには、空を見上げてお母さんに訊く。

　今日のぼく、どうだった――？

　自分でもちょっとよくなかったかな、と思うときには、自信なさそうに空を見上げる。

今日のぼく、やっぱりだめだよね――。

そんなリュウを、お父さんはいつも応援してくれていた。

「リュウ、おまえのいちばんいいところは、まっすぐで素直なところだよ」

勉強はもうちょっとがんばってほしいけどな、と笑いながら付け加えたあと――お酒に酔っているときには、さらにもう一言、つづけるのだ。

「これからいろいろ大変なこともあるかもしれないけど、おまえは間違ってないんだから、ずっとまっすぐに、正義の少年でいろよ」

お父さんは知っているのだ。リュウのような正義感に満ちあふれた少年がいる一方で、そんな少年をうとましく思い、ねたんでしまう少年もいることを。そして、マンガやアニメならともかく、現実の教室には「正義」を冷ややかに笑う子どもたちのほうがずっと多いんだ、ということも。

心配は当たった。五年生になって教室の雰囲気が変わった。

クラス替えをしたせいだけではなく、四年生までのように男子と女子が入り交じって遊ぶことがなくなった。先生に問題を出されても、はいはいはーいっ、と手を挙げる子が減った。委員や当番をみんなやりたがらなくなり、立候補する子は男子も女子も「いい子ぶってる」「出しゃばり」と陰口を言われるようになった。

そして、いじめが始まった。

最初の標的は、ニシムラくんという子だった。

五月のことだ。授業中、おなかが痛くなったニシムラくんはトイレに行った。それだけのことで次の休憩時間に「ニシムラ、くさい」とからかわれた。最初は冗談半分で、からかうのもニシムラくんと仲のいいグループだけだったが、ニシムラくんがイヤがって「やめろよぉー」と言う口調を誰かが物真似《ものまね》すると、みんな面白がって、いつのまにか男子のほとんど全員がニシムラくんのことを「くさい」と言うようになった。

ニシムラくんとしゃべると、においがうつって自分までくさくなる。

ニシムラくんの持ち物やさわったものには、くさいにおいが染《し》みついている。

ニシムラくんの歩いたあとはくさいから、下敷きであおいで、においを消さなければいけない。

ニシムラくんとすれ違うときには、鼻をつまんで息を止めなければ、くさいにおいのするばい菌が入ってくる。

ニシムラくんのさわった物に手が触れたら、十数えるまでに誰かにタッチしないと、体が腐ってしまう。

六月に入ると、女子もニシムラくんのことを避けるようになった。給食当番のニシムラくんが配ったパンを、女子の誰かがティッシュでくるんでゴミ箱に捨てた。意地悪でそうしたのではなく、ほんとうに気持ち悪くて吐きそうだったから、とあとでその子は言った。

教室の出入り口でニシムラくんとぶつかりそうになった別の女子は、悲鳴をあげてニシムラくんから逃げて、席に戻って泣きだした。だって怖かったんだもん、とその子は言った。

リュウは、いじめには加わらなかった。ニシムラくんをからかう連中に何度も「やめろよ、そんなの」と言ったし、いままでと変わらず、ニシムラくんにふつうどおりに話しかけた。

だって、そんなのあたりまえだよね、いじめなんてサイテーのひきょう者のやることなんだから——。

空を見上げて、お母さんに言った。

ニシムラくんにも「もっと本気で怒らないから、みんなもやめないんだ」と言った。

「殴ったりしなくていいから、本気で怒ってみろよ」

ぼく、間違ってないよね——？

空の上のお母さんは、顔を見せてくれるわけではない。それでも、広くて青い空ぜんぶがお母さんなんだとリュウは思う。空をずっと見上げていると、にっこりと微笑《ほほえ》んでくれたり、まあっ、と軽くにらんだりするのが、わかるようになる。ほんとうだ。その証拠に、お母さんが笑ってくれているときの風はリュウの頬をやわらかくくすぐるし、お母さんに叱《しか》られているときには、風が肌にチクチクする。

六月の終わり頃、みんなの中心になってニシムラくんをいじめていたウエダが、ひどいことを思いついた。休憩時間にニシムラくんがトイレに行くのを追いかけて、ニシムラくんがおしっこをしているうちに教室に駆け戻り、「ニシムラ、ただいまションベン中でーす、もっとくさくなりまーす」と大声で言って、みんなに窓を開けさせ、鼻をつまませて、ニシムラくんを迎えるのだ。それに気づいたニシムラくんは、次の日は休憩時間になってもトイレに行かなかった。おしっこをずっとがまんして、がまんして、がまんして、がまんして……六時間目の社会の授業中、ついに、席についたまま、漏らしてしまった。

リュウがウエダをグラウンドに呼び出して決闘したのは、その日の放課後のことだ。今日のうちにいじめをやめさせないと、明日はもっとひどいことになる。

そうだよね、お母さん——。

ケンカはよくない。暴力はよくない。だが、いじめはもっとよくない。正義のためのケンカなら、お母さんもきっと許してくれるし、負けるわけにはいかない。

空を見上げ、お母さんごめんね、と心の中でつぶやいてから、ウエダにかかっていった。体はウエダのほうが大きかったが、リュウにはスピードがあった。怒りがあった。

なにより、正義があった。たちまちウエダを組み伏せて、「二度とニシムラをいじめないって言え！」と迫った。まわりを取り囲んだ男子にも「ニシムラをいじめたら、俺がゆるさないぞ！」と言ってやった。その場にはクラスの男子の半分ほどが集まっていたが、誰も言い返さなかった。

ウエダはしばらく「俺だけじゃないだろ、みんなやってたんだから」と言い訳していたが、リュウが馬乗りになって拳《こぶし》をふりかざすと、「ごめん！ すみません！」と半べそをかいて謝った。他の連中も、口々に「リュウちゃん、ごめん」「もうやめるから」「絶対にしないから」といままでのことを詫《わ》びた。

リュウもそれでやっと拳を下ろし、ウエダを解放してやった。

「今度ニシムラをいじめたら、もっとぶん殴ってやるからな。わかったな！」

ウエダはあおむけに倒れたまま、ふてくされたようにそっぽを向いていた。返事はなかったが、さっきのおびえ具合だと、もうだいじょうぶだろう。

リュウは地面に置いてあったランドセルを背負って歩きだした。胸を張って歩いた。空を見上げて、やったよお母さん、と笑った。

風が吹いた。あれ？ とリュウの笑顔はこわばった。気持ちよく頬を撫《な》でていくはずの風が、なにかじっとりと重い。汗をかいているせいだろうか。それとも、明日から天気がくずれるという兆《きざ》しなのだろうか。

まあいいや、と歩いていたら、背中からウエダの声が聞こえた。

「カッコつけるな！」

なんだと、と怒って振り向いたが、駆け戻るには億劫《おっくう》な距離が空いていた。ウエダもそれをわかっていて――遠ざかるのを待って、怒鳴ったのかもしれない。

ウエダのまわりには、決闘に立ち会った連中が全員残っていた。さっきはリュウの剣幕におされて、ごめん、もうやめるから、と繰り返すだけだったのに、いまこっちを見ている目つきはウエダと同じように敵意にあふれていた。

風がまた吹く。やはり、じっとりと重い。頬にねばりつくような、いままで感じたことのない風だった。


翌日になって、そういうことだったのか、とわかった。あの風は、お母さんからのサインだったのだ。お父さんがときどき言っていた「大変なこと」とは、つまり、このことだったのだ。

いじめの標的が変わった。リュウがニシムラくんの身代わりになった。もっとも、ウエダたちはニシムラくんのときのように、からかっていじめたりはしない。そんなことをしたら、またリュウに殴られてしまうとわかっているから。

かわりに、無視のいじめを始めた。誰も話しかけてこない。リュウが話しかけても返事をしない。目を合わさず、廊下ですれ違うときにはリュウとは逆の端によけて、リュウがそばを通りかかるとおしゃべりをピタッとやめて、そっぽを向く。

ばかじゃないの、と最初は怒るというよりあきれていた。くだらない。無視をしているのはウエダと決闘したときに一緒にいた連中だけだったし、どうせすぐに飽きるさ、と思っていた。

だが、リュウを無視する男子は、日を追って一人また一人と増えていった。ウエダが「リュウとしゃべったら、おまえも無視するからな」と脅したのだ。

ほんとうにくだらない。サイテーだ。脅すヤツもひきょうだし、脅されて従うヤツも弱虫だ。

ぼく、負けないからね、お母さん――。

空を見上げる。風は吹かない。頬を軽やかに撫でてくれる風は、思いだしてみると、五年生に進級してからほとんど吹いていなかった。

七月になってほどなく、ニシムラくんがウエダの仲間に入った。リュウが「よお」と声をかけても、黙って目をそらし、足早に去っていく。最初のうちは、すまなそうだったし、苦しそうでもあった。それを見ていると、ウエダへの怒りは増しても、ニシムラくんに腹を立てる気にはなれなかった。あいつも被害者みたいなものなんだ、と自分に言い聞かせて、無理やりにでも納得していた。

ところが、やがてニシムラくんの態度から申し訳なさや気まずさが消えた。ウエダのそばにいることが増えた。「ションベン」というひどいあだ名を付けられても、ウエダから離れない。ウエダたちと一緒に遠くからにやにや笑いながらリュウを見て、振り向いたリュウと目が合いそうになると、わざと見せつけるようにゆっくりとそっぽを向き、仲間同士で目配せして、クククッと笑う。

ニシムラくんに対して、初めて怒りが湧いた。

おまえのためにウエダと決闘したのに。ウエダに「ニシムラをいじめるな」と言わなければ、おまえは、いまごろ、もっとひどくいじめられていたはずなのに。

怒りが悔しさに変わる。なんなんだよ、それ、と力が抜けてしまう。負けるな、と自分を勇気づけなければ、その場にへたり込んで一歩も歩けなくなってしまいそうだった。

裏切られた。うつむいて、自分の影をにらみつけると、影はニシムラくんの声をリュウに返してくる。

おまえが勝手にやっただけだろ――。

その声は、背中がぞくっとするほどくっきりと、なまなましく聞こえた。

3

夕方になって発掘現場の山を下りて、ふもとの町のホテルにチェックインした。

夕食とお風呂《ふろ》を終えると、子どもたちと親はそれぞれ別の会議室に分かれて、ミーティングを始めた。

子どもたちのミーティングを取り仕切るリュウのお父さんは、まず全員に『将来の自分』のアンケートをとった。おとなになったらどんな仕事に就いて、どんな生活をしているか。リュウは〈学校の先生〉と書いた。俺が先生になったら絶対にいじめのないクラスや学校をつくってやる、いじめをするようなヤツは絶対にゆるさないから、という思いを込めて、大きな字で書いた。

隣に座ったタケシがそれを覗《のぞ》き込んで、「おまえ、先生になんかなりたいの」とあきれたように言った。「おとなになってまで学校に行きたいわけ？　変わってるよなあ」

そういう発想をするほうが変わってるんじゃないか、と思ったが、よく考えてみると、不登校の子どもが先生になって学校に通うのは、やっぱりちょっとヘンかもしれない。

「タケシくんは？　なんて書いたの？」

リュウが訊き返すと、タケシは紙を手で隠して、へへッと笑った。

「あ、ずるくない？　それって」

「小学生に言ってもわかんないし」

「わかんないかどうか、わかんないじゃん」

お父さんが咳払《せきばら》いした。うんと小声で話したつもりでも、会議室は静まりかえっている。夕食やお風呂のときの様子でも、昼間のうちに仲良くなったのはリュウとタケシだけのようだった。

タケシは紙を二つに折りたたんで、少しの隙《すき》も見せないぞ、というように肘《ひじ》で押さえた。

なにガキっぽいことしてるの、とリュウは苦笑して、メモ帳に走り書きした。〈家出する仲間、いた？〉――食堂や大浴場でまわりにひとがいるときには訊けなかった。誰にも言わない約束を自分なりに守ったのだ。

メモ帳を見せると、タケシは首を横に振って〈家出〉の箇所を鉛筆で黒く塗りつぶした。

〈一人で家出するの？〉

今度もタケシは〈家出〉を塗りつぶして、その前の質問の〈仲間〉を丸で囲んだ。どういう意味だろうと思っていたら、タケシの鉛筆は〈仲間〉からリュウに向かって矢印をつくった。

ぼくも仲間なの？　と目で訊くと、タケシは、当然だろ、とうなずいた。

ちょっと待ってよ、なにそれ、と思わず声が出そうになった。あわててメモを引き寄せ、家出なんかしない、と書こうとしたら、「はい、じゃあ箱を回しますから、アンケートの紙を入れてください」とお父さんが言った。

『かくれんぼの会』の若いスタッフが募金箱のような箱を持って席を回り、家出の話はそれきりになってしまった。イヤだからね、ぼく、そんなのしないよ、とリュウは口をぱくぱく動かしたが、タケシに伝わったかどうかはわからない。

アンケートを回収すると、お父さんは箱をテーブルに置いたまま、マイクを手に話しはじめた。

「昼間の化石探しはどうだったかな。化石を見つけた子もいるし、見つけられなかった子もいるけど、みんな、ふだんはなかなかできない体験をして、気分転換になったんじゃないかな」

返事や反応は、昼間と同じように、なにもない。

「予定表にも書いてあるとおり、明日はメインイベントの海水浴だけど、今日の化石探し、僕としては、海水浴以上に大きな意味があると思っています。何億年も昔の化石を探すことで、時間のスケールの大きさっていうか、この地球に大昔はこんな動物や植物がいたんだっていうのを感じてもらえたんじゃないかな。みんなは、いま、それぞれいろんな壁にぶつかってると思う。その壁は、ほんとうに分厚くて高くて、目の前いっぱいに広がってるんだと思う。でも、ちょっとだけ時間のスケールを大きくしてみたら、いまの壁も、いつかは越えられるかもしれない。いや、越えられるんだ、絶対に。だから、あせりすぎず、悩みすぎず、自分自身に対して大らかな気持ちを持って……」

時間のスケールかあ、とリュウはそっとため息をついた。夏休みは折り返し点を少し過ぎたところだ。あと二週間ほどで二学期が始まる。夏休みの間に、あいつら、反省して無視をやめる気になっただろうか。そんなの甘いだろうか。学校が始まるの、ちょっとイヤだな、と思った。学校に行くのに気が重くなってしまうのは、小学生になってから初めてのことだった。

「みんなに将来の自分を書いてもらったのも、ちょっとでも自分自身の時間のスケールを広げてほしかったからなんだ。明日のことを思うとイヤなことばっかりでも、十年後や二十年後のことを想像すると、自分自身のいろんな可能性が広がると思うんだ」

お父さんはそう言って箱を開け、「おっ、看護師さんか、いいぞ」「なんでもいいから金持ちになる、って、まあいいけどな」「平凡なサラリーマン、うん、平凡ってのも楽じゃないぞ」……と、ひとりごととも語りかけともつかない声で回答を一枚ずつ確かめていった。

「学校の先生か、いいな、いいぞ、うん」

ちらりとリュウを見る。アンケートは無記名だったが、字の書き癖でわかったのだろう。

「うん？　パキスタンでクジラの化石を発掘する……具体的だなあ、おい、すごいよ、今日のイベント、気に入ってくれたのかな」

今度はリュウが、ちらりとタケシを見る。タケシくんでしょ、と目で訊くと、タケシはすまし顔で知らんぷりしたから——正解だ。

そんなふうに回答のチェックがテンポよく進んで、紙が残り数枚になったとき、お父さんの声が止まった。手に持った紙を、眉《まゆ》をひそめて見つめている。

「うーん……いや、いま、ちょっとユニークっていうか、面白い回答があったんだけど、なんていうか……」

咳払いして、気を取り直すように息をつき、回答を読み上げる。

「ゼツメツしてる、って」

リュウとタケシは顔を見合わせた。

おまえが書いたんじゃないよな、とタケシに小声で訊かれたリュウは、さっき見たでしょ、と首を横に振った。もちろん、それはタケシの回答でもない。

「ちょっと、よく意味がわかんないんだけど……あのさ、もしよかったらでいいんだけど、これ書いたひと、ほんと、もしよかったら、ちょっと説明してくれないかな……」

お父さんの言葉に、いちばん後ろのいちばん端の席から手が挙がった。

ジュンだった。

お父さんが戸惑いながら「あ、じゃあ、きみ……」と言いかけるのをさえぎって、ジュンは「その前に、明日のことですけど」と抗議するような口調で言った。

「明日の海水浴、やめていいですか」

「え？」

「代わりに、今日のつづきで化石を探してもいいですか」

ジュンはまっすぐにお父さんを見つめていた。昼間リュウとぶつかりそうになったときと同じ、どいてよ、じゃま、というような、不機嫌そうで強いまなざしだった。

4

乾いた泥がまだら模様にこびりついたランドクルーザーは、県道から山に入ると、昨日マイクロバスが通った道よりもっとでこぼこした山道を進んだ。

「こっちのほうが近道なんだけど、しゃべると危ないぞ。舌を嚙んじゃうから気をつけろよ」

ハンドルを握る調査員のシマモトさんの声も、激しく上下に揺れる。

運転席の真後ろに座ったリュウは、窓の上のグリップをつかんで体を支えた。隣のジュンも反対側の窓のグリップを握って、ずっと窓の外を見つめている。助手席のタケシは両手でグリップをつかんでいた。お尻が跳ねたり前のめりになったりするたびに「うわっ、あたたっ、ひえっ」と声をあげて、シマモトさんが心配していたとおり舌を嚙んでしまった。

でこぼこ道を抜けた車は、さっきより少しは平らな砂利道に入った。シマモトさんは一息ついた顔になって「お疲れさま、あとちょっとで発掘現場だぞ」と笑った。リュウとジュンもグリップから手を離したが、タケシはまだ、窓に張りつくような格好でグリップを握りしめていた。両手で、ぎゅううっという音が聞こえてきそうなほど、強く。

中学生なのに弱っちいなあ。リュウは苦笑して、隣をちらりと見た。ジュンと目が合えば一緒に笑うつもりだったのに、ジュンはあいかわらず窓の外を見つめたままだった。リュウからもタケシからも顔をそむけるように首をよじって、ホテルを出てからまだ一言もしゃべっていない。

「三人はもともと知り合いなの？」

シマモトさんの質問に、タケシはグリップを両手でつかんだまま、「ううん、初対面です」と答えた。「でも、僕とリュウは昨日から友だちだけど」

「じゃあ、初対面だけど、三人とも化石が好きだったわけだ」

「はい……」

「うれしいなあ。海水浴よりも化石のほうを選んでくれたわけなんだもんな。小学生や中学生にそんな子がいるって、ちょっと将来に期待しちゃうよ。このギョーカイ、人手不足だから」

まだ二十代半ばのシマモトさんは、リュウのお父さんの大学の後輩だった。いまは母校で研究室の助手をつとめながら、全国の化石発掘現場を回っている。

「三十何人いたのに、こっちに来たの、たった三人だけど」

タケシが悔しそうに言うと、シマモトさんは「三人でもすごいよ」と笑う。「友だちの付き合いとかじゃなくて、自分の意志で化石のほうを選んだっていうのがいいんだ」

お父さんも同じことを言っていた。ゆうべ、ジュンが明日も化石を掘りたいと言いだしたとき、ほかのおとなたちは困った様子で顔を見合わせて「でも明日は海水浴って決まってるんだから」で押し切ろうとしたが、お父さんは「よし」と、むしろうれしそうに予定変更を認めた。「そのかわり、親の付き添いは『なし』だよ。それでもいいかな？」――ジュンがうなずくと、もっとうれしそうな顔になって、「自分の意志で行動するのは、とってもいいことなんだ」とみんなに言ったのだ。

お父さんはほかの子どもたちにも「化石のほうに行きたい子、いないかな？」と声をかけた。

タケシが真っ先に手を挙げた。つづいてリュウも。

リュウが海水浴を楽しみにしていたのを知っているお父さんは、ちょっと意外そうな顔になった。もちろんリュウだって海水浴に未練はある。だが、化石や恐竜――というより、ゼツメツの話にむしょうに惹かれていた。タケシの話していたゼツメツと、ジュンがアンケートに書いたゼツメツは、どこが同じで、どこが違っているのか、ゆっくり話して訊いてみたかった。

お父さんは三人の付き添いをシマモトさんに頼んで、海水浴場に向かった。「リュウ、タケシくんは中学生だけどちょっと頼りない感じだし、ジュンちゃんもいるから大変だと思うけど、しっかり頼むぞ」――ランドクルーザーに乗り込む前にお父さんに耳打ちされたことは、もちろんタケシにはナイショだ。

車は昨日の発掘現場に着いて、「発掘調査隊本部」と看板がかかったプレハブ小屋の前で停まった。崖《がけ》では、すでに発掘作業が始まっている。朝の陽射《ひざ》しを浴びた崖は、地層の横縞《よこじま》がくっきりと浮かび上がって、なんだか崖そのものが縞模様の巨大な生き物のように見える。

車を降りると、セミしぐれと一緒に、ごろごろという雷の音が遠くから聞こえた。

「ああ、今日はヤバそうだなあ」

シマモトさんが空を見上げて言った。

「雨が降るんですか？」

リュウは驚いて訊いた。空はよく晴れていて、まだ朝のうちなのに、車の外に出たらたちまち汗がにじむほどだった。だが、シマモトさんは「山の天気はすぐに変わっちゃうんだ」と言って、幾重《いくえ》にも連なった遠くの山並みを指差した。「あっちのほう、いまごろどしゃ降りだよ」

たしかに、山のてっぺんから顔を覗かせている入道雲は、微妙に暗い色合いだった。

シマモトさんもプレハブ小屋から持ってきたヘルメットやゴーグルを三人に渡すときには、少し真剣な顔になっていた。

「いいかい？ 雨よりも怖いのは雷だからな。雷の音がいまよりちょっとでも大きくなったら、すぐにここに戻ってくること。万が一のことがあるから、タガネやカナヅチはその場に置いて、持たずに走ってくれ。いいな？ 現場からここまではけっこうあるから、もし間に合わないと思ったら、現場のすぐ近くにテントもある。そこに逃げ込んでもいいから、とにかく自分の身は自分で守るってこと、約束してくれ」

三人がうなずいたのを確かめたシマモトさんは、よし、じゃあ行こう、とツルハシとスコップを二本まとめて肩に担《かつ》いで歩きだした。

プレハブ小屋から崖までは百メートルほどの距離がある。学校のグラウンドならどうということのない距離だが、土を固めただけの道は、雨が降るとぬかるむだろう。崖の真下の発掘現場に行くには、川の浅瀬を渡らなければならない。プレハブ小屋で履かされたおとな用の長靴は、タケシはともかく、リュウやジュンの足にはぶかぶかで、ふつうに歩くだけでもゴムがたわみ、折れ曲がって、すぐに脱げてしまいそうだった。

「なんの準備もしてないんだから、いろいろ不便なこともあるけど、贅沢《ぜいたく》は言わないでくれよな」と、お父さんは三人に釘《くぎ》を刺していた。「シマモトさんも発掘の仕事があるんだから、きみたちの世話をしてる暇なんてないんだ。ほかの調査員もみんなそうだ。絶対に仕事の邪魔をしちゃだめだぞ」……。

実際、現場に向かうシマモトさんは、三人にかまわず、ずんずんと先に進む。ジュンも歩きづらい長靴で、シマモトさんに遅れないようについていく。リュウも負けずにさっさと歩きたかったが、足を速めると、タケシが「ちょっと待って、そんなに先に行くなよ」と追いすがるように声をかけてくる。

「なあ、リュウ、おまえって足速いの？」

「うん、まあ……わりと」

クラスで二番目か三番目。体育はなんでも得意だ。タケシは途方に暮れた顔になって、「見捨てるなよ」と言った。「雷が鳴って逃げるとき、絶対に俺を置いてくなよ」

タケシの足の速さは、訊くまでもなさそうだった。運動神経がニブいというか、不器用というか、ふつうに歩いているだけでも何度も長靴が脱げてしまう。そのたびに「ちょっと待って、タイム、待っててくれよ」とリュウを呼び止める。ちょっと臆病《おくびょう》なところもあるのかもしれない。こんなので家出なんて、ほんとうにできるのかな、このひと……。

シマモトさんは三人を発掘現場のはずれに案内してくれた。発掘で割った石のかけらが積み上げられている。昨日の発掘体験で使った石はここから運んだのだという。

「一度やってるから、もうコツは覚えただろう？　ゴーグルは絶対にはずさないようにして、あと、お昼になったら弁当持って来てあげるけど、もしそれまでになにかあったら、立ち上がって手を振ってくれ。ここだと崖から見えるから、誰かが気づいてくれる」

シマモトさんが話すそばから、また雷の音が聞こえた。さっきより近くなった。タケシは横目でリュウを見て、頼むぞ、約束だぞ、一人で逃げるなよ、というふうに眉をぴくぴく動かした。

「それと、昨日の場所とは違って、ここの石は長い間置きっぱなしになってるから、たまーに石の隙間にヘビがもぐり込んでるし、底のほうの石の裏側には、ムカデがいることもある。でも、マムシじゃないし、ムカデもちっちゃなやつだから、まあ、いちおう気をつけて」

タケシはぎょっとした様子で身をすくめた。リュウも、やだなあ、と顔をしかめた。だが、ジュンはシマモトさんが「以上、健闘を祈るっ」と笑って立ち去るのを待ちかねていたように、二人から離れた場所にしゃがみ込み、石を割りはじめた。ヘビやムカデを怖がっている様子はなにもない。そして、二人と仲良くしようという気配も、まったく。

「リュウ、俺らはこのへんでやろうぜ」

タケシはその場にしゃがみ込んだ。付近には大きな石のかけらはほとんどなかったが、「奥のほうはヤバいよ、ヘビとか隠れてる感じするだろ」と言う。しょうがないな、とリュウもタケシに付き合って腰をかがめた。中学二年生とは、とても思えない。これなら児童会を取り仕切る六年生のほうがずっとお兄さんっぽい。

「タケシくんって、きょうだいいるの？」

「んー……」

タケシはタガネで割った石の断面を確かめながら、「兄ちゃんがいる」と言った。「もう高校生だけど」

リュウは？　と聞き返されて、「一人っ子」と答えた。ちょっと沈んだ声になってしまった。上でも下でもいいし、男でも女でもいいから、きょうだいが欲しかった。

「いいなあ……」

つぶやく声が重なった。タケシも同じ言葉を同じタイミングでつぶやいたのだ。二人は思わず顔を見合わせ、苦笑いを浮かべ合って、またお互いうつむいた。

「全然よくないよ」

先に口を開いたのはタケシだった。「兄ちゃんなんていらないって」とつづけ、新しい石を割った。カナヅチの振り下ろし方も、割った断面を確かめてから捨てるしぐさも、急に不機嫌そうになった。

「だから家出しちゃうの?」

タケシは少し考えてから、「だって」と言った。「このままだと、俺、ゼツメツしちゃうから」

「お兄さんと関係あるの?」

「そんなの……ぜんぶだよ、ぜんぶ関係あるから、ゼツメツしそうなんだよ」

「ゼツメツって、どういう意味?」

「おまえ、国語、バカ?」

「そんなことないけど」

「知ってるだろ、滅びるっていう意味だよ」

「タケシくんが滅びるわけ?」

タケシはまた少し間をおいて、逆に「リュウはなんで不登校になっちゃったんだ?」と訊《き》いてきた。

「ぼく? ぼくは……」

合宿に参加したいきさつは、まだ打ち明けていない。どうしようか、と迷っていたら、タケシは勝手に「いいよいいよ、そんなの言いたくないよな、誰だって」と納得して、悪い悪い、ヘンなこと訊いちゃって、と笑った。

へなちょこだけど優しいところあるんだな、と見直した。それに、あまりいばらない。車の中で「友だち」と呼ばれたことを思いだすと、背中がくすぐったくなった。

「よし、ビビパルス見ーつけた」

タケシは小さくガッツポーズして、石をさらに細かく、化石を傷つけないように割りながら、つづけた。

「俺みたいなヤツって、日本中にいるよ。世界中にめちゃくちゃたくさんいるよ、絶対。なんていうかさ、俺、それは自分の責任じゃないと思ってる。そういう運命っていうか……俺って、ゼツメツしそうな種族の一人なんだよ、たぶん」

恐竜と同じだ、とタケシは言った。

「リュウには難しい言葉言ってもわかんないと思うけど、トウタってのがあるんだ、生き物には。弱肉強食っていうか、弱いヤツは負けちゃって、負けたヤツは追い出されるしかないんだ。それが生き物のルールなんだよ」

タガネのお尻《しり》をカナヅチでコツコツ叩《たた》きながら、あきらめ半分の口調でつづける。

「昨日も言っただろ、学校は陸だよ。俺たちは陸で淘汰《とうた》されて、追い出されたら、あとは海に逃げるしかないってこと。そうしないで陸に無理やり残ろうとすると、恐竜みたいにゼツメツしちゃうってこと」

「だから……家出するの？」

「だって、しょうがないだろ。家も、よく見たら陸だったんだから。おまえもどうせわかるよ、ずうっと不登校してると、家の中までどんどん教室みたいになっていくんだから」

タケシはそう言ってカナヅチを振り下ろした。タガネのお尻を叩くはずのカナヅチは、狙《ねら》いがそれて、タガネを握る手の甲に当たった。「痛《いて》ぇっ」と短く叫び、軍手をはずして、息を吹きかける。「骨、折れてないかな、ヒビとか入ってないかなあ」と泣きそうな声で心配する。

「あー、痛かった、死ぬかと思った……」

軍手をはめ直して指を曲げ伸ばしするタケシに、リュウは「弱くても負けるとはかぎらないじゃん」と言った。

「うん？」

「正義は勝つんだよ、最後には」

「そんなのマンガやテレビの話だろ」

「……言っとくけど、ぼく、家出なんかしないから」

「ゼツメツしてもいいのか？」

「しない」

「だって、学校に行ってないんだろ？　じゃありュウもゼツメツ寸前ってことだよ」

「違う」

「そんなこと言ってるうちにゼツメツしちゃうんだよ。わかる？　俺たちって、このままだとゼツメツしちゃう種類の生き物なんだよ。逃げなきゃ生き延びられないんだ」

「そんなことない！」

思わず怒鳴って立ち上がると、突然の大声にタケシは驚いて体を起こし、そのはずみでバランスをくずして尻もちをついた。

二人に背中を向けて化石を探していたジュンも、びっくりした顔でこっちを見ていた。リュウと目が合った。なんでもないなんでもない、とリュウが笑うと、ジュンは「ケンカするんだったら、どっかに行ってやってよ」とそっけなく言って、また元の姿勢に戻ってしまった。

ちぇっ、とリュウは口をとがらせ、タケシから離れた場所にしゃがみ込んだ。ジュンの背中をちらりと見て、タガネをあてずにカナヅチで足元の石を叩いた。

将来の自分はゼツメツしている——と、ジュンはゆうべのアンケートに書いていた。ジュンもタケシと同じ意味で「ゼツメツ」を使っているのだろうか。弱くて、負けて、追い出されて、トウタされそうになっているのだろうか。

しゃがんだまま、タケシからさらに一歩遠ざかり、ジュンに一歩近づいた。タケシはもう、こっちに来いよ、とは言わなかった。

三人ばらばらになって、黙って化石を探した。

ごろん、と雷が鳴った。頭の真上の空——見上げると、雲がだいぶ増えていた。

リュウは平べったい二枚貝の化石を見つけた。名前を知りたかったが、タケシには声をかけづらい。というより、最初から、作戦を立てていた。胸がどきどきする作戦だった。

化石の入った石を持って、何度も咳払いしながらジュンに近づいていった。

「あのさー……ちょっと、いい？」

ジュンは黙って振り向いた。

「これって化石だと思う？」

石を手のひらに載せて差し出した。

「俺、よくわかんないから、ちょっと見て、教えてほしいんだけど」

ジュンは面倒くさそうに石をちらりと見ただけで、「わかんない」とまた背中を向けてしまった。作戦第一弾、あっさり失敗——至急、第二弾に変更。

「ほら、ここ、なんか貝みたいな感じなんだけど、どう思う？」

石を指差して、ほら、ほら、とうながしたが、ジュンはもう振り向きもせずに「じゃあいいんじゃない、化石で」と言うだけだった。

「……見てくれよ」

「見たってわかんないし、どうでもいいし」

第三弾に切り替え——。

「そっちは、なにか面白い化石あった？」

「ない」

「……べつに面白くなくてもいいけど、化石、どう？」

「どうもしない」

「見つかった？」

「なんにも」

「こっちのへんって、あんまりないのかなあ」

「いいじゃん、そんなの関係ないでしょ」

第四弾——これが最後。石を引っ込めて、言った。

「ゆうべ、ゼツメツするって書いてただろ。あれ、どういう意味だったの？」

返事はなかった。だが、そこまでは予想どおりだった。作戦第四弾は、捨て身の技だ。

「俺たちも……ゼツメツしそうだから」

ジュンはやっと振り向いた。興味を惹《ひ》かれたというより、勝手に一緒にしないでよ、と抗議するような顔でリュウをにらむ。

「俺たちって誰？」

「だから、俺と……あのひと、タケシっていうんだけど」

タケシをこっそり指した。石を割っていたタケシは、リュウとジュンの視線に気づくと「んー？」とのんきに顔を上げ、カナヅチでまた手の甲を叩いてしまった。

ジュンはクスッと笑う。初めてだ。たいしておもしろそうではなかったものの、それは確かにジュンが初めて見せた笑顔だった。

「ゼツメツするの？」

笑顔のまま、ジュンは訊いた。リュウは目をそらしてしまう。作戦ではジュンが笑顔になるのはもっとあと――リュウともう少しおしゃべりをしてから、のはずだった。正義の味方は、やっぱり嘘《うそ》なんてついちゃだめだ。

「ごめん……俺はしないけど、タケシくんはゼツメツするって自分に言い聞かせた。このままだとゼツメツしそうだ、って」

「じゃあ、『俺たち』じゃないじゃん」

あんのじょう、ジュンは不機嫌そうな顔に戻ってしまった。それでもそっぽは向かず、ごめん、と謝るリュウにつづけて言った。

「わたし、あのひとのこと知ってる」

「そうなの？」

「同じ小学校だった」

リュウは頭の中でとっさに計算した。三年生のときに六年生、二年生のときに五年生、一年生のときに四年生——三年間、同じ学校だったということになる。

「家が近所だったり、きょうだいが一緒だったりとか？」

「そんなのじゃなくて、向こうはわたしのこと知らないから」

たしかに、タケシはさっきシマモトさんに初対面と言っていた。

「あのひと、学校の有名人だったから」

ジュンはそう言って、「いろんな意味でね」と付け加え、足元の石を割りはじめた。

タケシについて、それ以上のことは話してくれない。「有名人って、どんな感じだったの？」とリュウが訊いても「本人に訊けばいいじゃない」とあっさり断わられた。

「邪魔だからあっちに行って」——いや、でもさ、もうちょっと、とねばろうとすると、逆に自分から歩きだして場所を移ってしまった。

しかたなく、リュウはいままでジュンがいた場所にしゃがみ込んだ。しばらく化石を探したあと、ジュンが割った石のかけらをなにげなく拾い上げて断面を確かめると、イチョウの葉のような化石を見つけた。

教えてやろう。作戦ではなく親切で、ジュンに石を持って行った。

「なんだ、化石あるじゃん、ほら、これだよこれ、こういうのが化石なんだよ」

だが、ジュンは「知ってる、イチョウでしょ」と言うだけで、石を見ようともしない。

「捨てたんだから、持って来ないでよ」

「いらないの？」

「全然、いらない」

「……いちおう、ここに置いとくけど」

石をジュンの前に置いた。すると、ジュンは「よけいなことしないでよ」とその石をつかんで、遠くに放り投げてしまった。

「なにするんだよ」

「いらないもん」

「だったら、なんのためにここに来たんだよ」

「海水浴よりましだから」

リュウはジュンの前に回り込んでしゃがんだ。ジュンは、どいてよ、という顔になったが、気づかないふりをして「海、嫌いなの？」と訊いた。「泳げないとか？」

ジュンはさらにムッとして、「ひとがたくさんいるのが嫌い」と言った。「一人だと思ったからここに来たのに、二人もいるんだもん、サイテー」

「一人になりたいから、学校ずっと行ってないわけ？」

関係ないでしょ、とジュンが小さな声で言ったとき、雷がまた、ごろっ、と鳴った。そういえば、と気づいた。さっきまでじりじりと照りつけていた陽射しを、いつのまにか首の後ろで感じなくなっていた。地面に落ちる影も消えて、セミしぐれまでやんでいた。

空が見る見るうちに暗くなった。ヤバいかも……と思う間もなく、大粒の雨が降りはじめ、雨粒の冷たさと痛さに、ひゃっと首を縮めたら、空が破裂するような音で雷が鳴り響いた。

「リュウ！ 逃げよう！」とタケシが叫んだ。

雨はたちまちどしゃ降りになった。空が光る。雷鳴がとどろく。崖の下の発掘現場でも調査員が次々にテントの下に駆け込んでいた。

シマモトさんが呼んでいる。声は雨と雷にまぎれて聞こえなかったが、こっちこっち、と手招いているのはわかった。

「リュウ！ なにやってんだよ、早く！」

タケシはもうスタートダッシュの体勢になっていた。それでも、一人では駆けださないところが、やっぱりへなちょこだ。

リュウとジュンも立ち上がった。

「行こうぜ、雷、ヤバいから」

「そんなの言われなくてもわかってる」

ジュンが先に駆けだした、といっても、おとな用の長靴ではうまく走れない。リュウもダッシュした、つもりだったが、ぬかるみにはまった長靴はとにかく重くて、足を上げるのも大変で、あ、俺も、俺もだって、と追いかけるタケシは長靴が脱げそうになって、待てって、待ってくれってば、と半べその声で言った。

分かれ道にさしかかった。距離は、プレハブ小屋より崖の下のテントのほうが近い。浅瀬の川も、まだ水かさがそう増えてはいないだろう。

リュウは迷わず、テントに向かった。ところが、あとにつづくジュンは、プレハブ小屋を目指して、足をもつれさせながら走る。

「リュウ！　あいつ、あっちに行っちゃったぞ！」

タケシに呼び止められて、ああそうか、と気づいた。テントの下は調査員たちでいっぱいだった。ひとがたくさんいるのが嫌い——こういうときにも、なんだな。

引き返した。ジュンを追って、プレハブ小屋に向かった。「なんでだよ、遠いじゃん、そっちのほうが」と文句を言うタケシも、頭上で雷が鳴り響くと、あわててリュウを追いかけて、ぬかるみに足をとられ、とうとう膝《ひざ》と手をついて転んでしまった。

三人がプレハブ小屋に駆け込むのを待っていたように、雨脚はひときわ強くなった。舗装していない道は泥の川のようになり、降りしきる雨と跳ねるしぶきで、あたり一面、発掘現場が見えなくなるほど煙《けぶ》ってしまった。

「まいったなあ、泥んこだよ……」

タケシはプレハブ小屋にたどり着くまでに、三回転んだ。最初の二回は手と膝をついただけだったが、三回目はできたての水たまりに手をついてしまったので、Tシャツも顔も泥まみれになってしまったのだ。ゴーグルをつけていなければ、泥が目に入って、もっと大変なことになっていただろう。

リュウやジュンも、なんとか転びはしなかったものの、びしょ濡《ぬ》れだった。特にジュンは、ヘルメットの外に出ていた髪からしずくがしたたり落ちている。

リュウは壁のハンガーに掛かっていたタオルを取って、ジュンに放った。

「いいの？　勝手に使って」

「だいじょうぶだよ、あとで返せば。風邪ひいちゃうから早く拭《ふ》けよ」

突き返されるのも覚悟していたが、ジュンは「ありがと」と言って、タオルを使ってくれた。

雷が落ちた。空も山も地面も、世界のすべてが粉々に砕かれるような激しい音が鳴り響く。

「すげえよなあ、自然って。なんか、人間に勝ち目ないって感じするもんなあ……」

タケシは戸口に立って、外を眺めながら言った。すげえ、すげえ、ほんとすげえ、と繰り返して、リュウとジュンを振り向いた。

「おまえら、友だちになったの？」

ジュンは黙って髪を拭く。リュウはそれを確かめてから、「そんなのじゃないけど……」と答えた。

「でも、いいよ、もう友だちだよ、仲間だよ。俺とリュウとジュンちゃん、三人、仲間でいいじゃん」

勝手に決めつけられたのに、ジュンはなにも言わず、怒った様子も見せなかった。

「リュウには昨日誘ってあるんだけど、ジュンちゃんも、一緒に行かないか？」

ジュンは「どこに？」と訊き返した。初めて、自分から話に入ってきた。

「どこにっていうんじゃなくて……いまの世界から出て行くってこと」

タケシは、昨日と同じように、ゼツメツとテーチス海の話をした。

「学校に行けなくなったっていうことは、俺たち、ゼツメツ寸前なわけじゃん。テーチス海の岸辺まで追い詰められてるわけだから、あとはもう、海に入るしかないんだ」

そうだろ？　とタケシが念を押すと、ジュンは「わたし、学校に行けなくなったんじゃない」ときっぱりと言い返した。「行きたくなくなっただけ」

「似たようなものだろ」

「違う、全然」

「……まあ、違ってってもいいんだけどさ、俺ら、仲間だよ」

「仲間なんかじゃないよ、わたし」

「……じゃあ、仲間でなくてもいいよ、いいけどさ、一緒に行かないか？　いまの世界から出て行っちゃおう」

「それって、家出ってこと？」

「旅に出るんだ」

「いつから？」

本気で話に乗ってる――？

リュウはジュンの横顔を見つめた。

稲妻が光った。戸口に立つタケシの体が透けるほど空が明るくなったが、ジュンはまぶしさにたじろいだり目を細めたりすることなく、じっとタケシと向き合っていた。

ワンテンポ遅れて、雷鳴がとどろいた。窓ガラスが震える。地面がぐらっと揺れたような気さえした。それでもジュンはタケシから目をそらさない。

「もう決めてるんだ」

タケシは「リュウもよく聞いとけよ」と話をつづけた。

出発は、しあさっての朝――合宿から帰宅した二日後。「帰ってきたばかりだとバテてるから、一日休んだほうがいいだろ」と、やけにのんきなことを言う。待ち合わせ場所はＪＲの駅。いまは夏休み中だから、平日の朝や昼間に子どもだけで電車に乗っていても怪しまれない。

「泊まる場所は？」とジュンが訊いた。

「もう探してある。野宿なんかさせないから安心しろよ」

タケシは自信たっぷりに答え、「でも一緒に来ないと教えてやらないから」と笑った。

「いつまで旅をするわけ？　いつかは帰るんでしょ？」

「俺たちがゼツメツせずにすむってわかるまで」

「だって、そういうのって、どうやってわかるの？」

「大事なのは想像力だよ」

「はあ？」

「原始クジラだってそうだよ。あいつらテーチス海の岸辺で想像したんだ、自分が海の中を泳いでる姿を。で、やれる、だいじょうぶ、って思った最初の一頭が、海に入っていったんだ」

俺たちは最初に海に入った原始クジラになるんだ――。

タケシはそう言って、自分の言葉に興奮したのか、「こんなふうにさ」と勢いをつけて長靴を脱ぎ、靴下も脱いで裸足《はだし》になり、その勢いのまま戸口から外に飛び出した。どしゃ降りの雷雨のなか、「洗濯ーっ」と声をはずませて、泥だらけの顔を空に向け、Ｔ

シャツの裾《すそ》を引っぱって泥を雨で洗い流す。

「サイコーッ！　シャワーみたいで気持ちいーいっ！」

その場で踊りだした。頭上にかかげた両手も、がにまたにした両脚も、くねくねして、ばたばたして、でたらめな動きだった。ひょえーっ、うひーっ、と甲高い声もあげた。

リュウは啞《あ》然《ぜん》としてタケシを見つめる。あきれた。なんなの、このひと、と苦笑いも浮かんだ。ワケがわからない。ただ、すごく楽しそうなことだけ、よくわかる。

ジュンも戸口まで来て、ぽつりと言った。

「あのひと……ウチの小学校ではタケちゃんって呼ばれてたんだよ。中学校に入るまで、ウチの学校の子、みんなタケちゃんのこと知ってた。わたしも一年生のときから知ってた。タケちゃんフリーパスって」

「なに、それ」

「学年が下の子も、タケちゃんは自由にいじめていいの」

「……なんで？」

「六年生が決めたから。で、それが代々受け継がれて、卒業するまでタケちゃんフリーパス、生きてた」

ひどかったんだよ、ほんとに、とジュンはつづけた。

「タケちゃんは四年生だったんだけど、歩いてると、一年生や二年生でも後ろからランドセルぶつけたりしてた。タケちゃんは怒れないの。フリーパスなんだから、怒る権利ないの。年下の子でもそうなんだから、同級生とか先輩とか、もっとひどかった」

「でも……タケシくんって、お兄ちゃんいるだろ。兄貴がいるんだったら、そんなの、やらせないんじゃないの？」

リュウは言った。自然と怒った口調になってしまった。だが、ジュンはもっと怒った声で、「逆だよ」と言った。

「タケちゃんをフリーパスに決めたのって、あのひとのお兄さんなんだもん」

二人の話す声は、タケシには届いていない。だからタケシは踊りつづける。全身びしょ濡れになって、平泳ぎの格好で両手を動かしながら、気持ちよさそうに踊りつづける。

「タケちゃんのお兄さん、わたしが一年生のときに六年生で、児童会長だったの。入学式であいさつして、運動会で選手宣誓もして。なんでも学校で一番のひとで、すごかった」

ジュンは怒った声のままつづけて、事務所の奥に戻りながら付け加えた。

「でも、わたし、あのひと大嫌いだった」

なんで、とリュウが訊きかけたとき、ひときわ大きな雷が鳴った。空が割れてしまったんじゃないかと思うほどの激しい雷鳴だった。雨も強くなる。上から下に降りしきる雨と、下から上に跳ねる雨が交じり合って、あたりは真っ白に煙った。シマモトさんたちが避難したテントも、さっきまでは見えていたのに、いまは崖がどっちの方角にあるのかさえわからなくなってしまった。

雷が鳴る。まばゆい光が一瞬だけ風景を白く浮かび上がらせて、消える。雨はさらに強くなり、地響きのような音がやむことなくつづく。そんななか、タケシはまだ一人で踊っている。天に向かって叫ぶ。なにを言っているかは聞き取れない。ただ、喉《のど》がちぎれそうなほど思いきり叫んでいることと、それがとても気持ちよさそうなことだけは、プレハブ小屋の二人にも伝わった。

「やっぱり、タケシくん、ストレス溜《た》まってるのかなあ」

リュウはつぶやくように言った。いまのジュンの話を聞いていたら、それも当然だろうという気がする。だが、ジュンは「そんな軽い言い方ですませないでよ」と不満そうに返し、「ゼツメツって……タケちゃんの言ってること、ちょっとわかる」と初めて納得した。

また雷が鳴る。地面が震える。天を仰いでいたタケシは「うわっ！」と短く叫んで体のバランスを崩し、ぬかるみに足をとられて、仰向《あおむ》けにひっくり返った。その場に転ぶだけではすまず、斜面をずるずると滑り落ちていく。

「タケシくん！　危ない！」

リュウはプレハブ小屋から駆け出した。ジュンもはじかれたようにリュウのあとを追って外に出る。その直後、いままでで一番大きな雷鳴が轟《とどろ》き、空と山を真っ白に照らしたまばゆい光に、三人の姿も透けて、溶けた。

第二章　イエデクジラ

1

『かくれんぼの会』の合宿は、ＪＲの駅前で解散になった。

お父さんのあいさつを聞きながら、リュウはちらりとタケシを見た。学年別に並んでいるので、タケシは三列隣になる。目が合うと、ここだからな、あさっての待ち合わせ、この駅だぞ、とタケシは足元を指差して、待ってるからな、と笑った。

リュウは、行かないってば、と首を横に振って、タケシから目をそらした。

ジュンは両親と一緒に、同じ列の少し前のほうにいる。つまらなさそうにうつむいて、リュウの視線に気づいてくれない。

あいつ、どうするんだろう――。

タケシの誘いに乗るとも乗らないとも、言わなかった。友だちのようにリュウと話したのも、雨宿りをしていた、あの時間だけ。結局ジュンのゼツメツの話は聞けなかった。

「……はい、じゃあ、これで合宿はおしまいです。お疲れさまでした！」

お父さんは元気いっぱいに言ったが、「お疲れさまでしたーっ」と応《こた》える声は、ほとんどが付き添いの両親のものだった。

参加者の列がばらけると、お父さんはリュウのそばに来て、「晩ごはんにはちょっと早いけど、ファミレスに行くか」と言った。「お父さんも冷たいビールをきゅーっと飲みたいしな」

「うん……」

タケシの姿はもう見えない。ジュンは両親に挟まれてタクシー乗り場に向かっていたが、わざわざ呼び止めるのもヘンだし、「家出するの？」なんて訊《き》けるわけもない。

「どうした？」

「……なんでもない」

「よし、じゃあ行こう」

歩きだすとすぐに、お父さんは「みんなおとなしかったから、リュウには物足りなかったんじゃないか？」と笑いながら訊いた。まあね、とリュウも苦笑交じりにうなずいた。お父さんはまだ学校でのリュウのことをなにも知らない。いままでと同じように、正義感あふれるクラスの人気者だと信じ切っている。

大事なのは想像力だよ——。

タケシの声が聞こえた。それも、びっくりするぐらいすぐそばで。あわてて振り向いたが、雑踏の中にタケシの姿はなかった。もしかしたら、その声はリュウのココロの内側から聞こえたのかもしれない。

お父さんはよく冷えたビールをおいしそうに飲んで、口のまわりに泡をつけたまま、リュウに訊いた。

「どうだった、合宿。今年は冬休みにもやろうと思ってるから、もしも気に入ったんだったら、冬も一緒に行くか？」

「もしも」をつかった質問だったが、お父さんの口ぶりや表情は、一緒に行こう、と誘っている。それがわかるから、リュウは逆に訊いてみた。

「合宿って、どんな効果があるの？」

二泊三日の合宿が不登校の子どもたちを変えたとは、とても思えない。そもそも、三日ほどでなんとかなるような問題なら、最初から苦労はないじゃないか、という気もする。

「効果っていう意味なら、なにもないかもな。半分は親の骨休めと、情報交換と、あとは愚痴のこぼし合いのための場だから」

お父さんもあっさりと認め、「でもな」とつづけた。

「目の前の風景がいつもと違うっていうだけでもいいんだ。いつもとは違う部屋で寝て、いつもとは違う味付けのごはんを食べて、いつもとは違う固さのベッドで寝て……体験とか思い出とかって大げさなものじゃなくても、自分の生きている世界には、いろんな風景があるってことを感じてくれれば、それでいいと思うんだよなあ」

わかるかなあ、と訊かれた。リュウが黙ってうなずくと、お父さんはビールをまた、もっとおいしそうに飲んだ。「リュウとそんな話ができるなんて、お父さん、ちょっと感激だよ」と照れくさそうに笑って、ほら、これも食べろ、と自分のロースカツセットのカツを一切れリュウの皿に移してくれた。

「旅は？」リュウは訊いた。「旅をしても、風景変わるよね。そういうのもいいの？」

もちろん、とお父さんはうなずいた。

「旅っていうか……家出とか、でも？」

お父さんは「家出かあ……」と眉《まゆ》をひそめてしばらく考えてから、「まあ、それもいいのかもな」と言った。「絶対に最後は家に帰ってくるっていう家出だったらな」

タケシくんはどうなんだろう――。

「最後は家に帰る」とは言わなかったが、「帰らない」とも言わなかった。

ただ、テーチス海の岸辺から海に入っていったクジラの祖先は、もう陸には戻ってこなかった。

「冷めちゃうぞ、熱いうちに食っちゃえ」

ロースカツがさらにもう一切れ、皿に載せられた。ありがと、とカツを頬張り、ごはんをかきこむリュウを、お父さんはうれしそうに、頼もしそうに、にこにこ笑って眺めていた。

マンションの郵便受けには、三日分の新聞と郵便物が入っていた。

「ああそうか、新聞を止めてもらってればよかったんだなあ、失敗しちゃったな」

両手が荷物でふさがっているお父さんに代わって、リュウが郵便受けを開けて、中に入っている封書やハガキを取り出した。そのハガキに記された文字が目をよぎった瞬間、現実に引き戻された。合宿は終わった。いつもとは違う風景は消え去って、一学期の後半からずっとつづいている暗闇《くらやみ》の中に放り込まれてしまった。

「死ね」と書いてあった。パソコンで打った小さな文字で、ハガキ一面にぎっしり。死ね死ね死ね死ね死ね死ね死ね死ね死ね死ね死ね死ね死ね死ね……。

宛《あ》て名はリュウ。差出人は空白。

「おーい、舟が出るぞーお」

お父さんはエレベータのドアを開けて待ってくれていた。リュウは「死ね」のハガキをすばやく折りたたんでジーンズのポケットにねじ込み、残りの新聞や郵便物を両手で胸に抱きかかえた。「おーい、待ってくれえ」とわざとどたどたした足取りでエレベータに向かうと、お父さんはおかしそうに笑った。サイテーのヤツらがいる、ここが、俺の世界なんだ、と自分に言い聞かせた。帰ってきたんだ、と自分に言い聞かせた。

三日間窓を閉めきっていたわが家は、玄関に入るなり汗が噴き出るほど蒸し暑かった。

「リュウ、お父さんが窓開けるから、おまえはお母さんにお水をあげてくれ」

「……うん」

「どうした？　疲れちゃったか」

「ちょっとね」

「すぐに風呂《ふろ》を沸かして、今夜は早く寝ちゃえ。洗濯はお父さんがやっとくから」

仏壇に新しい水を供え、お母さんの写真と三日ぶりに向き合った。笑って「ただいま！」と言うはずだったのに、お母さんの笑顔を見ていると胸がいっぱいになって、軽く手を合わせただけで逃げるように仏壇の前から立ち去った。

窓を開けたお父さんは、電話の留守番ボタンが点滅していることに気づき、「留守電入ってるな」とボタンを押してメッセージを再生した。

「リュウちゃーん」

　声が聞こえた瞬間、リュウの心臓はどくんと高鳴った。男子の声だ。おどけた裏声をつくって、女のひとの真似《まね》をしている。

「リュウちゃーん、お母さんですよー、ジゴクはとってもいいところですよー、早くあんたもいらっしゃーい……」

　別の男子の声も聞こえる。ひでー、かわいそー、と笑っている。裏声をつくっているのは、ウエダだ。その後ろで笑っているのは、きっと、ニシムラの声だ。

「でも、お母さんはリュウちゃんに会いたくありませーん、あんたなんか赤ちゃんの頃から大嫌いでしたー、お母さんはジゴクで再婚して元気でーす、子どももいまーす、あんたのことなんか忘れ――」

　メッセージは途中で切れた。お父さんがボタンを押して止めた。

「……間違い電話だなあ」

　お父さんはリュウに背中を向けて言った。笑っていたが、声はうわずっていた。

「コンビニに行ってくる」

　リュウは玄関に駆けだした。ジーンズのポケットからハガキが落ちたが、もういい、と拾いに戻らなかった。もういい、もういい、お父さんに聞かれた、お父さんにばれてしまった、だからもう、なにを隠しても、どんなにごまかしても手遅れだった。

コンビニでマンガ雑誌を片っ端から立ち読みした。連載ものを途中から読んでも、すごくおもしろかった。どの四コママンガのオチも笑えた。気がつくと、三十分近くたっていた。七時過ぎ。そろそろ帰らなきゃ、とマンガを閉じた瞬間、どんなストーリーを読んでいたのか、どんなギャグに笑ったのか、ぜんぶ忘れてしまった。

無我夢中で家を飛び出したぶん、コンビニからの帰り道にまとめて現実に引き戻された。

お父さん、心配してるだろうな。自転車のペダルが急に重くなる。あのハガキやあの電話のこと、気になってるだろうな。早く帰って安心させてあげなきゃと思いながら、ペダルはどんどん重くなってしまう。お父さんは、いまどんなことを考えているのだろう。サイアクのことを想像しているかもしれない。

やめてよ。思わず叫びたくなる。だいじょうぶ、ぼくは平気だから、ウエダみたいなバカ、相手にしてないから。お父さんに教えてあげたい。安心してもらいたい。

笑おう。笑って帰ろう。重いペダルを踏みしめながら、頬をゆるめてみた。声も大事だ。明るい声。元気な声。「あー、あー」と発声練習もした。肩の力を抜いて、口を大きく開いたり閉じたりして顎《あご》をほぐした。

だが、マンションのだいぶ手前で、顔は再びこわばって、喉《のど》もつっかえて声が出なくなってしまった。

お父さんが、いた。家で待っていると思っていたお父さんが、Tシャツに半パン姿で、足早に、不安そうな顔を左右に向けながら歩いていたのだ。

お父さんもリュウに気づいた。その瞬間、コマ落ちしたネットの動画のように、足取りや表情がパッと切り替わって、いつものお父さんになった。

おーい、とお父さんは笑って手を挙げた。

あれぇ、どうしたの？　とリュウもきょとんとした顔で、練習したとおりに笑った。

「リュウ、コンビニでパンや牛乳買ってきてたり……してないか、してないよな」

「うん……」

「だよな、悪い悪い、頼むの忘れてた。明日の朝ごはん、なんにもないんだ。だからお父さん、ちょっと買ってくるから」

「ぼくが行くよ」

「いいよいいよ、煙草《たばこ》も買いたいし、お父さんが行くから。おまえは先に帰って、風呂に入ってろよ、なっ」

お父さんはさっさと歩きだした。やっぱり東京は蒸し暑いなあ、また熱帯夜だなあ、とのんびりした声が遠ざかる。その背中を見送っていると、悲しさが急に胸に迫ってきた。

「お父さん！」

自転車をUターンさせて追いかけた。だが、追いついてお父さんと向き合うと、なにを言っていいのか、どんな顔をしていいのか、またわからなくなってしまう。

「どうした？　ついでに買ってくるものあるんだったら、お父さんが買っといてやるぞ」

リュウはうつむいて、首を横に振った。お父さんも、そうか、と言ったきり、しばらく黙った。

「あのね、さっきの電話だけど……」

言いかけたリュウの言葉は、お父さんにさえぎられた。

「間違い電話のことか？」

笑っていた。リュウがおそるおそる顔を上げて、目が合うと、お父さんの笑顔はさらに深く、温かくなった。

「合宿の終わりのあいさつで、お父さん、カッコいいこと言おうと思ってたんだ。本番ではけろっと忘れてたんだけど、せっかく考えたんだから、ちょっと教えてやろうか」

「……どんなの？」

「うん、不登校になった生徒や子どもは、よく先生や親から言われるんだよ、『なんでも話しなさい』って。でも、それはちょっと違うんじゃないかなって思うんだ。違うっていうか、足りないっていうか」

「なにが足りないの？」

「『いつでもいいから』の一言だ」

なんでも話しなさい──。

いつでもいいから、なんでも話しなさい──。

お父さんは二つの言葉をつづけて、「けっこう大きな違いなんだ」と言った。「しゃべりたくないときにしゃべらされるのって、キツいもんな、誰だって」

リュウはまたうつむいてしまった。

「まあ、アレだ、どんなことでも、リュウがしゃべりたくなったら、なんでも、いつでも、お父さんに言えよ。でも、無理して話すことなんかないからな」

お父さんは自分の胸を軽く叩《たた》いて、「オトコには秘密のポケットがたくさんあるんだもんな」と言った。「お父さんだって、リュウにはナイショのこと、けっこうあるんだぞ」

ははっ、と笑って歩きだす。「おみやげ、アイスでいいな」と付け加える。

リュウは顔を上げずに自転車のハンドルをマンションに向け直して、ペダルを踏み込んだ。さっきまでよりペダルが軽い。お父さんのおかげだ。だから、ペダルの重さはそっくりそのまま、胸に移ってしまった。

新しい便箋《びんせん》に〈前略〉と書いた。これで何度目だろう。最初は辞書をひいて書いた「略」の字も、書き損じを繰り返しているうちにすっかり覚え込んでしまった。

〈お父さん、ぼくのことで心配をかけて、すみません〉

ここまで書くと、決まって胸がぎゅっと締めつけられてしまう。

午後十時半。ふだんならとっくにベッドに入っている時刻だし、合宿から帰ってきたばかりで体はくたくたに疲れていても、ちっとも眠くない。悔しさが眠気を消し去ってしまった。

お父さんはリビングにいる。リュウがまだ起きていることに気づいているはずなのに、部屋をノックしてこない。一人にしてくれている。それがわかるから、悔しさが悲しさに変わった。

〈夕方のイタズラ電話にびっくりしたかもしれませんが、あれはただの遊びです。ゲームみたいなものです。犯人はウエダくんという同級生で、けっこう仲がいいので、たまにシャレにならない遊びをするのです。だから心配しないでください〉

一気に書いた。文字に気に入らないところはなかったが、うまく書けたぶん、悲しさがまた悔しさに戻る。今度は自分自身への悔しさだった。

〈ぼくは遊びなので、全然気にしていません。お父さんも気にしないでください〉

涙がまた出てきた。便箋に、ぽとん、と落ちた。濡《ぬ》れたのは文字のないところだったが、ハナを啜《すす》りながら便箋をくしゃくしゃに丸めた。

2

翌日、リュウは朝から自転車をとばした。校区を隅から隅まで走りまわってウエダを捜したが、お昼前になっても見つからない。家にいるのかもしれない。もしもいたら、外に呼び出して、昨日のことを問いただして……ぶっとばしてやる、と決めていた。

電話ボックスに入って、ポケットに入れておいた電話番号のメモを広げた。本人が出れば話は早い。問題は家族が電話に出たときだ。お父さんやお母さんに事情を話して、「もうそんなことはしないようにウエダくんに伝えてください」と電話を切れば、それで解決するのかもしれない。おとなに言いつけるのはひきょうな気もするが、あのイタズラ電話がこれからもつづいたら、もう、どうしていいかわからない。

どきどきしながら電話をかけた。しばらく呼び出し音がつづいたあと、「はい、ウエダです」と小さな女の子が出た。妹だった。たしか一年生か二年生。まさかこの子に言いつけるわけにもいかない。

「ウエダくん、いますか」

「おにいちゃん？　いませーん」

「……どこに行ったか、わかる？」

「塾。蛍雪《けいせつ》セミナーの夏期講習」

「いつ帰ってくる？」

「さあ……夕方だと思うけど、わかりません」

受話器の向こうで、メグミちゃん、電話、誰から？　とお母さんの声がした。妹が「聞いてなーい」と答えると、じゃあちょっとお母さんに代わりますって言って、と声が近づいてきた。

どうしようどうしよう、言いつけちゃおうか、どうしようか、と迷っているうちに、「はい、もしもし？」とお母さんが電話に出てしまった。

リュウは黙って受話器を置いた。お母さんには言いつけない。「どなたですか？」電話ボックスを出てから、やっと、そうだ、そうだよ、あたりまえじゃないか、と自信を持って言い切ることができた。

ウエダはサイテーのサイアクなヤツでも、お母さんは優しそうな声だった。突然「ウエダくんにひどい目に遭わされました」なんて教えたら、きっと驚いて、悲しむだろう。お母さんを悲しませてはいけない。どんな子のお母さんであっても。

そうだよね、と空を見上げた。お昼前の夏空は、午後にそなえて入道雲がもこもこと盛り上がりつつあるところだった。リュウのお母さんはとびきり優しいひとだったから、ほんとうはウエダをぶっとばすことだって賛成してくれないかもしれない。

でも、これは正義の戦いだから——。

お母さんはほんのちょっと寂しそうな顔で笑って、うなずいてくれた。

よし、とリュウもうなずいて、自転車にまたがった。「超ハイレベル指導」が謳《うた》い文句の蛍雪セミナーは、市内のあちこちに教室を開いている他の塾とは違って、ＪＲの駅前にしかない。自転車だと一時間以上かかるだろう。

ポケットを探った。二百円。バスの子ども運賃は百円均一だから、ぎりぎり往復できる。行こう。バスだ。こういうの、ハイスイのジンっていうんだっけ。

街路樹にとまったセミが鳴きだした。合宿で聞いていたセミの声よりもか細く弱々しかったが、都会のセミだって一所懸命鳴いていた。


蛍雪セミナーは駅前の細長いビルを一棟まるごと使っている。大通りに面した窓には今年の受験の合格実績が誇らしげに貼《は》られ、自習室の窓の明かりは夜十一時近くまで灯《とも》っているというウワサだった。

レベルが高いぶん、誰でも通えるというわけではない。入塾試験は難関校の入試並みに難しいらしく、公立小学校の授業をふつうに受けている程度ではとても受からない。中学受験をする子にとっては、『蛍雪』に通っているというだけで大きな自信と自慢になるほどだ。

玄関の前にたたずんだリュウは、ビルを見上げてため息をついた。中学受験をするつもりのないリュウにとっては、ここは別世界だ。バスやお父さんの車で通りかかるたびに、よくやるよなあ、受験組も大変だよなあ、俺、公立組でラッキー、とからかい半分に笑っていた。

だが、すぐ間近で見上げる『蛍雪』には、公立組の笑いをはねのけるような威圧感があった。古くて小さなビルなのに、用のない者は入ってくるな、という無言の迫力が感じられる。

実際、『蛍雪』では入塾後も厳しい競争がつづく。クラスはレベル別に細かく分かれていて、テストの成績が悪いとすぐさま下のクラスに落とされ、低迷から抜け出せないと、そのまま退塾させられてしまう。ウエダは、そういう世界にいるのだ。

時刻は正午になった。昼休みだ。外に出てくるところを待ちかまえて、出てこなければこっちから乗り込んでいって、逃げるなら追いかけて、つかまえて、とにかくぶっとばしてやる。

力んで待っていたのに、正午を過ぎてもビルから出てくる子はほとんどいない。教室の中で弁当を食べているのだろうか。午後の授業が終わるまでは待ちきれない。こっちから行くしかない。教室を一つずつ回って、見つけだして、あいつ、絶対にゆるさないからな……。

ひとつ深呼吸して、ビルの中に入ると、「ちょっと、きみ」と呼び止められた。外からは陰になって見えない位置に、受付の窓口があった。カウンターにいる若い男の事務員がにらんでいた。

「受講生カードあるの？ 持ってるんだったら見せて」

「……いえ、受講生ってわけじゃないんですけど」

「だったら立ち入り禁止、はい、出て行って」

「あの……中にいるひとの呼び出しとかは」

「伝言あるんだったら、ここで聞くから。誰に、なに？」

矢継《やつ》ぎ早《ばや》に言われて、言葉に詰まった。

「どうしたの、伝言あるんだろ？」

「あの……」

「で、きみの名前はなんていうの？ 学校どこ？ 何年生？」

「いえ……あの、っていうか……」

あせった。早く名前言わなきゃ。だが、あせればあせるほど頭の中が混乱して、胸がどきどきして、言葉が出てこない。

事務員はリュウをじっと見つめた。疑っている目だ。怪しい不審者を監視する目だ。

そんなふうにおとなから見られたことなんて、いままで一度もなかった。

「用がないんだったら、早く出て行きなさい」

強くなった声にひるんであとずさり、視線から逃げるように横を見ると、ちょうど女の子が一人で階段を下りてくるところだった。インナーホンで音楽を聴きながら、うつむいて歩いていた。階段を下りてからも、女の子はうつむいたまま、リュウのほうにはちらりとも目を向けない。

だが、その横顔を見て、わかった。

ジュン——。

すがるような思いで、いや、すがろうという考えをまとめる間もなく、呼び止めていた。

振り向いたジュンは、ちょっとだけ驚いて目を丸く見開いた。

ビルの外に出るなり、ジュンはインナーホンを左耳だけはずして、「嘘《うそ》つき」とにらんだ。

「ごめん……でも、助かった、サンキュー」

リュウは素直に謝って、素直にお礼も言った。実際、嘘をついたし、ジュンのおかげで助かったのも確かだ。

呼び止めたジュンに、とっさに言ったのだ。「なーんだ、遅いよ、待ってても出てこないから、俺、迎えに行こうかと思ってたんだ」

早口になって、声もうわずってしまった。ジュンが「はあ?」と足を止めたり「約束なんかしてないじゃん」と言ったりしたら、すべてがおしまいだった。

だが、ジュンは怪訝《けげん》そうな様子もなく、というより、どうでもいいといった感じで、すたすたと歩きだした。リュウもあわててあとを追った。事務員はムスッとした顔で、リュウよりもむしろジュンのほうを、にらんでいた。

「助けたわけじゃないから」

外に出てからもジュンはすたすたと歩く。そっけなさは合宿のときと変わらない。昨日の夕方別れたばかりなのに、それがなんともいえずなつかしかった。

「どこに行くの?」

「ついてこないでよ」

「……俺も、駅のほうに行こうと思ってたし」

「じゃあ、わたし、あっちに行く」

言葉と同時に回れ右をして、一息つく間もなく引き返す。不意をつかれて棒立ちになったリュウとぶつかりそうになった。

「邪魔」

「そっちが急に来るからだろ」

「いろんな意味で、邪魔」

リュウは追いすがるように「『蛍雪』に入ってるの?」と訊いた。

「関係ないでしょ」

「ある。すごく、ある」

「なんで?」

「お願いごと、あるんだけど……」

ダッシュしてジュンの前に回り込み、ぷいっと顔をそむけられる前に、両手で拝んだ。

「呼び出してほしいヤツ、いるんだ。俺、中に入れないから、代わりに呼んできてほしいんだ」

「なんなの、それ」

「頼む、お願い」

両手拝みをしたまま頭を低くして、上目づかいにジュンを見つめた。こっちが真剣なら、わかってくれる。信じていた。ジュンのそっけなさは意地悪だからではない。ほんとうはもっと深い理由があって、だから、こっちの悲しさや悔しさもちゃんと伝わる。信じて、祈った。

ジュンは右のインナーホンもはずした。

「誰を呼べばいいの？」

祈りが通じた。わかってくれた。

「ウエダってヤツなんだけど」

ジュンは少し記憶をたどってから、「ウエダくんって、いるね」とうなずいた。「タニガケ組の子だよね」

「タニガケ組？」

「そう、谷底のタニと、崖《がけ》っぷちのガケ」

『蛍雪』の中で一番下のクラスだという。上から成績の悪い子が落ちてくる谷底と、いつも退塾の危機にいる崖っぷち。

「ほんとうは基礎クラスっていうんだけど、先生とか事務のひととか、あと上のクラスの子とか、みんなそう呼んでる」

「ウエダって、そんなに成績悪いの？」

「悪いっていっても、ふつうの子の中ではトップクラスだけどね、『蛍雪』でやっていくのは、ちょっとキツいんじゃない？」

「……タニガケの中だと、どのへん？」

「一学期のうちは谷底に落ちたばっかりで、いまは崖っぷちぎりぎりなんじゃない？もう上のクラスに戻るの無理だよ」

たいして同情する様子もなく言う。だめなものはだめなんだもん、しょうがないじゃん、と突き放しているようにも聞こえた。リュウも笑った。「学校ではイバってるのになあ」と冷ややかに付け加えた。ほんとうは違う。笑うほど面白くなんかない。『蛍雪』のクラスが下に落ちた頃、あいつはニシムラくんをいじめるようになった。崖っぷちに立たされて、イタズラ電話をしてきた。サイテーで、サイアクで、情けなくて、哀れなヤツだ、と思った。

「タニガケの子は、昼休みに外に出たりしないよ。自習室でお弁当とかパンとか食べながら勉強してる。必死だもん、あのひとたち」

「まだ五年生なのに？」

「ウチのクラスの半分は四年生から『蛍雪』に通ってるよ」

「それって……けっこう上のほう？」

「英才クラス」

あたりまえのことを報告するように、さらりと言った。「英才、俊才、中堅、錬成、基礎の順番だから」と付け加える口調も、いばったり見下したりはしていない。ひとのことなんてどうでもいい——もしかしたら、自分のことすら、どうでもいいと思っているのかもしれない。

「じゃあ、伝言だけするからね。ウエダってひとが来るか来ないかは知らないけど」

玄関に向かって歩きだしたジュンに、もう一つ、頼みごとをした。

「俺の名前、あいつに言わないで。同じ学校のヤツが来てるってだけでいいから」

また両手拝みをするリュウをジュンはしばらく見つめてから、「よく考えたら、わたし、あんたの名前覚えてなかった」と笑って、ビルの中に入っていった。


ウエダとジュンは、そろってビルから出てきた。リュウに気づいてあせるウエダの反応は予想どおりだったが、伝言だけと言っていたジュンが一緒だとは思わなかった。しかも、ジュンは玄関の脇《わき》にある植え込みの縁に腰を下ろした。まるでリュウとウエダのやり取りを見物するみたいに。

思いがけないジュンの行動に戸惑っている隙《すき》にウエダは落ち着きを取り戻し、「用事ってなんだよ」とすごんだ声で言った。先手をとられた。あせって「用事は用事だよ」と言い返すと、ジュンが下を向いてクックッと笑った。

ウエダも「バカじゃねえの」とせせら笑って、「だまし討ちみたいなことするなよ、ひきょう者」とつづけた。その一言で、カッとなった。人目につかないところまで連れ出してから決闘するという計画が、頭から抜け落ちた。

「昨日のアレ……おまえだろ」

「はあ？」

「ハガキも、電話も、おまえだろ」

一歩ずつ距離を詰めた。怒りが心の中で沸騰《ふっとう》しはじめるのがわかった。ウエダはひるみながらも、「はあーっ？」と、とぼけた声を出した。「なに言ってんのか、ぜーんぜん、わかりませーん」

「ふざけるな！」

怒鳴り声と同時につかみかかった。ウエダもリュウの胸ぐらをつかみ返して「証拠あるのかよ」と言ったが、勢いはリュウのほうがはるかにまさっていた。ウエダは腰がくだけたようにあとずさって、ジュンとは反対側の植え込みに背中から落ちた。

リュウも植え込みに飛び込んで、ウエダの体にのしかかった。

「謝れ！　土下座して謝れ！」

俺にじゃない。お父さんに謝れ。お母さんに謝れ。声にならない叫びが胸の奥から沸き上がる。ぶっとばすだけではすまない。謝らせる。なにがあっても、ごめんなさい、すみません、と言わせてやる。

だが、ウエダは大声で「警察ーっ！　誰か来てくださーい！」と助けを呼んだ。「殺されるーっ！」

こいつ、と頬にパンチを一発お見舞いしようとしたが、土台にしていた植え込みが揺れて、空振りしてしまった。そのまま体勢をくずして前のめりになった隙に、ウエダは体を入れ替えた。形勢が逆転した。のしかかられてしまうと、大きなウエダの体はなかなか跳ね返せない。

「おまえが謝れよ」ウエダは言った。「いままでカッコつけたりイバったりしてすみませんでしたって、俺に土下座したら、ゆるしてやるよ」

「……そんなの、死んでも言わない」

「じゃあ今夜も電話かかってくるかもなあ。俺はよく知らないけど、勘で」

「犯人……おまえだろ」

「土下座しろよ。そうしたらゆるしてやるし、もう電話かかってこないかもよ、俺は知らないけど、関係ないけど」

ほら、謝れよ、ほら、電話かけてほしくないんだったら土下座しろよ。Tシャツの襟をつかんで揺さぶりながら、ウエダは笑う。謝るわけがない。絶対に、イヤだ。だが、心の片隅で、もしも、と思った。もしもほんとうにイタズラ電話をやめてくれるのなら……。

涙がはじけるように目からあふれた、そのときだった。

玄関から外に出てきた女子のグループが、悲鳴をあげてビルの中に駆け戻るのと入れ代わりに、さっきの事務員が飛び出してきた。ほかの事務員もいた。

「こら！　なにやってるんだ！」

あわてて体を起こしたウエダの隙をついて、リュウはようやく植え込みから抜け出した。つかまえようとする事務員の腕をぎりぎりでかわし、歩道に出ると、ジュンに呼ばれた。

「こっち！」

ジュンは歩道をダッシュして、ビルとビルの隙間にすばやく駆け込んだ。

リュウも走った。「ぼく、なにもしてません！　向こうがいきなり殴ってきたんです！　正当防衛です！」――言い訳を繰り返すウエダの声を背中に聞きながら、なにがどうなったのか考える余裕もなく、全力疾走でジュンの背中を追った。

3

駅ビルの屋上がゴールだった。

ルーフガーデンの円テーブルに座ったジュンは、やっと一息ついて「終点」と言った。遅れてテーブルにたどり着いたリュウのほうは一息つくどころではなかった。汗びっしょりになり、ゼエゼエと喉が鳴る。

ひたすら走った。ひとがすれ違えないほどの狭い路地を何本も抜け、目まぐるしく右折と左折を繰り返したすえに、駅ビルに着いた。リュウは途中で方角がわからなくなり、てっきり駅に背を向けているものだと思い込んでいたが、ジュンは四つ角や三叉路《さんさろ》で一度も足を止めることなく、あたりまえのように駅ビルに駆け込んだ。

「いまの道、いつも通ってるの？」

息をはずませたままリュウが訊くと、ジュンは「初めて」と答えた。

「じゃあ、駅ビルに来たのって、たまたま？」

「そんなことない、頭の中でわかってた」

「あんなにたくさん曲がったのに？」

「曲がる回数なんて関係ないと思うけど」

バカみたい、というふうに笑う。またいつものそっけなさに戻っていた。

「足、速いんだな」

これは正直に思う。全力疾走したのに追いつけなかった。しかも、こっちは手ぶらで、ジュンは大きなショルダーバッグを肩に掛けていたというのに。速いだけでなく、ほとんどバテていない。もう息はすっかり整っていたし、顔も赤くなっていない。顔の汗も、髪やTシャツをぐっしょり濡らしたリュウとは違って、もっとさらりとした、霧吹きでかけたような汗だった。

ジュンは「走るの好きだから」とだけ言って、ショルダーバッグから下敷きを取り出して、団扇《うちわ》にしてあおいだ。もうちょっとだけあおぐ角度を変えてくれればリュウにも届くのに、下敷きのつくる風はきっちりジュンの顔だけ冷ましていた。意地悪でも鈍感でもなく、自分のことは自分でやればいいじゃない、という感じの軽いしぐさだった。

「助けてくれて、サンキュー」

ジュンは下敷きの風を強くして、「助けたわけじゃないけど、あんたがつかまると、わたしが目撃者になっちゃうから、面倒じゃん」と言った。

「でも、一緒に逃げたほうが面倒になるんじゃないか？」

「ならない」

「あとで呼び出されるとか、あと、午後の授業もサボっちゃったんだろ？ そういうのって、やっぱりヤバいだろ」

ほんの少しでもジュンが、そっか、そうだね、と困ったそぶりを見せるのなら、逃がしてもらったお礼と迷惑をかけたお詫《わ》びを素直に、本気で言うつもりだった。

だが、ジュンは、いままでいちばんそっけない口調で言った。

「わたしはなにやってもいいの」

そっけなくて、傲慢《ごうまん》な口調でもあった。

「特別扱いっていうか、誰も文句言えないし」

傲慢ではあったが、つまらなさそうでもあった。

「なんで？」

「成績いいから。はっきり言って、『蛍雪』の英才でもずっとトップだし、授業休んでも全然負ける気しないし、成績さえよかったら『蛍雪』では無敵だから」

「……すげえ」

「そうじゃなかったら、夏期講習の途中であんな合宿に行けるわけないじゃん」

言われて気づいた。とても大切な、基本的なことだった。

「不登校、なんだよね」

「そうだよ。もう一年ぐらい全然行ってない」

「それで塾には行ってるわけ？」

「勉強は好きだもん」

あっさりと言った。「でも、学校は大嫌い」——もっと、あっさり。

リュウは小さくうなずいた。とりあえず相槌《あいづち》を打っただけのつもりだったが、ジュンは下敷きの団扇を止め、勝手にわかったつもりにならないでよ、というふうにリュウをにらんだ。

「言っとくけど、いじめとか、先生とうまくいってないとか、そんなのじゃないからね。あの学校だからイヤなんじゃなくて、学校っていうものが、ぜんぶイヤなの」

「でも……中学受験するんだろ？」

「しないよ」

下敷きをバッグにしまいながら、『蛍雪』は勉強のレベル高くて面白いから来てるだけ」とつづけた。「授業がつまんなくなったら、すぐにやめちゃう」

「でも、じゃあ公立の中学に行くの？」

「ひとのことばっかり訊くの、やめてよ」

ジュンはバッグの蓋《ふた》を閉じて、立ち上がる。帰っちゃうんだろうか、と思ったら、そうではなかった。

「あんたのせいでお昼ごはん食べられなかったんだから、付き合ってよ」

ジュンが向かった先は、すぐ下のフロアのレストラン街だった。セルフサービスのスナックコーナーには見向きもせず、オムレツと卵料理が売り物のレストランの前で足を止める。

「ここでいいね、ランチだし」

「ちょっと待って、悪い、ごめん……俺、帰りのバス代しかない」

「じゃあ千円貸してあげる。ランチセット九百八十円だから、いいでしょ」

慣れた口調で言って、慣れた足取りで店に入っていく。置き去りにされそうになったリュウはあわてて歩きだし、ドアマットの縁にけつまずいて転びかけてしまった。

窓際《まどぎわ》のテーブルに向かい合って座ると、すぐにウエイターが注文を取りに来た。

ジュンはマッシュルームとハムのオムレツのランチセット、リュウはメニューの中でいちばん安いオレンジジュース。一カ月のおこづかいが千円で、九百八十円のランチセットなど頼めるはずもなかった。ジュースだって三百八十円する。借りたお金を返すには貯金箱の底蓋を開けるしかないだろう。

「こういうお店、よく来るの？」

ウエイターが立ち去るのを待って訊くと、ジュンは「たまにね」と言った。

「一人で？」

「お昼を食べるときはたいがい一人。レストランよりカフェのほうが多いけど」

「……だいじょうぶなのか？」

子どもだけでレストランに入るなんて。それも、ひとりきりで、なんて。

注文を取りに来たウエイターは、おとなはいないの？　と意外そうな顔をしていた。隣のテーブルにいる女子大生ふうのグループはさっきからこっちをちらちら見ているし、通路を挟んだテーブルからは、幼い子どもを連れたお母さんの、小学生のくせにナマイキね、というとがった視線も感じる。

「平気だよ。だって、いまのウエイターさんもなにも言わなかったじゃない」

「それはそうだけど……」

「お金払えばお客さんだし、お酒とか煙草はまずいけど、小学生が一人で外食しちゃいけないっていう法律なんてないんだし、誰も気にしてないよ、他人のことなんて」

そんなことないって、と言いたかったが、ジュンは他人の視線が気にならないタイプなんだろうな、と思い直した。視線というより、他人そのものが、どうでもいいのかもしれない。

「ひょっとして、親、金持ち？」

わざと冗談めかして訊《き》くと、ジュンは「そうだよ」とあっさり認めた。照れるわけでも言いづらそうにするわけでもない。面倒くさそうに、つまらなさそうに言う。自分のことを話すときはいつもそうだ、と気づいた。ジュンがいちばんどうでもいいと思っているのは、他人ではなく、自分自身なのだろうか。

ランチセットとオレンジジュースが一緒に来た。ジュンは意外とていねいに「いただきます」の合掌をして、オムレツにナイフを入れた。リュウはストローでジュースを啜《すす》る。厚みのあるぶん中身の少なそうなグラスだったので、すぐに飲み干してしまわないよう、ちょっとずつ。

「ケンカ、弱いんだね」

ジュンが言った。ムッとして「そんなことないよ、六月に決闘したときは圧勝だったし、今日もたまたま途中で終わったけど、絶対に逆転してたし」と言い返すと、「そういう意味じゃなくて」と笑って、切り分けたオムレツを口に運ぶ。

「あのままケンカしてたら、どうなってた？」

「だから、俺が逆転して……」

「勝つ？」

「うん、絶対」

「勝っても、また電話かかってくるんじゃない？」

「……え？」

驚いて息を呑《の》むリュウに、ジュンは「横で聞いてればわかるから」と応《こた》え、「謝れば
イタズラ電話やめてやるって言われたんでしょ？」とつづけた。

黙ってうなずいた。思いだすと、悔しさと悲しさがよみがえってきた。

「どうするつもりだったの？　謝った？　謝らなかった？」

「……謝るわけない」

ジュンは、ふうん、とうなずいた。そうだね、と賛成してくれるうなずき方ではなか
った。といって、違うんじゃないの、と反対する感じでもない。首を振ったあとに、ま、
どうでもいいけど、とつぶやき声の聞こえそうなしぐさだった。

「じゃあ、イタズラ電話、明日からもかかってくるかもね」

「関係ないだろ、そっちには」

「またケンカしに来るの？」

「今度は……もう、あそこではやらない」

「場所が変わっても同じなんじゃない？」

　言葉に詰まった。通路を挟んだテーブルでは、ごはんを食べるのに飽きた幼い男の子が、ベビーチェアの上でぐずりはじめた。ジュンはそれを横目で見て、お母さんにわかるんじゃないかと心配になるほど、大げさにイヤな顔をした。目をリュウに戻すときも、なんとか気を取り直した、という感じだった。

「最後、泣いてたでしょ」

　そこまで見られていた。だが、ジュンは泣いた理由は尋ねず、「泣いてなかったら逃がしてあげなかった」と言って、付け合わせのスパゲティをフォークに巻きつけていった。

　同情するなよ、と言いかけた言葉を、リュウはジュースと一緒に呑み込んだ。同情したわけじゃないんだというのは、なんとなくわかっていた。ただ、じゃあなんで、と思うと、またわからなくなる。

「ウエダって子は、泣かないと思う。泣く代わりに、ひとを恨んだり憎んだりするんだよね、ああいう子は」

　なんとなく、わかる。

「あんたも、そんなにイタ電がムカつくんだったら、ウエダのこと恨んだり憎んだりすればいいのに。さっき、すごく怒ってたけど、恨んだり憎んだりとかはしてなかったでしょ」

リュウは黙ってうなずいた。確かに言われてみればそのとおりだった。悲しかった。悔しかった。絶対にゆるせない、と怒った。だが、仕返しにもっとひどい嫌がらせをしてやろうとは思わなかった。

「泣いちゃうひとと泣かないひとの違いって、そこだよね」

ジュンはそう言って、フォークに巻いたスパゲティを、つるん、と口に入れた。


食事の後半は二人とも黙っていた。ジュンはオムレツの皿に残ったとろとろの卵をパンでていねいに拭《ぬぐ》って口に運び、ジュースを飲み干してしまったリュウは、ときどき思いだしたようにストローを吸って、氷が溶けただけの水を啜った。

二人のテーブルが静かになったぶん、通路の向かい側では、さっきの男の子がいっそう激しくぐずりはじめた。お母さんの食事はもう終わっていたが、携帯電話でメールをやり取りするのに夢中で、子どもをベビーチェアから下ろすと、あとはほったらかしだった。

ランチセットについている食後のアイスティーが届くと、ジュンは不意に言った。

「わたし、明日の朝、駅に行くよ」

「……家出しちゃうの？」

「だって面白そうじゃん」

軽く言って、「このままだとゼツメツしちゃうからね」と笑う。

「いじめられてないんだから、ゼツメツなんかしないだろ、そっちは」

「でも、わたし、ニンゲンが嫌いだもん」

ニンゲン。人間。冷たく突き放すような言い方だと、「人間」が、「ニンゲン」という金属や化学物質の名前のように聞こえる。

「どんなに頭がよくても、ニンゲンが嫌いだと、最後はゼツメツするしかないでしょ。世の中ってニンゲンしかいないんだから、わたしみたいな子はゼツメツ、おしまい」

「……嫌いなヤツがたくさんいるってこと?」

「違う。ニンゲンが嫌いなの」

きょとんとして首をひねるリュウに、ジュンは「あんたとは正反対ってこと」と言った。

ますますわからなくなる。だが、ジュンは「最初からわかってもらおうとは思ってないから」と言って、アイスティーをストローで飲んだ。

二人のテーブルに男の子がとことこと近づいてきた。手に持ったオモチャを振って、遊んで、とねだるようにジュンの椅子《いす》にまとわりつく。むずかっているときは騒がしいだけだったが、にこにこ笑う顔を見ていると、リュウの頬も思わずゆるんだ。

隣の席の女子大生のグループが、「かわいーい」「こっちおいで」と口々に言う。フロアにいるウエイターやウエイトレスも笑顔で見ている。携帯電話から顔を上げたお母さんも、特に子どもを止めたり注意したりする必要はなさそうだと感じたのだろう、皆さんよろしく、と愛想よく会釈《えしゃく》した。

そんななごんだ空気を、ジュンが断ち切った。

「邪魔だから、あっち行って」

あわてて子どもを抱き取ったお母さんは、ジュンをにらみ返して席に戻った。女子大生のグループも困惑した顔を見合わせ、ジュンの背中を抗議するような目で振り向いた。

ジュンは平然とアイスティーを飲み、ストローから口をはずすと、「こういうこと」と言った。「ニンゲンが嫌いなんだから、しょうがないの」

レストランを出ると、「わたし本屋さんに寄って帰るから」とジュンは言った。

俺も、と言いたい気持ちをこらえて、リュウはうなずいた。

帰らなければいけない。お父さんよりも先に。おそるおそる郵便受けを覗《のぞ》いて、部屋に入ると胸をどきどきさせながら留守番電話のランプを確かめる。それが明日もあさってもつづくのかと思うと、悔しさと悲しさに、また涙が出そうになってしまう。

「貸したお金、明日返してくれない?」

朝七時。JRの駅前。タケシが決めた待ち合わせの場所と時間だった。

「家出して……どうするの」

「タケちゃんが決めるんじゃない？　行き先とか、いつまでとか。わたし、それでいい。付き合うから」

「お父さんとか、お母さんとか、心配しちゃうだろ」

うわっ、センセーみたいなこと言ってる、と笑ったジュンは、すぐに頬をひきしめて「よけいなお世話」とぴしゃりと言った。そっけなさが戻った。でも、戻ったっていうことは、しばらく離れていたんだ、とリュウは気づいた。

ジュンも「今日、けっこうしゃべった」とまた笑った。「ひさしぶり、こんなにしゃべったの」

「友だちとか、いないの？」

訊いてから悔やんだ。悲しい答えが返ってきそうな気がした。ニンゲンが嫌いな子に、友だちなんているはずがない。

ジュンはインナーホンを両耳につけてから、リュウを指差した。

「友だちかどうかわかんないけど、リュウは嫌いじゃない」

背中を向けて駆けだした。あっという間に人込みに紛れてしまった。

なんだよ、とリュウはうつむいて、ゆっくりと歩きだす。俺の名前やっぱり覚えてたのか。

家出。ジュンと一緒なら、わりと、あり、かも。初めて思った。

4

五時半にセットしておいた目覚まし時計が鳴る前に起きた。そっとベッドを出て、服を着替えた。いつもどおりのTシャツとデニム。毎朝のラジオ体操に出かけるときと同じ。

洗面所で顔を洗ってから部屋に戻ろうとしたら、お父さんの部屋から眠たそうな「おーっす……」の声が聞こえた。

リュウは足を止め、あ、い、う、え、お、と声に出さずに言った。顎《あご》と頬のウォーミングアップ完了。深呼吸をして、軽く、軽く、なるべくテキトーに。

「おはよう」

うまく言えた。

「おう……早いなあ、今朝は」

お父さんの声は寝ぼけている。

「そんなことないよ、もう六時過ぎてるもん、遅刻ぎりぎり」

「うーん？　そうかあ……？」

枕元《まくらもと》の時計を確かめるごそごそとした物音のあと、「あ、ほんとだ」とお父さんはつぶやいた。成功。ゆうべお父さんがお風呂《ふろ》に入っている隙に時計を三十分進めておいたのだ。

「じゃあ、急がなきゃなあ」

「うん」

「お父さん、もうちょっと寝るから……」

言葉のおしまいのほうは、もう半分眠りに落ちていた。

リュウは自然とうつむいてしまった。作戦はみごとに成功した。だから、もう、あと戻りはできない。

顔を上げ、おなかに力をこめて部屋に戻った。そこからは早かった。ゆうべのうちに荷物を詰めておいたリュックサックを背負い、お気に入りのキャップを前後ひっくり返してかぶった。リュックの中には着替えが三日分入っている。家出なんだから野宿だってあるかも、とパーカーも荷物に加えた。

机の上に、お父さん宛《あ》ての手紙を置いた。七時半頃に起きてくるはずのお父さんは、ラジオ体操からとっくに帰ってきているはずのリュウがいないことに気づいて、「おーい、また寝ちゃったのかあ？」なんて言いながら部屋に入ってきて、この手紙を読むだろう。

じっくり考えて、迷って、頭の中がこんがらかって、何度も何度も書き直したすえに、最後は時間切れ寸前の作文をダッシュで書くみたいに、なにも考えずにシャープペンシルを走らせた。

〈お父さん、ごめんなさい。イタズラ電話やイタズラ手紙、また来るかもしれません。でも心配しないでください。ぼくは元気です。ちょっと、いろいろあって、合宿で友だちになったタケシくんとジュンと三人でとまりがけの旅行に行ってきます。どこに行くかはひみつです。でも、すぐに(三日ぐらいで)必ず帰ってきます。信じてください。びっくりしてると思うし、怒ってると思うし、心配してると思うけど、ぼくのことを信じてください。お願いします〉

手紙を読み返して、一カ所だけ――「旅行」を消して、「冒険」に書き換えた。

部屋を見回してから、最後に、本棚に置いてある小さな写真立てを手に取った。お母さんとリュウが二人で写っている写真だ。お母さんが入院する少し前、まだ病気に気づいていない頃に撮った。秋の初めだった。リュウは小学二年生で、それがお母さんと一緒の最後の写真になった。

リュウもお母さんも普段着だった。のんびりと過ごしていた日曜日の午後、お母さんがふと思い立って「ねえ、みんなで写真撮らない?」と提案したのだ。家族三人そろって一枚、リュウと二人で一枚、お父さんと二人で一枚、そしてお母さんだけの写真を撮ったところで、デジタルカメラのメモリーが満杯になった。お母さんが亡《な》くなったあと、お父さんは「あれは虫の知らせだったんだよ」と泣きそうな顔になって言った。

いま、お母さんが一人で写った写真は仏壇にある。家族三人の写真はリビングのサイドボードの上に飾られ、お父さんとお母さんの写真は携帯電話の待ち受け画面になって、いつもお父さんと一緒だ。

立ったまま写真の中のお母さんと向き合って、「じゃあ、行ってくるね」とつぶやいた。リュウの両肩に後ろから手を回して抱いたお母さんは、うれしそうに笑っている。どんなときでも、にこにことリュウを見つめてくれる。

お父さんには、やっぱりうまく言えない。手紙でも家出の理由をきちんと説明することはできなかったし、直接話したら、もっと自分でもワケがわからなくなるだろう。

だが、お母さんなら、わかってくれる。なにも言わなくても、ぜんぶわかって、ぜんぶゆるしてくれる。

「信じてね、ぼくのこと」

写真の中のお母さんは、ずうっと笑顔だ。リュウのほうは、いきなりお母さんに後ろから抱きつかれたせいで、びっくりして、恥ずかしくて、「やめてよお」と言いかけた顔をしている。ちゃんと笑えなかったことが、いまでも、悔しくて、悲しい。

写真立てを本棚に戻した。お母さんと目が合った。笑っている。にっこりと、うれしそうに、ほんとうはその頃すでに重い病気が体をむしばんでいたはずなのに、元気いっぱいに、お母さんは笑う。笑う。笑う。笑う。

リュウの肩に、ふわっと、やわらかいものが触れた。背中にほんのりとした温《ぬく》もりが広がっていく。

玄関でスニーカーをつっかけて、お父さんの部屋に声をかけた。

「行ってきまーす！」

声は意外とすんなり出た。

お父さんは寝ぼけた声で「うー、あー、車に気をつけてなあ……」と言うだけだった。

タケシとジュンは改札の横にいた。すごいカッコだ、とタケシを見るなりリュウは噴き出しそうになってしまった。

Tシャツの上に、ポケットがたくさんついたベストを着ている。帽子はサファリハットで、足元には、登山をするひとが背負うような大きくてゴツいリュックと、満杯にふくらんだスポーツバッグが二つ。家出少年というより探検隊だ。

一方、ジュンは身軽だった。半袖《はんそで》のスウェットのパーカーにチノのキュロット。荷物は肩から斜めに提げたちょっと大きめのメッセンジャーバッグだけ。こっちは家出どころか、このまま塾に行ってもおかしくない。

タケシは、おーい、こっちこっち、と笑って手を振ってきたが、隣のジュンはリュウをちらりと見るだけだった。なんだ、来ちゃったんだ、とがっかりした様子でもあった。

「ほら、やっぱり来ただろ？　俺、言っただろ？」

タケシはジュンに自慢する。すると、ジュンは「昨日のお金、持って来てくれた？」とリュウの顔を見ずに言った。「あとでちゃんと返してよ」

「お金って？　なになになに、それ」

きょとんとするタケシにかまわず、ジュンはそっぽを向いたまま、「三百八十円だからね」とつづけた。あいかわらず無愛想で、ツンツンしていて。なにをやってもつまらなさそうで、でも昨日の「リュウは嫌いじゃない」の一言を思いだすと、なんだか照れくさくなって、リュウのほうも「あとで返す」とそっぽを向いてしまった。

タケシは「ま、小学生のことはよくわかんないけど」と笑って、「ジュンちゃんはリュウのこと、来ないと思うって言ってたんだぜ」と教えてくれた。

「だって、来るって約束してなかったし、このひとが家出する理由なんて、なにもないじゃん」

予想がはずれたのが悔しかったのか、ジュンはむきになって言った。

リュウは思わず「そんなことないよ」と言い返した。

「理由あるの?」

「うん……ある」

強がってしまった。ウエダのことを言われたらイヤだなと思っていたが、ジュンは、ふうん、とうなずくだけだった。

かわりに、タケシが「俺は信じてたんだ」と胸を張る。「信じてたから、ちゃーんとリュウのぶんも持ってきたんだ」

ほら、とベストのポケットからチャージ式のICカードを取り出した。このカードを使えば、首都圏の鉄道やバスに切符なしで乗れる。お父さんが、仕事の付き合いで出かけたパーティーのビンゴゲームで、チャージ済みのカードを三枚あてた。それを使わずにしまっておいたのを、こっそり持ち出したのだという。

タケシは「あと、こういうのもあるんだ」と、またベストのポケットからなにか取り出した。

「これ、なに?」

「見ればわかるだろ、鍵《かぎ》だよ、家の」

「誰のウチの?」

「誰のものでもないんだ、いまは」

鍵に付いているタグプレートには、小さな字で住所が書いてある。

「とりあえず、今日はここに行こう」

「とりあえず、って？」

いいからいいから、とタケシは鍵をポケットにしまうと、リュックの前でかがんだ。

「よし、行こうぜ」

リュックを背負うと、荷物が重すぎてなかなか立ち上がれない。リュウが後ろから手伝っても、ひょろりとした体は足の踏ん張りが利《き》かずに、おっとっとっ、と前につんのめりそうになったり、あったったっ、と後ろに下がって尻餅《しりもち》をつきそうになったりする。

ジュンは、「先に入ってるね」と一人でさっさと改札を抜けていった。その背中を感心したように見送りながら、タケシはぽつりと言う。

「あいつ……なんで家出するんだろうな」

「ニンゲンが嫌い、って言ってた」

リュウが答えると、その一言だけで「へえ、そうなんだ」とうなずいた。

「わかるの？」

「ああ、俺、なんとなくわかる」

「タケシくんもニンゲンが嫌いなの？」

「俺は違うけど……でも、わかるよ」

タケシは二つのスポーツバッグを両手で持ち上げながら、付け加えた。

「俺は自分が嫌いだけどな」

リュウが「え？」と聞き返す前に改札に向かって歩きだし、何歩か進んだところで右手のバッグを下ろした。

「両手がふさがる前にポケットからカードを出しとかないとだめだよなあ……」

あーあ、と大げさにため息をついて、リュウを振り向いた。

「おまえにもわかるだろ？　俺が自分を嫌いになっちゃう理由」

寂しそうに笑った。

タケシは改札を抜けるのも一苦労だった。荷物が大きすぎるし、多すぎるし、重すぎる。通路を歩くときも、すれ違うひとや追い越すひとみんなに迷惑そうな顔をされてしまった。高架のホームに出る階段では、途中の踊り場で「ちょっとタイム、休憩」とリュックのドリンクホルダーからペットボトルのお茶を出して、ごくごくと飲んだ。

一息ついたらだいじょうぶかと思っていたら、今度は「悪い、トイレ行ってくる、荷物見てて」とリュックを置いて階段を駆け下りていく。冷たいお茶を飲んで、おしっこに行きたくなったようだ。

階段を上りきったリュウは、先にホームに立っていたジュンと並んで、しかたなく踊り場のリュックとスポーツバッグを見張った。

「まいっちゃうよな」

無視されるのも覚悟して声をかけると、ジュンは意外と素直に「ほんと」と笑った。

「あの荷物の中、パジャマとかも入ってるって、さっき言ってた」

ジュンはまた、「なんかもう、サイテー」と笑った。

「あと、図鑑も」

「なに？　それ」

「ゼツメツした動物の図鑑なんだって。宝物だから持ってきたって、さっき言ってた」

ジュンのあきれ顔が、それを聞いて、少し真剣になった。

「そんな図鑑ってあるんだね……」

「うん、あるみたい」

「レオポンって出てるかな」

「レオポンって？」

「知らない？」

「うん……」

ジュンはため息をつき、「サイテーでサイアクの話だから」と前置きして、教えてくれた。

「レオポンって、混血っていうか、雑種っていうか、ヘンな動物なんだよね。ヒョウとライオンが結婚したら、生まれた子どもはレオポンになるの」

「そんなことできるの？」

「うん。ふつうはありえないけど、ニンゲンが無理やり結婚させちゃえば、赤ちゃんも生まれるの」

その赤ちゃんが、レオポン。顔はライオンで、全身の模様はヒョウ柄なのだという。

「じゃあ、ニンゲンがつくったわけ？」

「そう。勝手につくったの」

「なんで……」

「面白いから」

ジュンは冷ややかに言った。最初は冗談で答えたのだと思ったが、「だって面白いじゃん、嘘《うそ》っぽくて」とつづけた口調はもっと冷ややかになったから、意外と正解なのかも、と気づいた。

「リュウだって見てみたいでしょ？」

「うん、まあ……」

「あんたみたいな子がいるからつくったの、レオポンを」

研究のためではなかった。動物園にお客をたくさん集めるためにつくられた。もう、ずっと昔――「リュウのお父さんがちっちゃな頃の話だよ」とジュンは言った。

「でも、ゼツメツ……」

「しちゃったよ。三十年ぐらい前に」

「なんで？」

「最初からゼツメツする運命だったの」

レオポンには子どもをつくる力がない。せっかく生まれても、そのレオポンが死んでしまうとおしまいになる。ゼツメツさせないためには、一代かぎりのレオポンをどんどんつくりつづけるしかない。

「でも、やめちゃったの」

ニンゲンが――。

「思ったほど人気が出なかったみたい。パンダとかコアラに負けちゃったし、育てるのも大変だから、最初に五頭つくっただけで、あとはもうやめちゃったんだって」

だから、その五頭が死んでしまって、レオポンはゼツメツした。

「サイテーでサイアクの話でしょ？」

ジュンはしゃがみこんで、踊り場の荷物を見つめた。「ま、わかんないと思うし、べつにどうでもいいけど」とリュウを振り向かずに言った。

タケシがようやくホームまでたどり着いたとき、もう時刻は七時半近かった。

通勤のラッシュアワーがピークを迎えて、都心に向かう上り線のホームは、電車が着く前からひとであふれ返っていた。

だが、三人のいる下り線のホームには、まだ余裕がある。タケシも「各停だったら座れるかもな」と言った。

郊外へ向かう。降りる駅は、ここから五つ先の星《ほし》ヶ丘《おか》ニュータウンという駅だった。リュウもジュンも、そしてタケシも、いままで行ったことのない街だ。

「でも、まあ、ニュータウンなんてどこも似たようなものだろ。住所もわかってるし、だいじょうぶだよ」

ベストの胸ポケットを指差して言ったタケシは、急に心配になったのか、ポケットの上から鍵をさわって、なくしていないのを確かめた。それでもまだ足りずに、わざわざ鍵を取り出して確認する。のんきなのか神経質なのか、どっちにしても自分のそういうところが嫌いなんだろうな、というのはリュウにもわかる。

「とりあえず荷物を置いてから、なにするか考えよう」

「そこの家に置くの？」とジュンが訊いた。

「うん、電気とかガスとか水道は使えないけど、寝るぐらいはできるから」

「なんなの？　その家」

「俺んちのメシのタネ」

「どういうこと？」

「だから、俺んちが管理してるんだよ、いまは空き家だけど、借り手がつくまで」

それを聞いて、ジュンは、あっ、そっか、という顔になった。

「不動産屋さんだもんね……」

「あれ？　ジュンちゃん、俺んちのこと知ってんの？　俺、話したっけ」

ジュンは怪訝《けげん》そうなタケシから目をそらし、「いまの話を聞いてればわかるじゃん」

と言った。声が微妙にうわずった。

リュウもきょとんとしてジュンの顔を覗き込んだ。タケシと同じ小学校の先輩と後輩
ということは秘密、なのだろうか。

もっとも、当のタケシはあっさりと「頭いいなあ」と感心して、「まあ、それで、だ」

と話を戻した。

「いよいよ、いまから旅が始まるわけだ」

急にもったいぶった口調になった。リュウとジュンはプッと噴き出しそうになったが、
タケシは真剣そのものの顔つきでつづけた。

「家出してどうなっちゃうのか、はっきり言って、隊長にもよくわかんない」

なにそれ、とリュウはつぶやいた。隊長って誰よ、とジュンもつぶやいた。

「でも、このままだと、俺たち、ゼツメツしちゃう。それだけは俺、わかる。胸がドキ
ドキするほど、よくわかる」

リュウとジュンも黙って頰をひきしめた。

「ここにいたら、だめだ。ゼツメツしたくないんだったら、出て行くしかないんだ」そうだろ？　とタケシは二人を交互に見て、「俺たちは生き延びるんだ」と言った。

理屈はよくわからなかったが、タケシの強い決意はリュウにも伝わった。

ホームの電光掲示板が灯《とも》った。〈電車がきます〉――各駅停車だ。

「何度でも言うけど、俺たちはクジラにならなきゃいけない。クジラになって、海で生き延びなきゃだめなんだ」

リュウは黙ってうなずいた。

ジュンも、うなずきはしなかったが、黙ってじっとタケシを見つめていた。

「俺、ゆうべいろいろ考えた。クジラってたくさん種類があるだろ。シロナガスクジラとかセミクジラとかマッコウクジラとか。名前がつくっていうのは、ゼツメツしないための第一歩だ。そうだろ？　名前のない生き物は、得体の知れないナゾの存在で、ゼツメツさせられちゃうんだ」

今度は、リュウには意味がよくわからなかったが、ジュンは大きくうなずいた。

ホームのアナウンスが電車の到着を告げる。白線の内側までお下がりください、という声に、タケシは重たいリュックを背負ったまま律儀《りちぎ》に一歩下がった。かえって足がふらついて危なっかしい。そういうのも自分で自分がイヤになっちゃうところかもしれないな、とリュウは思う。

「俺たちは、イエデクジラだ」

タケシの言葉と同時に、電車がホームに滑り込んだ。

「よし、行こう」

タケシを先頭に乗り込んだ。家出じゃない、これは冒険の旅なんだ、とリュウは自分に言い聞かせた。冒険するには家出しなくちゃいけないんだから、しょうがないんだ。

予想どおり電車はそれほど混んでいなかった。うまいぐあいに三人並んで座れた。真ん中のタケシはリュックを背負ったまま腰を下ろしたので、シートにうまく座れず、床に尻餅をつきそうになってしまった。うわわわっ、ヤバッ、とあわてて体勢を立て直すタケシを見て、左からジュンが笑う。右からもリュウが笑う。

タケシのリュック越しに、二人の目が合った。ジュンはすっと顔を横に向けて、窓の外を見た。いつもどおりのそっけないしぐさだったが、つまらなさそうな横顔ではなかった。

電車が走り出す。

テーチス海の岸辺から水に入ったイエデクジラは、ゆっくりと沖に向かって泳ぎ出した。

〈僕たちは、こんなふうにして旅に出たのです。　つづく〉

＊

センセイの報告（その1）

それにしても――と、センセイはパソコンのキーボードから手を離し、椅子の背に深くもたれかかって、長い長い手紙をあらためてぱらぱらとめくっていった。

まったくもって、それにしても、だ。

星ヶ丘ニュータウンが出てくるとは思ってもみなかった。手紙の中にその文字を見つけたときの驚いた顔を、彼らにも見せてやりたいほどだ。

タケシの手紙は出版社気付《きづけ》で届いた。センセイの自宅の住所は公開していない。だから、どう考えても、これは偶然、いや、タケシなら「運命」という言葉をつかうだろうか。

センセイは椅子から立ち上がり、窓のカーテンを開けた。丘の上に建つマンションだ。

九階建ての七階なので、眺望は悪くない。マンションと一戸建てがゆったりとした密度で混在する街並みが、窓の外に広がる。いまでこそずいぶんくたびれてしまったが、高架になった私鉄の線路や立体交差する道路は、この街が開発された三十年前には、きっと豊かな未来の象徴だったはずだ。

十数年暮らしてきた。「ふるさと」とは呼べなくても、「わが街」ではある。センセイが書く小説の舞台の大半は、この街をモデルにしたニュータウンだ。主人公はみんな架空の人物だが、いかにもこういう街に住んでいそうなおとなや子どもを好んで描いている。タケシたちの物語も、そんな作品の一つになるのだろう。

都心からのアクセスがあまりよくないぶん、空が広くて高くてきれいな街だ。新居を選ぶときにも、それが決め手になった。不動産会社に探してもらった候補には、もっと便利な街もあったし、もっと広い物件もあった。だが、さほど期待せずにこの街を下見に訪れたとき、夕焼けの空を見て、センセイの一人娘は「ここがいい」と言った。まだ小学校に上がる前だった。「ねえ、パパ、ミユちゃんここがいい、ここにする」──舌足らずで、ぴちゃぴちゃと小魚が跳ねるような声を、センセイはいまでもよく覚えている。

案内してくれた不動産会社の営業マンは、「夜になると、もっときれいですよ」と言った。「都心に比べると夜景はアレですが、そのかわり、星がよく見えるんです」

だから、星ヶ丘――夜空のきれいなこの街で、センセイはいくつもの小説を書き、家族の暮らしを紡《つむ》いできた。

星ヶ丘はかつては海だったらしい。約六千年前、縄文時代の話だ。北欧のフィヨルドのように海が陸地の奥まで入り込み、海岸線は切り立った峡谷だったのだという。

そう、この街も海だったのだ。タケシはそのことを知っているだろうか。教えてやったら、驚いて、喜んで、ここがテーチス海なんだ、と決めてしまうだろうか。

センセイは窓を開けた。七階から眺める、九月の昼下がりの街は、うつらうつらと居眠りしているように静かだった。

第三章　エミさんとツカモトさん

1

駅から歩きだして二十分が過ぎた。

「おかしいなあ、ウチの広告だと徒歩十分だったんだけどなあ、まいっちゃったなあ、親父《おやじ》、広告で嘘《うそ》ついてたのかな……」

重いリュックを背負い、両手にスポーツバッグを提げたタケシは、まだ朝のうちなのに歩きだすとすぐに汗びっしょりになって、道のりの半分もいかないうちにへばってしまった。

「四丁目に入ったから、もうすぐだぞ」と言ってからも長かった。最初のうちは通勤で駅やバス停に向かうおとながけっこう歩いていたのに、だんだんその数も少なくなってきた。

タケシは何度も立ち止まってペットボトルのお茶を飲み、星ヶ丘の地図を広げ、熱中症になったらヤバいから、とサファリハットの内側に冷却シートを貼《は》る。ベストの胸ポケットから磁石も出した。カロリー、カロリー、エネルギー、と言いながら、スポーツバッグの中で溶けかけていたチョコレートを取り出して、二、三個まとめて口に入れる。

その姿だけ見たら、ホンモノの探検隊みたいだった。しかも、遭難寸前の。

だが、三人がいるのは森の中でも砂漠の中でもない。ニュータウンの歩道だ。

目指す住所は四丁目六番地十七号。マンションの名前はスカイハイツ。そこまでわかっていて、実際、電柱の住居表示に〈4-6〉とあるブロックまで来ているのに、肝心のマンションがない。念のために〈4-1〉から〈4-9〉まで範囲を広げて、さっきからぐるぐる回りつづけているのに、スカイハイツはどこにも見あたらないのだ。

リュウはたまりかねて言った。

「誰かに訊《き》いてみない？　みんな地元なんだから、訊いたらわかるんじゃない？」

タケシは「そんなのしなくていいよ」と首を横に振る。「だいじょうぶだって、もうここまで来てるんだから」

「でも、そこのお店で訊いてくるよ、ぼく」

駆けだすと、「よけいなことするなって言ってるだろ」と本気の顔と声で呼び止められた。

「だってさあ……」

駅から合計すると三十分以上も歩きどおしで、足もくたびれてきたし、おなかも空《す》いてきた。八時半を回って、通勤のおとなの姿はほとんど見かけなくなった。かわりに、太陽のまぶしい光が歩道をじりじりと照らす。今日も暑くなりそうだ。

「もう一回だけ、こっち側を回ってみようぜ」

リュウはうんざりして、ジュンを振り向いた。ジュンが味方についてくれれば二対一になる。いつものそっけない一言を期待した。

だが、ジュンはリュウと目が合うと、行こうよ、と口を小さく動かして、タケシのあとについて歩いていった。なに文句言ってんのよ、の形にも口は動いていた。ばーか、と動いていたような気も、ちょっとする。

ジュンはタケシに甘い。リュウに対してはちょっとしたことでもすぐにムッとするのに、タケシのことは、しょうがないよね、で終わる。あきれて笑っても、見放したりはしない。その理由がリュウにはよくわからない。同じ小学校の先輩と後輩だからというだけじゃないのかも、までは見当がつくのだが。

「タケシくん」

声をかけた。ぐったりした顔で振り向くタケシに、「あのさ、もしかしてなんだけど、ちょっと部屋の鍵《かぎ》、確かめてみてくれない？」と言った。

「キーホルダーに書いてあるんだよね、住所……それが間違ってることもあるんじゃない？」

「なんで？」

タケシは「しょうがないなあ……」とベストの胸ポケットから鍵を取り出した。

「ほら、ここにちゃんと書いてあるんだよ、住所」

キーホルダーのプレートを手のひらに載せて、覗《のぞ》き込んだ。「こんなの、いくらなんでも間違えるわけ――」

声が止まる。笑顔がこわばる。

「ちょっと待て、うそ、ありえない、ちょっと待ってろ、うそだよ、これ、うん、ほかの部屋のもある、俺、持ってきてる、そっち、そっち、そっちのほうだから」

うわずった早口で言いながらリュックを背中から下ろし、ファスナー付きのポケットから鍵を二本取り出した。

「こっちもスカイハイツの鍵だから、住所――」

また、声が止まった。胸に抱きかかえていたリュックが足元にずり落ちていく。

「悪い……四の六の十七じゃなくて……六の四の十七……だった」

タケシは腰が抜けたように路上にへたり込んでしまった。

「なんでなんだろうな……俺、なんで、こうなんだろうなあ……」

がっくりと肩を落とし、ため息をついて、「いつもなんだよなあ……」とサファリハットの上から両手で頭を抱え込む。立ち上がる気力もなくしてしまったようだった。

「タケシくん、しっかりしてよ」

リュウが声をかけても、頭を抱え込んだまま、「だめだよ、もう、俺」と言う。

「そんなことないって、ほら、行こうよ。六丁目でしょ？　すぐだよ、すぐ。ここからどっちに行けばいいわけ？」

「……駅の向こう」

一丁目から四丁目までは駅の東口で、五丁目から八丁目までは西口なのだという。スゴロクでいうなら「ふりだしに戻る」だった。

「俺、もうだめ、歩けない」

「でも、こんなところで座っててもしょうがないじゃん。行こうよ、立ってよ、ほら」

「腹減った。考えてみれば、朝からなーんにも食べてないんだぜ」

それはこっちのセリフでしょ、とリュウは心の中で言い返す。

「ずーっと歩いてて、もう俺、足が痛くて、歩けない」

だから、それはこっちが言いたいセリフなのだ。

「タケシくん、ファイト、行こう」

「いいよなあ、リュウは元気で……」

ムカッとくる前に、情けなくなってしまった。こんなにへなちょこな年上の子と会ったのは初めてだ。中学生というのは、もっとおとなで、もっとカッコいいものだと思っていたのに。

「スポーツバッグ、一つ持つよ、ぼくが」

「いいのか？」

「よくないけど……いいよ」

「じゃあ悪い、そっちの、重いほう持って」

情けなさは、不安や後悔にも変わりかける。こんなひとの誘いに乗って家出しちゃって、ほんとうにだいじょうぶなんだろうか。

まいっちゃうよなあ、とジュンを振り向いた。さすがにこれならジュンもタケシに怒りだすだろう。ガツンと言ってやってくれよ、と期待した。

だが、ガードレールに腰かけたジュンは、タケシとリュウのことなど気にもとめない様子で、晴れわたった空を見上げていた。住所を間違えていたことが聞こえなかったはずはないのに、ショックを受けるでも怒るでもなく、ただじっと空を見つめている。

目は合わなかったが、リュウの視線を感じたのか、ジュンは不意にガードレールから降りて、そのまま、二人にかまわず歩きだした。

「どこ行くの？」

呼び止めると、面倒くさそうに振り向いて「六丁目でしょ、駅の向こうでしょ」と言う。「そっちに行くに決まってるじゃん」——そっけなさは、とにかくぜんぶ、リュウがぶつけられてしまうのだ。

ジュンはまた歩きだす。すたすたと、まっすぐ前を向いて。

リュウとタケシは顔を見合わせた。わかったよ、行く、行く、行くから、とタケシはあわてて立ち上がる。遠ざかるジュンの背中を追って、やっと歩きだした。重たいほうのスポーツバッグは路上に残したまま、だった。

リュウはため息をついてバッグを提げる。重い重いって、たいしたことないじゃん、と拍子抜けしたが、荷物が一つ減って身軽になったはずのタケシの後ろ姿は、あいかわらずよたよたして、いまにも「ちょっと休憩……もうだめ、バテた」と止まってしまいそうだった。

その先にはジュンの背中が見える。こっちが歩きだしても、距離はちっとも縮まらない。むしろ、どんどん離れていく。歩くのをちょっと遅くして二人を待とうというつもりは、ぜんぜん、まったく、まるっきり、なさそうだった。

しょっぱなからこんな調子で、ほんとうにだいじょうぶなんだろうか……。

スポーツバッグの重さが、歩きだしてからじわじわと増してきた。

駅ビルのハンバーガーショップに入っても、タケシはまだ住所を間違えたことに落ち込んでいた。リュウとジュンに申し訳ないと思う以前に、自分で自分が情けなくてしかたないみたいだ。

「いつもなんだよ。頭の中で、ぽろっと数字が入れ替わったり消えたりするんだ」

学校に通っていた頃もそうだった。たとえば数学の時間、先生にあてられて黒板に式や答えを書くとき。

「ノートには正解が書いてあるんだよ。それをただ黒板に写せばいいだけなのに……できないんだよなあ……」

〈$3x+2y$〉とノートに書いてあるのを確かめて、よしよし、〈$3x+2y$〉だな、と頭ではわかっているのに、チョークで黒板に書くときには〈$3x-2y$〉になってしまう。

「俺、はっきり言って、そんなのばっかり」

社会科のテストでも、信じられないミスを繰り返した。平安京ができたのは七九四年だとちゃんと覚えていて、念のために「鳴くようぐいす平安京、七九四《なくよ》うぐいす平安京」と心の中でつぶやきながら答案用紙に向かう。そこまでやっているのに、解答欄に書き込んだ答えは七四九年になってしまう。

そんなタケシにとって、キーホルダーのプレートに書いてある〈6-4-17〉を

〈4-6-17〉と間違ってしまうのは、当然といえば当然のことなのかもしれない。

「学校に行くのやめちゃってたから、もうだいじょうぶだと思ってたんだけど……やっぱりだめだったなあ」

しょんぼりとしても、食欲はある。ハンバーガーは、これで二つめだった。

「保健室の先生とかに相談もしたんだよ。でも、原因不明なんだ。ウチにある『家庭の医学』にも出てなかったし、ネットで調べてもそんな病気どこにもなかったし」

「病気？」とリュウは思わず、つんのめるように訊いた。

タケシは「たぶんさ、なんとか症候群みたいな感じだと思うんだよな」と言う。「まだニッポンではあんまり知られてないのかもしれないよなあ」

それって、たんに注意力がないっていうだけなんじゃないか、とリュウは思う。集中していないというか、おっちょこちょいというか、逆にボーッとしてトロいというか。

だが、タケシは真剣な顔でテーブルに身を乗り出し、ついでに手も伸ばしてリュウのポテトを取りながら、「最近、怖いんだ」と言った。

このまま病気が悪化したら、もっとヤバい症状が出てくるかもしれない。

「ヤバいって、どんなふうに？」

「頭の中では、いまは赤信号だってわかってても、つい青に見えて、横断歩道を渡っちゃうとか」

電車がもうすぐ来るぞとわかっているのに、ふらっとホームから線路に降りてしまうとか。こんなことやってはいけないとわかっているのに、お店に並んでいるものをナニゲなく盗んでしまうとか。通り魔になってしまうとか。自殺してしまうとか。

タケシは真剣な顔で、ぞっとするようなことを言う。そのくせ、ポテトをつまんでは口に運ぶ手の動きは止まらない。

「もしもそうなっちゃったら、ほんと、俺、人生おしまいだよなあ」

なに大げさなこと言ってるんだろう、とリュウはあきれた。だが、笑えない。タケシの顔はほんとうに真剣だったから。

「多重人格ってあるだろ」

「うん……」

「俺も多重人格になりかけっていうか、自分の中にもう一人、別の自分がいてさ、いまはまだ小さいんだけど、それがじわじわ、じわじわ、じわじわ、育ってるっていうか……そういうのって、リュウ、わかんない？」

リュウは目を伏せて、小さくうなずいた。ホラー映画の話ならわかる。そういうマンガも読んだことがある。だが、それを現実の、目の前にいるひとのことに置き換えると、やっぱりワケがわからない。だいいち、こんな話、ひとのポテトを食べながら言うようなことじゃないはずで、指先についた塩をおいしそうになめてる場合じゃないはずで……でも、ポテトを食べているのは別のタケシくんなのかも、と思うと、ちょっと怖くなる。

「わかるよ」

いままで黙っていたジュンが、不意に言った。「わたし、それ、わかる」——きっぱりと。

かえってタケシのほうが驚いて「マジ？」と聞き返した。

「そういうの、あると思う。自分が二人いるみたいな感じなんでしょ」

ジュンの声は淡々としていた。あたりまえのことをあたりまえに話すように、表情もほとんど動かない。

「そうそうそう、そうなんだよ」とタケシはうれしそうにうなずいた。

「わかるよ」

「だろ？」

「わかるけど、それ、べつにたいしたことじゃないよ」

「……え？」

「ポテト欲しいんなら、わたしのもあげる」

ジュンは自分のトレイから手つかずのポテトだけ外に出して、席を立った。

「早く食べて、早く行こうよ。わたし、外で待ってる」

最初から最後まで、無表情で、淡々とした口調のままだった。ジュンがいなくなったテーブルには、ぽかんと気が抜けてしまったような静けさが残った。

タケシはジュンの置いていったポテトに手を伸ばしかけて、やっぱりいいや、とつぶやき、「食っていいぞ、リュウ」と言う。

「ぼくも……もう、いい」

なぜだろう。ジュンはタケシとしか話さず、こっちはちらりとも見なかったのに、リュウはまるで自分が見捨てられてしまったような気分になってしまった。タケシのほうも、いったん話が盛り上がりかけていたぶん、また急に元気をなくしてしまった。

「あいつってさ、氷の女王みたいだよな」

なんとなく、わかる。

「英語で言ったら、えーと、アイスクイーンか。だな。うん。アイスクリームの双子《ふたご》の妹で、どっちも冷たいんだけど、アイスクリームのほうは甘くて、アイスクイーンは甘くないわけだ。どうよ、それ、面白くない？」

凝《こ》っているわりには、だからなに、という感じのギャグだった。

「タケシくんって、新しい言葉つくるの好きだよね」

ほら、イエデクジラとか、とつづけると、タケシもまんざらではなさそうな顔でうなずき、「大事なのは想像力だよ」と胸を張った。

べつにほめてるわけじゃないんだけど、と苦笑したら、店の外にいるジュンと目が合った。早くしてよ、とムッとしていた。そういうところも確かに女王さまらしい。

「そろそろ行く?」

リュウがうながすと、タケシは「だな」と応《こた》え、ポテトをペーパーナプキンにくるんだ。

「非常食だ。なにがあるかわからないから」

床に置いたリュックを開けて、ポテトを中に入れる。ほんとうに大げさなひとだ。あきれて見ていたら、リュックの中にヘンなものが入っていることに気づいた。

「ねえ、それって……」

タケシが「これか?」と取り出したのは、双眼鏡だった。こんなものまで持ってきているのなら、荷物が増えるのも当然だった。

「だって、冒険の旅にはなにがあるかわからないんだぞ、ほんとに」

タケシはきっぱりと言って、「大事なのは想像力だよ」と付け加えた。

2

六丁目四番地十七号は、すぐにわかった。駅の西口から徒歩十分。タケシのお父さんの会社の広告どおりだった。

「意外と良心的だったんだなあ、ウチの会社って」

タケシもほっとした顔でスカイハイツを見上げる。古いワンルームマンションだった。築二十年。もともとは大手の証券会社の独身寮だったらしい。五階建てだ。一部屋に一つずつバルコニー付きの窓がある。目で数えてみると、ワンフロアに十部屋ずつある計算だった。

「スカイハイツっていっても、そんなに高くないんだね」とリュウはタケシに言った。

「でも、丘のてっぺんに建ってるし、窓の方角には高い建物がないから、けっこう眺めはいいんだ」と、タケシはマンションをかばうように言い返す。

広告にも「眺望抜群」と謳《うた》っているらしい。タケシはついでにPRのフレーズをいくつか並べた。交通至便、急行停車駅、陽当たり良好、エレベータ、オートロック、フローリング、ロフト付き、電化キッチン、バス・トイレ別、ペット可、ピアノ応相談。広さは八畳ほどで、家賃は古いぶん格安だったが、空き部屋はいくつもある。その空き部屋をこっそり使おう、というのだ。

郵便受けが壁一面に並ぶエントランスホールで、タケシはリュウとジュンに向き合った。

「ここが、今日からしばらく俺たちのベースキャンプになるからな。部屋は三つ使うけど、本部は俺の部屋にする。いいな」

また大げさなことを言いだした。

「よし、じゃあ、鍵を渡すから」

リュウは五〇二号室だった。タケシは三〇二号室で、ジュンは四〇三号室。窓の位置を星座のようにつないでいけば、「く」の字になる格好だ。

「フロアが違っちゃうのがアレなんだけど、空き部屋で三ついちばん近いのは、この組合せだったんだ。バルコニーからロープとか垂らしたら、すぐに行き来できるしさ」

タケシは自分の言葉に「あははっ」と笑ったが、百パーセント冗談だとは言い切れないところが、ちょっと怖い。

「で、オートロックの開け方なんだけど、暗証番号は俺、知ってるから」

0913。

「この数字、忘れるなよ。もしも、ここをテッタイして、別のベースキャンプに移ることになっても、オートロックの暗証番号はぜんぶ同じだから」

住民の自治会や組合が設定を変えてしまった場合でも、不動産会社にはメンテナンス用の暗証番号がある。タケシのお父さんの会社は、管理契約を結んでいるすべてのマンションの暗証番号を0913で統一しているのだ。

「マンションごとにいちいち変えてたら覚えきれないし、メモにしとくと、万が一のこともあるから、親父とおふくろがぜーったいに忘れない日付にしたんだ」

「日付だと……0913って、九月十三日ってこと？」

リュウが訊くと、「ピンポーン」と両手でマルをつくってうなずいた。

「でも、べつに覚えやすい日付じゃないし、祝日でもないよね、十三日って」

「いいんだよ、ウチの親にしか大事じゃない日付だから」

なんの日だろう。リュウは思いつくまま挙げてみた。会社の創立記念日ではなかった。両親の結婚記念日でもない。さらに、両親のどちらかの誕生日も――タケシは両手でバツをつくって、「ちょっと近いけど」と笑う。

「わかった、タケシくんの誕生日だ」

タケシはヘヘッと笑って、また両手でバツをつくる。

「お兄さんの誕生日」

ジュンが横から、そっけなく、怒ったように言った。タケシはあっけにとられた顔で、こくんとうなずいた。

「なんで俺んちのこと知ってんの？」

「勘で言っただけ」

ジュンはそう答えると、自分でオートロックのキーを押した。0913。ドアが開く。

タケシとリュウもあわててあとを追った。

ドアを抜けると、すぐ目の前はエレベータだった。三階に上がっていたエレベータを待つ間、タケシは「あー、でも、びっくりした」と、まだ驚きを隠しきれずに言った。

「兄貴がいることって、俺、ジュンちゃんにしゃべったっけ?」

「だから、勘で言っただけ」

「すげえなあ」

「お兄さんのいるような雰囲気だったし」

「そう?」

「うん、なんか、イヤなお兄さんだと思うけど」

タケシは黙り込んだ。笑わない。しゃべらない。ただ唖然《あぜん》としてジュンの横顔を見つめる。

エレベータが一階に着いて、扉が開いた。

三人は黙って乗り込んだ。

「とりあえず本部に寄ってくれよ。渡すもの、まだあるから」

ぼそっと言ってボタンを押したタケシは、重苦しくなってしまった雰囲気から逃げるように、「ちなみに、俺の誕生日、発表しまーす」と甲高い声で言った。

「俺、十月生まれなの。十月十日。昔の体育の日。イチゼロイチゼロって、簡単すぎて暗証番号に向かないんだよなあ」

そういうこと、うん、そういうことだから、と念を押す。

リュウもジュンも黙ったまま、お互いに誰とも目を合わさずに小さくうなずくだけだった。


三〇二号室のドアを開けると、狭い部屋に溜《た》まっていた熱気が、むわっとまとわりついた。

「自分の部屋に入ったら、すぐに窓開けろよ、ほんと、ずーっと閉めきってたわけだから、サウナになってるぞ」

タケシはがらんとした部屋に入り、フローリングの床をどすどすと踏み鳴らして部屋の突き当たりまで進んで、窓を開けた。

リュウは「だいじょうぶなの？」と訊いた。「隣の部屋にも、誰かいるんだよね？聞こえない？」

タケシは「平気平気」と笑う。「サラリーマンとかは仕事に行ってるし、大学生だと夏休みで田舎に帰ってるし、エアコンを使ってるからみんな窓を閉め切ってるし……ワンルームマンションだから、隣の部屋のことなんか気にするヤツいないよ」

「電気とか水道は？」

「まあ、そこはがまんするってことで……」

タケシが言いかけるのをさえぎって、ジュンが「がまんしなくていいんだよ」と言った。「電気も水道も使える」

「マジ？　なんで？」

「水道、たぶん蛇口ひねったら出るよ。出なくても、メーターのところの栓を開ければいいから。電気もブレーカーを上げたら使えるし、止まってたら、申し込みをすればいいだけだから。べつに身分証明書とか要らないし、ガスと違って、開くときにこっちが立ち会わなくていいし、メーターのところに申し込みのハガキもあると思うし、なくても、ネットですぐにできちゃうから」

ジュンは、さらさらと流れるような口調で言った。言葉どおり、キッチンの蛇口をひねってみると、ゴボゴボッという空気の音とともに、水が流れ出た。壁のスイッチは反応しなかったが、ジュンに「玄関のドアの上に配電盤があるでしょ。そこの端っこにメインのブレーカーがあるから」と言われてブレーカーを上げると、まばたきしながら天井の蛍光灯が灯《とも》った。

すげーっ、とリュウは思わず息を呑《の》んだ。タケシも、へえーっ、と驚いた。

だが、ジュンはにこりともせずに「じゃあ申し込みも要らない、このまま使える」と言った。

「あ、でもさ、料金は？」とタケシが訊いた。

「メーターの検針が回ってくるまでは知らん顔してればいいじゃん」

「あ……そうか」

「もっと長くいるつもりだったら、払込用紙を送ってもらえばいいの。コンビニから現金で振り込めばカードも口座も要らないし、歳《とし》を書く欄とかもないから、子どもでも全然平気」

　リュウは目を見開いてジュンを見つめた。すごい。驚きを通り越して、素直に感動した。同じ小学五年生でもこんなに違う。勉強ができるとかできないとかの話ではなく、ジュンは、おとなの世界のことも知っている。

「あのさ、そういうのって、『蛍雪』で勉強してるわけ？」

　リュウが訊くと、ジュンは振り向いて、答えの代わりに微笑《ほほえ》んだ。初めて、リュウに笑いかけた。なに間抜けな質問してるんだろう、このひと、といった感じでも、笑顔は笑顔だ。

「わたし、けっこう調べてるから」

「電気や水道のこと？」

「っていうか、引っ越しのこと」

「え？」

「一人暮らしできるかどうか、ずっと調べてるから、よくわかるの」

「一人暮らし……って？」

きょとんとするリュウにかまわず、ジュンはタケシに「渡すものって、なに？」と訊いた。「わたし、早く自分の部屋に入りたい」

タケシはあわててスポーツバッグを開けた。

「これ、二人のぶんも持ってきたから」

取り出したのは、小さく丸めた夏用のシュラフだった。サイズはS——二人のために買った新品だった。

「ここのロフト、ベッドになってるんだけど、布団《ふとん》もなにもないから、風邪ひいちゃいけないと思って」

今年のお年玉の残り、ぜんぶつかっちゃったよ、と笑う。

リュウはシュラフを受け取ると、ついため息をついてしまった。感謝する前に、正直、あきれた。本格的になればなるほど冗談みたいに思えてしまうのは、なぜだろう。

「で、とりあえずそれぞれのベースキャンプに入って、空気を入れ換えたりして、休憩な。三十分後に、また本部に集合しよう」

ジュンは「貸してほしいものがあるんだけど」とタケシに言った。

「なに？」

「図鑑持ってきてるでしょ？　ゼツメツした生き物の載ってるやつ」

「うん……」

「貸してくれない？　どうせ部屋にいてもやることないから、それ読んでる」

「いいけど……いきなり図鑑読みたいって、やっぱり、ジュンちゃんって変わってるよなあ」

「図鑑なんて持ってくるほうが、もっと変わってると思うけど」

タケシは図鑑と一緒に、丸めた画用紙もバッグから取り出した。

「いまから、これを貼るんだ」

クジラの絵だった。画用紙いっぱいの大きなクジラが、潮吹きをしながら海を泳いでいる。目が笑っている。口も笑っている。元気いっぱいの、楽しそうな――ただし、かなりヘタくそな絵だった。

「宝物なんだよ、俺の」

「タケシくんが描いたの？」

「そう。小学三年生のとき」

その学年にしては、やっぱり、ヘタ。リュウは最初、小学一年生か、ひょっとしたら幼稚園の子どもが描いたのかと思っていた。

「ホエールウォッチングに行ったんだ、夏休みに家族で。北半球だと季節はずれなんだけど、オーストラリアに行ったから、ばっちり」

タケシは両手で広げた絵を、なつかしそうに見つめた。

絵の隅っこのほうに、船が描いてある。甲板にひとが四人立って、笑いながらクジラを眺めていた。タケシと両親とお兄さんなのだろうか。みんな笑っているということは、その頃は、タケシはお兄さんのことを嫌ってはいなかったのだろうか。

「俺、決めたんだよ。どこに行っても、この絵を貼ったら、そこが俺のセカイなんだ、って」

「……セカイ?」

また大げさなことを言っちゃって、とリュウは苦笑した。

だが、タケシは真剣だった。

「そう、セカイなんだよ」

ゆっくりと、嚙《か》みしめるように言った。

3

陽射《ひざ》しは、じりじりと音をたてるように街に照りつけていた。真昼だ。正午ジャスト。通りに面したどこかの家から、お昼の情報番組のテーマ曲が聞こえてきた。

「暑いなあ……」

三人の先頭に立って歩くタケシは、首に掛けたタオルの端で目元の汗をぬぐいながら、げんなりした声で言った。

「七回目」

真ん中のジュンがあきれ顔で応える。「何回言っても暑いのは暑いんだから、黙っていればいいじゃん」――あきれていても、そっけないわけではない。そこがリュウに対するときとは違う。

だが、実際、とにかく暑い。しんがりのリュウも思わず「あちーい……」とぼやきかけて、ジュンの背中を見てあわてて口をつぐんだ。

午後からは気温がさらに上がり、この夏いちばんの暑さになるのだという。ベースキャンプの本部でラジオを聴いていたタケシは、出がけに「いいか、水分補給を忘れるなよ。それと帽子は脱ぐな。熱中症になって遭難しても助けてやれないぞ、探検中はこっちだって命がけなんだから」と、しかつめらしく言っていた。それでいて、外に出てから「いけねっ、帽子忘れちゃった」とスカイハイツに駆け戻るのもタケシなのだ。

駅までは徒歩十分。スカイハイツに向かったときと、もちろん距離も道順も変わらない。丘を下っていく形になるので、むしろ早く着いてもいいはずなのに、暑さのせいで足がなかなか前に進まない。

街は静かだった。車は行き交っていても、歩道を歩くひととはめったにすれ違わない。朝のうちはあちこちで聞こえていたセミしぐれも、まるでセミの世界にもお昼休みがあるみたいに、さっきからぴたりとやんでしまった。

「腹減ったなあ……」

タケシがつぶやくと、ジュンは「それも四回目」と言った。「ほかのこと言えないの？」

「探検中は私語厳禁なんだよ」

「……ま、いいけど」

「ねえ、タケシくん」リュウが声をかける。「どこに行くか決まったの？」

「だからさっき言っただろ、とりあえず駅だ。駅に戻って、昼メシ食わなきゃ」

「でも、おなか空いてないよ。朝ごはん遅かったし」

「甘いって。メシは食えるときに食うっていうのが探検の鉄則だぞ」

「だから、探検って……」

まあいいや、とつづく言葉を呑み込んだ。

通りは途中から車道と遊歩道に分かれた。車道は切り通しの急な坂を下りて駅への最短距離をとっていたが、路面がアスファルトからレンガ敷きに変わった遊歩道のほうは、丘のなだらかな稜線《りょうせん》に沿って、いかにものんびりとした雰囲気で駅に向かう。緑も濃くなった。自然のままの雑木林が計画的に残されているのだ。

「この道、よく広告に出てるよ」タケシが言った。「ウチで扱う物件もそうだけど、星ヶ丘の不動産広告って、みんなここの写真使ってるんじゃないかな」

「どんぐり、拾えそうだね」

リュウの言葉に、タケシは「ガキーっ」と笑って、「でも、ここ、冬になるとスキーとかできそうだよな」と言う。「あと、斜面を転がしていったら、雪だるまもデカいのができそうだし」

タケシくんだってガキじゃん、とリュウは苦笑して、ふと思う。スカイハイツにいつまで暮らすのだろう。秋になってどんぐりを拾ったり、冬が来て雪が積もったり……イエデクジラの冒険の旅は、その頃までつづくのだろうか。

スカイハイツの五〇二号室からは、遠くに川が見えた。蛇行《だこう》して、中洲《なかす》があって、河川敷に草野球のグラウンドもある大きな川だ。それをぼんやり見つめていると、ふとお父さんの顔が浮かんだ。「二学期になったら、釣りを教えてやるよ」と約束していたのだ。「最初は近所でフナやクチボソを釣って、竿《さお》や魚の扱いに慣れてきたら、ずーっと上流まで行って、ヤマメやイワナを狙《ねら》うんだ。楽しいぞ」

雑木林を抜けると、その先は視界がぱあっと開けた。丘の斜面をそのまま使った芝生の広場が、駅までつづいている。

『『コミュニティー広場』っていうんだ」とタケシが教えてくれた。

オブジェが点在する広場には、ちょっとした森のような木立や、小さな滝が流れる人工のせせらぎもあった。まだ小学校に上がる前の子どもたちが数人、水遊びをしている。付き添いのお母さんたちは木陰にレジャーシートを広げ、コンビニのサンドイッチを食べながらおしゃべりしていた。近所のひとが手軽にピクニックを愉《たの》しんでいるのだろう。

「いいよなあ、冷たくて気持ちいいだろうなあ……」

うらやましそうに言うタケシに、冗談のつもりでリュウが「遊んでくれば？」と声をかけると、「だめだよ」と真顔で返された。「海パン持ってないから、あとで買わなきゃ」

広場を横目に見る格好で、遊歩道を進んだ。駅まではあと少し。リュウたちの街の駅前より一回り小ぶりなペデストリアンデッキは、駅前のオフィスビルから出てきたのだろう、昼休みのサラリーマンでにぎわっていた。

しばらく黙っていたジュンが、タケシを呼び止めた。

「悪いけど、わたし、全然おなか空いてないから自由行動にしない？」

タケシは「だめだって」と不服そうに首を横に振った。「食べられるうちに食べとかないと」

「むだづかいしないのも探検隊の鉄則だと思うけど」

「……それは、まあ、そうだけど」

「夕方五時に、さっきの滝のところに集合するとか。それでいいんじゃない？」

タケシは、今度は急に心細そうな顔になって「単独行動はヤバいよ」と言った。

「そんなことないよ。逆だよ。ジャングルでも砂漠でも、固まって行動してるほうが目立つから危険なんだよ」

それに、とジュンはつづけた。「タケシくん、思いっきり不審者だから、一緒にいて迷惑かけられたくない」

「……俺のどこがヘンなんだよ」

「ぜんぶ」

タケシは「ええーっ？」と意外そうな声をあげて、応援を求めるようにリュウを振り向いた。だが、誰が見ても、タケシのいでたちは怪しい。リュックやスポーツバッグこそ三〇二号室のベースキャンプに置いてきたが、サファリハットにアウトドア用のベストに、ベルトに通したペットボトルホルダーに、なにより首から提げている双眼鏡が致命的だった。

ごめんね、とリュウはうつむいて、タケシと目を合わせなかった。

タケシもさすがにしょんぼりした顔になって肩を落とした。「まあ、確かに補導とかされちゃうとヤバいもんな」とつぶやき、それでも気を取り直して、胸を張った。

「よーし、では、駅に着いたあとは、隊員それぞれ偵察に出ることにするっ」

とことん真剣だからこそ、笑ってしまうほどおかしい。

「こらっ、リュウ隊員、笑うな」

「……ごめん」

「集合時間は夕方五時、滝の前、いいなっ」

リュウはしかたなく「了解」の敬礼をしたが、ジュンはさっさと一人で歩きだしていた。


タケシとは駅の東口と西口を結ぶ自由通路で別れた。ペデストリアンデッキを歩いているときには「やっぱり俺も、どっちかって言うと、それほどおなか空いてるわけじゃないんだよなあ……」と未練がましいことを言っていたタケシだったが、駅ビルのテナントに有名なラーメン屋が入っているのを知ると、「『劉邦軒《りゅうほうけん》』だよ、すごいよ、星ヶ丘見直したっ」と声をはずませた。店の外に延びる行列を指差して、「いまなら三十分待ちでOKかも」とつぶやくのと同時に駆けだして――それっきり、解散。

リュウはその背中を呆然《ぼうぜん》と見送って、ジュンに言った。

「ほんと、ヘンなひとだよな、タケシくんって」

ジュンは、まあね、と冷静にうなずいただけだった。

「ガキっぽいっていうか、間が抜けてるっていうか、常識からズレまくってるよな」

年上だから気をつかって、その程度の言い方にしておいた。本音なら、「バカなんじゃないの？」くらい言いたい。

だが、ジュンは冷静な表情のまま「それって、服装のこと言ってるの？」と聞き返してきた。

「服装もそうだし……ぜんぶだよ、ぜんぶヘンだろ、あのひと」

ジュンは黙ってリュウを見つめた。にらんでいるような、見放しているような、強くて冷たいまなざしに圧《お》されて、リュウは「だってそうだろ」と言い訳した。「さっき、そっちだって言ってたじゃん、ぜんぶヘンだ、って」

すると、ジュンは「服だけ」と言った。「服はぜんぶヘン。でも、ほかは、どこもヘンじゃない」――そんなこともわからないの？　と視線はさらに冷たくなった。

「だって……」

「マイペースでやってるんだから、それでいいんじゃないの？」

「悪いって言ってるわけじゃないけど」

「言ってるのと同じ」

ぴしゃりと封じたジュンは、そのままリュウから離れ、通路の壁に掲げられた駅周辺の地図に向き合った。リュウがあわててあとを追い、「タケシくんのこと、いつもかばってない？」と訊《き》くと、地図を見たまま「べつに」とそっけなく返す。

「あと……前からの知り合い？」

「このまえ言ったでしょ、小学校の先輩と後輩。向こうはわたしのこと知らないけど」

「でも、なんか、もっと……」

ジュンのほうはタケシのことをくわしく知っている。「タケシくんの家の仕事とか、お兄さんのこととか……」

「そんなの、学校の子は誰だって知ってる」

また封じられた。ジュンの声はいつも、リュウの目の前で扉を閉めるように響く。話をつづけられなくなった。これ以上しつこく訊くと怒って、どこかに駆けだして、そのまま戻ってこなくなりそうな気がする。しかたなく話題を変えた。

「夕方まで、どこに行くの？」

「いま探してる」

「どんな場所？」

「図書館」

そっけなく答え、「あった」と地図を指差した。駅の東口に市立中央図書館がある。

リュウの視線も、自然と地図に向き、その隣にあるバス乗り場の案内板にも流れて、路線別に並んだ行き先の一つに吸い寄せられた。

いずみ霊園行きの路線がある。なじみのある、とてもたいせつな場所だ。『かくれんぼの会』の合宿に行く三日前にも、お父さんと二人でお盆の墓参りをした。黒御影石《くろみかげいし》のお墓の下に眠るお母さんに、好きだったスイカと初物《はつもの》の梨《なし》を供え、一学期の成績の報告をして、またお彼岸《ひがん》に来るね、とひきあげたのだ。

いつもはお父さんの車で行くので、星ヶ丘からバス路線が出ているとは知らなかった。バスで一本ということは、それほど遠くないのだろう。山をひとつまるごと造成した大きな霊園だ。お母さんのお墓からの眺めもいい。山のふもとに広がる街も見える。あれが星ヶ丘だったのだろうか。だとしたら、なんだか、すごく、うれしい。

つい頬がゆるんだ。すげえっ、うそぉ、マジかよぉ、と自分の中に友だちが何人かいるみたいに声も出た。

「なに笑ってるの？」

怪訝《けげん》そうに訊くジュンに、とぼけて「ヒミツ」と答える余裕も生まれた。

「いまから、どこに行くの？」

「もう決めた」

ジュンは勘違いして「図書館、わたしが取ったんだから、来ないでよ」と言った。お母さんが意外と近くにいるんだと知ったとたん、いままでずっとおとなびていたジュンが急に子どもっぽくなって、やっと同い年の余裕が生まれた。

「図書館なんか行かないって。俺、バスで墓参りしてくる」

「……誰のお墓？」

どうしようかな、と迷ったが、元気になった心につられるように声が勝手に出た。

「俺のお母さん」

「お母さん、亡《な》くなってるの？」

ジュンは驚いて目を丸くした。驚いただけではなく、心の距離を一歩詰めてきたような声と表情だった。

「うん。二年生のときに、病気で。だから、いま、俺んちはお父さんと二人暮らし」

「お墓って、近くにあるの？」

「そう、ここからバスで行ける。何分かかるかわからないけど、夕方までには帰れるから」

ふうん、と小さくうなずいたジュンは、初めて遠慮がちに言った。

「ねえ……わたしも一緒に行っていい？」

いずみ霊園行きのバスは、途中の停留所にはほとんど停まらず、星ヶ丘の市街地を抜けた。スカイハイツから見える大きな川に架かる橋を渡ると、もう風景は郊外から田舎に変わり、橋の手前のバス停でおばあさんが降りたあとは、車内の乗客はリュウとジュンだけになってしまった。

いつものジュンなら、確実に、リュウと離れて座る。そもそもお墓参りに付き合うことじたいなかっただろう。だが、いまのジュンは、一人掛けのシートに座ったリュウの真後ろから動かない。リュウのシートの背に身を乗り出して、お母さんが亡くなったいきさつをくわしく訊いてくる。

お母さんはガンだった。体の調子が悪くて病院で検査を受けたときには、もうガンは体のあちこちに転移していて手遅れだった。入院は二カ月。十月の初めにガンだとわかって、十一月の終わりに亡くなった。あっけないほど早かった。

お通夜《つや》のとき、お父さんが親戚《しんせき》のひとに「痛かったり苦しかったりする時期が短かったから、それだけでも救いですよ」と話しているのを聞いた。そうだろうか、と小学二年生のリュウは思ったのだ。どんなに痛くても、苦しくても、お母さんには一日でも長く生きていてほしかった。一日でも多く、お母さんと一緒に過ごしたかった。だが、五年生のいまは、やっぱりお父さんの言うとおりなのかもな、とも思う。まだ三十三歳で亡くなってしまうだけでも悲しいのに、死ぬ前に何カ月も苦しい思いをしなければならないなんて、想像しただけでお母さんがかわいそうになって、泣きそうになる。

お母さんは、自分が末期ガンだということを知っていた。お父さんも、もちろん、そう。だが、両親は長い時間をかけて話し合って、最後はお母さんの希望で、リュウにはほんとうの病名を教えないことにした。

だから、リュウは、意識をうしなったお母さんの顔に酸素マスクがつけられるぎりぎりまで、まさかそんなに重い病気だとは思ってもいなかった。入院したばかりの頃は「運動会には来てよ」とお母さんと指切りげんまんをした。十一月に入ると「合唱大会には来てよ。今度は絶対だよ」と両手で指切りをして、その約束も守られなかったから、亡くなる少し前に「クリスマスはだいじょうぶだよね？　ウチに友だち呼ぶからね、いいよね？　お母さん、ケーキ焼いてよ、約束だよ」と念を押した。指切りはできなかった。もう、お母さんの手は枯れ枝みたいになって、自分の力だけでは手を挙げられなくなっていたから。

その翌日が、意識のあるお母さんと会った最後になった。どんなにやつれていても、お母さんは元気になる、病気は絶対に治る、と信じていた。だから、学校の出来事を軽い口調で話して、別れぎわも軽く「じゃあ、また明日来るね」とあいさつして、バイバイ、と手を振っただけだった。お母さんの容態が急変して意識不明になったのは、リュウが病室を出た直後だった。結局そのまま意識は戻らず、三日後にお母さんは逝《い》った。

そういうことを、ぜんぶ、話した。

初めてだ。学校の友だちの誰にも話していないことを、ジュンの「それで？」「それから？」に導かれるように打ち明けた。話を聞いてほしかったわけでも、ジュンの聞き出し方がうまかったわけでもないのに、途中で、もうこれ以上はやめよう、とは思わなかった。後ろから訊かれたので、前を向いたまま、目を合わさずに話せたからだろうか。まるで牛乳のパックを傾けてグラスに注ぐように、ごく自然に、なめらかに、お母さんとの最後の日々の思い出をジュンに伝えていた。

友だちにお母さんのことを話さないのには理由がある。あまり親しくない友だちだと、話が終わったあとに必ず「かわいそう……」と言われてしまう。こいつ、けっこうわかってるよな、と思う友だちも、話の途中からなんともいえない困った顔になってしまう。三年生と四年生の二年間でうんざりするほどそれを味わったので、五年生でクラス替えになってからは、訊かれないかぎりお母さんの話はしないし、しても必要最小限しか言わないようにしている。

だが、ジュンは話が終わっても同情めいたことはなにも言わなかった。「そういうこと」とリュウが振り向いて、目が合っても、困った顔は浮かべない。

代わりに、「もう一つだけ訊いていい？」と言った。

「うん……」

「お母さんが死んじゃったとき、泣いた？」

リュウは黙ってうなずいた。

「わんわん泣いたの？」

「うん、わりと……」

ほんとうは、「すごく」だった。臨終の瞬間から泣いて、泣いて、泣いて、泣いて、泣いて……かえってお通夜や告別式のときには泣き疲れてぐったりして、意外と涙は出てこなかったほどだ。

ジュンは、ふうん、と笑った。

「よかったね、泣けたんだったら」

前に乗り出していた体を、シートの背に後ろ向きに飛び込むように元に戻し、「陽があたって暑いから、あっちに行くね」と最後列のロングシートまで移動してしまった。

バスは山あいの曲がりくねった道に入った。石材店や生花店の看板が増えてきた。広い道路と合流する三叉路《さんさろ》まで来ると、ああ、わかった、と思いだした。いつもは合流した広い道をお父さんの車で通っている。お父さん抜きでお墓参りをするのは初めてだった。「リュウ、一人で来たの？」とびっくりするお母さんの顔が浮かぶ。「道に迷ったりしなかった？　すごいね、よくがんばったね」とほめてくれる顔も。

照れくさくなった。ほんとうのほんとうに「一人」っていうわけじゃないけどさ、とマボロシのお母さんにちょっと言い訳して、向こうが勝手についてきただけで、べつにぼく一人でも全然ＯＫだったんだけど、と言い訳の言い訳をしていたら、車内アナウンスがもうすぐ終点の霊園前だと伝えた。

ジュンは最後列の窓際《まどぎわ》に座って、前のシートの背に手をついて外を見ていた。じっと考えごとをしているようなな横顔だった。楽しいことを考えているのではなさそうな、真剣な、どこか怒っているような横顔でもあった。

「リュウのお友だち？」とお母さんが訊くかもしれない。「ガールフレンド？」とからかってくるかもしれない。違うって違う違う全然違うよそんなの、と打ち消しても、「ほんと？」といたずらっぽい流し目で見て、「リュウ、顔が真っ赤だよ」と笑う。元気な頃のお母さんは、そういう冗談が大好きなひとだった。

二年生の頃でもそうだったんだから、いまだともっとからかってくるかもなあ、まいっちゃうよなあ、と思うと、背中がくすぐったくなって、胸は悲しくなってしまった。

バスが停まる。ジュンが来るのを待って、二人で出口に向かうと、運転手のおじさんに「駅からずっと一緒だったよね」と不審そうに訊かれた。「お父さんかお母さんは？ここ、霊園だよ、なにか用事あるの？」

用事はちゃんとある。お母さんの墓参りという大切な用事だ。だが、運転手さんと目が合うと、胸が急にどきどきして言葉が出てこなくなってしまった。

「べつになにか疑ってるわけじゃないけど、いちおう住所や学校、教えてくれない？」

リュウはひやっとして首を縮めた。

するとちょっとそこどいて、というふうにジュンが運転手さんの前に立った。

「霊園に用事って、お墓参りしかないんじゃないんですか?」

そっけなく言って、「小学生はお墓参りしちゃだめなんですか?」と、もっとそっけなく、ケンカをするようにつづけた。運転手さんはムッとした顔になったが、ジュンはひるまない。

「住所や学校の名前も、知らないひとに個人情報を教えちゃいけませんって、学校で言われてるから」

ICカードで運賃を支払って、そのままバスを降りる。リュウもあわてて、あとにつづいた。

運転手さんが追いかけてきたらヤバい。リュウは心配でしかたなかったが、ジュンは落ち着いた足取りで門を抜けて、事務所に向かう。思わず早足になるリュウに「走ったりしたら、かえって怪しまれるよ」と小声で言って、「べつに悪いことしてないんだから、堂々としてればいいんだよ」とつづける。

確かに運転手さんが追いかけてくる気配はなかった。それでも念のために、とバスを振り向こうとしたら、ジュンに「そういうことするのが怪しいっていうの」とTシャツの裾《すそ》をひっぱられた。

事務所の建物に入るとリュウもようやく一息ついて、「でも、すごいな」と言った。

「だって、おとなにあんなふうにしゃべるのって、やっぱりすごいっていうか、生意気っていうか……ふつう、そんなのいないよ」

「ねえ」ジュンが振り向いた。「さっき、タケちゃんのこと話してたときにも思ってたんだけど」

「……なに？」

「リュウって、なんか、すごくつまんない決め方してない？　ふつうとか、ヘンとか、おかしいとか、すごいとか、バカみたい」

うっとうしそうに言って、フロアの奥の売店に向かう。

「なに買うの？」

「お線香とお花。それより、リュウ、お墓の場所わかってるの？」

「……あ、それ……わかんない……」

いつもはお墓のすぐそばまでお父さんの車で行くので、広い霊園のどこにお母さんが眠っているのか覚えることもなかった。

ジュンは足を止め、あーあ、と大げさにため息をついた。

「場所がわかんなくて、どうやってお墓参りするつもりだったわけ？」

「探したら、見つかるかな、って……」

「なにが？」

あきれられた。「タケちゃんより、あんたのほうがずーっと探検隊っぽいね」とイヤミも言われた。「ま、いいや、あとで受付で訊いてみてよ。リュウの苗字《みょうじ》を言えば、きっとわかるよ。同じ苗字のお墓があっても、お父さんか、あとお母さんの名前を言えばわかるはずだから」

「そうなの？」

「そういうものなの、霊園っていうのは」

「……なんでそんなにくわしいわけ？」

ジュンは「霊園、好きだから」と言った。「霊園で一人暮らしするのが夢なの」

「ほんと？」

「嘘《うそ》」

指でおでこをパチンとはじくような言い方をして、また売店に向かって歩きだす。

「お母さんって、どんな色の花が好きだったか教えてよ」――振り向かずに言ったその声だけは、そっけなくも冷たくもなかった。

4

お母さんのお墓があるのは、広い霊園のいちばん奥で、山のてっぺんに近い区画だっった。受付でもらった案内図で確かめると、車の通れる道はずいぶん遠回りする格好になっていたが、三十分に一本の無料巡回バスがある。一方、階段を歩いていけば近道になる。ただし、その階段はそうとう長い。

ジュンは「歩こうよ」と迷わず言って、小さな花束を胸に抱いて歩きだした。「バスを待ってる時間がもったいないし、車でお墓参りするのって、なんか、違うと思うし」

花束は白いユリとピンク色のトルコギキョウ。お母さんは、ピンク色の服が好きで、よく似合っていた。花束も線香も、お金はジュンが出した。「俺が払うよ」とリュウが言っても聞き入れなかった。「だったら半分ずつ」と言うと、「そういうの、もっと嫌い」と首を横に振る。

車の通れない小径《こみち》を進んだ。真夏の午後の霊園には、人影はほとんど見あたらない。陽射しをさえぎるものはなにもないのに、星ヶ丘の街を歩いていたときのような、うだるような暑さは感じない。小径の両側に規則正しく並ぶ墓石も、触れるとひんやりとしていそうだった。セミが鳴く。途切れることのないセミしぐれが響き渡る。なのに、霊園は、セミしぐれがぱたりとやんだ真昼の星ヶ丘よりも、さらに静かだった。

事務所にあったパンフレットによると、一万三千区画の墓地が造成されているらしい。お墓は死んだひとの家なんだと考えると、かなり大きな街ということになる。もしかしたら、星ヶ丘の市街地よりも大きいのかもしれない。

だが、その街に、ざわめきはない。雑踏の華やいだ雰囲気もない。彩《いろど》りといえば、お盆のお供え物のしなびた花や傷《いた》みかけた果物ぐらいのものだった。

そんな殺風景な霊園の小径を、ジュンはゆっくりと、左右のお墓を一つずつ眺めながら歩く。笑っているわけではなくても、楽しそうだというのは足取りからもわかる。

「やっぱり、霊園、好きなの？」

べつに、とかわされるのを覚悟して訊いたら、意外と素直に「うん」と答えた。「さっきの、霊園で一人暮らしっていうのは冗談だけど、霊園が好きっていうのはほんと」

「へえ……」

リュウの言いかけた言葉を先回りして、「変わってるとか言わないでくれる？」と釘《くぎ》を刺す。

「……どういうところが好きなの？」

「静かなところ」

「でも、怖くない？」

「なんで？」

意外そうに聞き返されると、いまの質問が急に間抜けに思えてくる。

「このあたりって、霊園多いでしょ。わたし、けっこういろんな霊園に行ってるんだよ。ここにも来たことある、何度も」

「お墓参り？」

「散歩」

変わってる——やっぱり、つい言いそうになってしまう。

「散歩って、歩くだけ？」

「ときどきお参りするけど」

「でも……知らないひとだろ？」

「いいじゃない、いたずらしてるわけじゃないんだから」

ジュンは立ち止まり、「こういうお墓を見つけると、手を合わせるの」と、すぐ右手のお墓に軽く会釈《えしゃく》をして、合掌した。

まわりのお墓と比べてとりたてて変わったところのない、ごくあたりまえの仏式のお墓だったが、ジュンは「こっちに回って」と、納骨されたひとの戒名《かいみょう》や俗名、享年《きょうねん》を刻んだ墓石の側面をリュウに見せた。

七十代から九十代の享年が並ぶなかに、五年前に二歳で亡くなった男の子がいた。

「リュウはどうせ知らないと思うけど、戒名って、おとなと子どもで違うんだよ」

「……なんだよ、その言い方」

「ま、いいから、それでね、戒名の終わりが『童子《どうじ》』とか『童女《どうじょ》』とかは子どものホトケさまなの。で、もっと小さな、赤ちゃんぐらいの子が死んだら、『孩子《がいじ》』とか『孩女《がいにょ》』

になるわけ」

ジュンは霊園で、子どもの眠るお墓を見つけると、手を合わせるのだという。なんで、とリュウが訊く前に、話は先に進んだ。

「でも、そんなのぜんぶやってたらきりがないから、いちおうルールを決めてるの。今年だと十六年前より最近に死んじゃった子で、来年だと十七年前より最近の子、そのライン、去年は十五年前で、おととしは十四年前」

「自分より五つ上までってこと？」

「意外とアタマいいじゃん」

ジュンは笑ってうなずき、「ルールわかったよね？　じゃあ、リュウは左側のお墓をチェックしてよ。わたしは右側を見るから」と歩きだした。

「ちょっと待てよ」

リュウは呼び止めて、「俺、そういうの、イヤだ」と言った。

足を止めたジュンは、振り向かずに「だったらいいよ、自分でやるから」と、最初からリュウがイヤがるのをわかっていたように軽く言った。

「……墓参りって、俺、遊びじゃないと思う。関係ないヤツに遊び半分で拝まれても、そんなのうれしくないっていうか、ムカつくと思う、みんな」

ジュンは振り向かず、なにも応《こた》えず、歩きだしもしない。ただ黙って、リュウの言葉を背中で聞いていた。

「俺、ここに来るときって……いつも本気だから。俺、本気でお母さんのお墓にお参りしてる。元気でがんばってるからって……お母さんも安らかに眠ってくださいって……」

鼻の奥がツンとした。泣きそうになった。

「だから、遊びでお母さんの墓参りするんだったら、もう帰れよ……」

声が震える。まずい。鼻の奥のツンとする熱さが、まぶたの裏にも伝わった。お母さんの笑顔が浮かぶから。お母さんは、いつも、にっこり笑っているから。ジュンが振り向いた。宙に浮かんだマボロシのお母さんの笑顔に、一瞬だけ、ジュンの顔が重なった。

「わたしも遊びなんかじゃないよ、本気だよ」

きっぱりと言った。「でも……」とリュウが言いかけると、さらに強い口調でつづける。

「タケちゃんと同じ。タケちゃんも、ずーっと、どんなときでも本気だし、わたしもそう。リュウには、それがわかんないだけ」

「タケシくんは関係ないだろ」

「だったら、リュウはもっと関係ない」

「なんだよ、それ」

「とにかく、わたし、遊んだりふざけたりしてるわけじゃないから」

またリュウに背中を向けて歩きだす。

おまえなんかに、お墓参りさせない。言ってやるつもりだったのに、言えなかった。こめかみから汗が一滴、顎《あご》を伝って落ちた。いままでは耳をすり抜けるだけだったセミしぐれが、急にうるさく鳴り響いた。ちぇっ、とリュウは舌打ちして、ジュンを追いかけた。

覚悟していた以上に長くて急だった階段を上りきったときには、汗びっしょりになってしまった。ずっと押し黙っていたぶん、体の中に溜《た》まった熱さを外に吐き出せなかった。

だが、同じように陽射しを浴びて、同じように階段を上り、同じように一言もしゃべらなかったのに、ジュンのほうはたいして汗もかかずに涼しげな顔をしている。体質というより、性格で、暑さに強いのかもしれない。

「お盆にもお墓参りしたんだよね？」

ジュンがひさしぶりに口を開いた。「そのときは車だった？」

「うん……お父さんと一緒だったから」

「じゃあ、あんまり汗かかなかった？」

うなずいて、「階段上ったのは最後のほうだけだったし、朝のうちだったし、あと、曇ってたから」と説明すると、ジュンは「理由なんてどうでもいいんだけど」とあっさり聞き流し、「汗かかなかったわけだよね?」と念を押した。「だったらよかったじゃん、お母さんに汗びっしょりになったところを見せてあげられるから」

一瞬きょとんとして、からかわれてるんだろうかとも思ったが、ジュンは「そのほうが、いつもの自分らしくていいんじゃない?」とつづけた。

そう言われてみると、確かに、汗びっしょり、ありかも、と思った。お母さんを喜ばせるように、と考えてくれたジュンのことも、ちょっと見直した。

「サンキュー」

照れくささを隠して言うと、ジュンはそっぽを向いてしまった。

「どうせ学校でも、もともとは用もないのに教室の中とか廊下とか走りまわってたんでしょ。男子ってバカだし、あんた、特にバカそうだし」

見直したことを即座に取り消した。

お母さんのお墓には、お盆の墓参りで供えた花がまだ残っていた。スイカと梨はなかったが、線香にマッチで火を点《つ》けていたジュンに「そういうのって、係のひとが片づけるんだよ。カラスとか野良猫《のらねこ》に食べられたら困るから」と教えられた。

ほんとうにくわしい。なんでも知っている。墓石の側面に刻まれたお母さんの戒名を見て、「リュウのウチって、ナントカ宗なんだね」とも言った。初めて聞く名前で、聞いてもすぐに忘れてしまったが、仏教の宗派によって戒名も違うのだという。

「なんでそんなに知ってるわけ？」

「社会の常識だから」

それより、とジュンは話を変えた。

「このお墓って、いまはお母さんしか入ってないみたいだけど、将来は？　お父さんも、歳《とし》とって死んじゃったら、ここに入るの？」

「たぶん……」

「リュウは？」

「よくわかんないけど……たぶん」

「じゃあ、リュウが結婚できたとして、奥さんとか、子どもも？」

「……入るんじゃないかな、って、よくわかんないけど」

「もし、奥さんとか子どもが、ここに入りたくないって言ったら？」

「そんなの、わかんないよ、考えたことないし」

「考えといたほうがいいよ。自分がここに入るかどうかも含めて」

ワケがわからない。爆弾ゲームで回ってきたタイムリミット寸前の爆弾を隣のひとにパスするみたいに、「そっちは？」と聞き返した。「そっちだって、ウチのお墓ってあるんだろ？」

「あるよ。でも、わたしは入らないって決めてるから」

「なんで？」

「わたしのことはいいから、ほら、早くお参りしちゃいなよ」

煙のたちのぼる線香の束を渡された。「あと、これも」と、花束も。

「花は自分で供えろよ、そっちが買ったんだから」

「ひとのこと『そっち』とかって呼ばないでくれる？　名前あるんだから」

「……ジュンがお金払ったんだから」

「呼び捨て、やめて」

自分だって俺のことを呼び捨てにしてるくせに。ムッとしたが、ジュンは差し出した花束を引っ込めそうにもないので、しかたなく黙って受け取った。

気を取り直して、お母さんのお墓に花と線香を供え、しゃがみ込んだ。お母さん、ひさしぶり。いつものあいさつを心の中でつぶやきかけて、ちょっと違うか、と気づいた。また来たよ、に変えた。でもそれもヘンかもな。つい苦笑いが浮かんで、あわてて頬を引き締める。

家出のことを伝えよう、と思っていた。お父さんが心配しないようにしてください、と頼みたかった。だが、後ろに立っているジュンのことが気になって、なかなか集中できない。いつもなら目をつぶって手を合わせた瞬間にお母さんと自分だけの世界にすうっと入って、お父さんがそばにいることさえ忘れてしまうのに、今日はだめだ。背後の様子をそっとうかがって、ジュンが立ったまま手を合わせているのに気づくと、ますますだめになってしまう。

あきらめた。お母さん、ごめん、今度またゆっくりお参りに来るから、と謝って合掌を終え、目を開けて、立ち上がった。

ジュンはそっぽを向いていた。違う——なにかを、じっと見つめていた。

「どうしたの?」

「ねえ……写真撮ってるひとがいる」

「え?」

「ほら、あそこ、女のひと」

同じ最上段の区画の端のほうに、若い女のひとがいた。カメラを空に向けて写真を撮っている。なにか窮屈そうな姿勢で立ってるな、と思ってしばらく見ていると、先にジュンが気づいた。

「あのひと、松葉杖《まつばづえ》ついてる」

ほんとうだ。左脚が不自由なのか、銀色の松葉杖を左の腋《わき》に挟んでいた。

「なに撮ってるんだろう……空かな」

リュウが言うと、ジュンは「雲かもよ」と応えた。「だって、空だったら、あんなに無理して自分の真上を撮らなくてもいいような気がするし」

「だよな……」

ちょうど空のてっぺんに雲が浮かんでいた。大きなかたまりからちぎり取ったような雲だ。小さくて、もこもこしている。その雲を撮っているのかもしれない。

女のひとはカメラを下ろし、ふう、と一息ついて、リュウとジュンに気づいた。なんでこんなところに小学生がいるの、と驚いた顔になって、それから、ふふっと笑った。

＊

〈この女のひとの正体は、センセイならすぐにわかるでしょう〉

タケシは手紙に、そう書いていた。

センセイは便箋《びんせん》から目を離さず、ぬるくなったコーヒーを啜《すす》った。カップを持つ指先が、かすかに震える。彼女が誰なのか、確かに、センセイにはわかる。だが、わかるからこそ、それは現実にはありえない話なのだ。

〈エミさんです。仕事の都合でお盆休みには行けなかった「友だち」のユカさんのお墓

にお参りして、『もこもこ雲』を見つけて撮っていたのです〉
センセイにはわかる。センセイにしか、わからない。二人は、センセイが何年か前に書いた小説の登場人物だ。

＊

〈ちなみに、同じ頃の僕はというと〉

タケシの言葉は、こんなふうにつづく。

〈ラーメンを食べると、ますます暑くてたまらなくなり、お金がもったいないとは思いましたが、駅ビルのスポーツショップで海パンとバスタオルを買って、お店の試着室で半パンの下に海パンをはいて、『コミュニティー広場』に向かったのです〉

あいつ、やっぱり本気だったのか、とセンセイは苦笑する。

〈水遊び場の水はすごく冷たくて、気持ちよかったです。先に来て遊んでいた小学一年生ぐらいの男子がみんな水鉄砲を持っていたので、チームに分かれて戦争をしました。でも、途中から小学生が連合軍をつくって、こっちはたった一人になって、苦しい戦いがつづいたのです〉

本気ではしゃいでいる姿が目に浮かぶ。

〈戦争のあと、小学生は公園のフィールドアスレチックで遊びはじめました。僕は海パンをはきかえる場所がないので、陽当たりのいいところでとりあえず海パンを乾かそうと思って、芝生の中に立つステンレスのオブジェまで行きました。渦を巻いた大きなオブジェの脇《わき》のプレートには『太陽の恵み』という作品名がついていましたが、その横にサインペンで『デンデン虫』と落書きしてあって、そっちのほうがぴったりくると思いました。でも、僕なら『アンモナイト』にします〉

タケシは、その『アンモナイト』にもたれかかって陽に当たろうとした。ところが、陽射《ひざ》しの熱をたっぷり溜め込んだステンレスはフライパンみたいに熱く、ひなたぼっこで海パンを乾かすどころではなかった。

〈背中がジューッと音をたてたほどです。真っ赤になったと思います。あのまま我慢していたら、五分でトーストになっていました〉

ベストやTシャツを脱いで上半身裸になっていたのだろうか。まさかとは思いながらも、タケシなら大いにありうる話だった。

〈僕はしかたなく、ダッシュで水遊び場に戻りました。滝の下では、二歳か三歳ぐらいの子がママと一緒に水に入って遊びはじめたところでした〉

そこに、上半身裸で海パン一丁の中学生が水しぶきをあげて駆け込んだのだ。

ああ……と、センセイは思わず顔をしかめ、首を横に振った。あんのじょう、母親は子どもを抱きかかえて悲鳴をあげた。すると、若い男が水遊び場の陰から「なにやってんだよ！」と飛び出してきた。

〈すごく怖くて、ワルそうなひとでした。僕はもう、びっくりしてしまって、あわてて逃げようとしたら足をすべらせて、滝つぼに尻《しり》もちをついて、頭からびしょ濡《ぬ》れになってしまいました〉

でも——と、手紙はつづく。

〈そのひとも、よほどあわてていたのでしょう、片手にベビーカーを提げたままでした。ちょうどベビーカーから荷物を降ろしているときに、僕があらわれて騒ぎになってしまったようです。ママが「あなた！」と呼んでいたので、この子のパパなんだ、とすぐにわかりました〉

最初は血相を変えていた男も、尻もちをついたタケシを見て、なんなんだ、と笑い、自分がベビーカーを提げていることに気づくと、もっとあきれたふうに笑った。男は「だいじょうぶだよ」と家族に言った。「こいつ、そういうヤツじゃない感じする」

タケシもそれでやっと自分が誤解されていたことを知った。違うよ違うよ、ぜーんぜん違うって、と顔の前で手を振って、また体のバランスをくずして水の中にひっくり返ってしまった。

〈そういうわけで、なんとなく、僕はそのひとと仲良くなったのです。ツカモトさんという名前です。友だちからは「ツカちゃん」と呼ばれているそうです〉

センセイの胸は、どくっ、と高鳴った。

〈センセイは、そのひとのこともよく知っているはずです〉

彼もまた、センセイの小説の登場人物だった。

5

石段を歩いて上ったときにはうんざりするほど長い道のりだったのに、車に乗るとあっさり、汗がひく間もなく、霊園の事務所に着いた。

事務所の正面に車を停めたエミさんは、後部座席を振り向いて、「だいじょうぶ？」と訊いてきた。「頭痛薬ぐらいだったら事務所にあると思うから、訊いてあげようか？」

ジュンはおでこに手をあてたまま、「平気です」と言った。「頭痛薬のんだら、胃が痛くなっちゃうし」

隣で啞然《あぜん》とするリュウの視線を、こっち見ないでよバカ、と手でこっそり追い払って、いかにも苦しそうにため息をつく。

「少し休んでいく？」

「いえ……いいです、帰ります」

「だったら車で送ってあげるわよ」

「……すみません」

リュウの視線を追い払った手の先が、こっそり、OKマークになった。

信じられない。リュウはあきれかえってしまった。

「冷たいものでも飲む？」

「……スポーツドリンクとか」

「うん、わかった。ちょっと待ってて」

エミさんは車を降りた。といっても、すんなりとはいかない。運転席のドアを開けて、助手席に置いた松葉杖を先に外に出してから、よっこらしょ、と体を外に向けて、松葉杖の支えを借りて窮屈そうに降りる。両手がふさがっているのでドアを閉めるのも大変そうだった。

「ぼく、閉めます」

リュウは思わず声をかけて外に出た。「ごめんね、サンキュー」とエミさんは振り向いて笑う。ジュンの嘘をこれっぽっちも疑っていないような笑顔だった。

だから、あきれかえるのを通り越して、腹が立ってきた。

車にまた乗り込むと、「なに考えてるんだよ」とジュンをにらんだ。

「だって、暑いし、足も疲れちゃったし、べつにいいじゃん、どうせ向こうだって帰るついでなんだから」

けろっとした顔で言ったジュンは、「わたし、嘘には自信あるから」と付け加えた。

確かにそうだろう。リュウも認める。エミさんに声をかけられて、「二人だけなの？」「近所に住んでるの？」「何年生？」と短いやり取りをしていたら、不意にジュンはおでこに手をあててしゃがみ込んでしまった。「頭、痛い……熱中症かも」と、ぐったりした様子でうめいた。最初はリュウも本気で心配した。それくらいジュンのお芝居は真に迫っていたのだ。

「迷惑だろ」

「車に乗せてってお願いしたわけじゃないもん。わたしはただ頭が痛いって言っただけなんだから、親切するのもしないのも、向こうの勝手。違う？」

「でも、嘘は嘘なんだから……」

「向こうが信じてれば嘘じゃないよ」

きっぱりと言った。屁理屈《へりくつ》で言い返したのではなく、自分は間違っていないという確信に満ちた言い方だった。

「それより、手伝ってあげれば？」

ジュンは事務所に顎をしゃくった。エミさんは自動販売機で飲みものを買っていた。

「なにか持ちながら松葉杖ついて歩くのって、けっこう大変だと思うよ」

わたしは頭が痛くて手伝えないけどね、とジュンは笑って言って、おでこにあてた手をずらして顔ぜんたいを覆《おお》ってしまった。リュウはドアを開けながら「サイテー」とつぶやいた。捨て台詞《ぜりふ》にもならない。ジュンも「ケンカに負けた子みたい」と言った。笑っているのか、そうでないのか、顔が手で隠されていたのでわからなかった。

エミさんは最初に買ったスポーツドリンクを片手に持ち、体をなんとか松葉杖で支えながら、二本目を買うところだった。いかにも大変そうだったが、駆け寄ったリュウに気づくと、「あ、よかった」と笑う。「なにがいい？　好きなの選びなさい」

「いえ、ぼくは……」

「遠慮しないでいいじゃない。炭酸系？　果汁っぽいの？」

「……ウーロン茶でいいです」

優しいひとだ。そんなひとを嘘をついてだまして、車に乗せてもらって、飲みものまで買ってもらうなんて、やっぱり、どう考えても、ひどいと思う。

ガチャン、と音を立ててウーロン茶のペットボトルが取り出し口に落ちてきた。

「リュウくんだっけ。リュウくん、悪いけど取ってくれる？」

松葉杖をついていると体をかがめるのも大変なんだ、と気づいた。急いでペットボトルを取り出した。エミさんに「そんなにあせんなくてもいいのに」と笑われて、急に恥ずかしくなってしまった。

エミさんは隣の自動販売機に移って、自分のためにブラックの缶コーヒーを買った。リュウは、今度は頼まれる前に、自分でさっと身をかがめて缶を取り出した。

「リュウくんって、スポーツ得意でしょ」

「……まあ、いちおう」

「わかるわかる、そんな感じする。ウチの弟もそうだから。なんか、雰囲気似てるの、弟が小学生だった頃と」

照れくさくなった。べつにほめ言葉ってわけじゃないよ、それ、とジュンの言いそうなことをわざと思い浮かべて、ゆるみかけた頬を引き締めた。

「ね、リュウくんは苗字なんていうの？」

答えると、エミさんは、ふうん、とうなずいて、「じゃあ」とつづけた。「さっきは、リュウくんのおうちのお墓参りしてたんだね」

黙ってうなずいた。

「おじいちゃんかおばあちゃんのお墓参り？」

首を横に振った。

「いまはみんな長生きだから……ひいおじいちゃんとかひいおばあちゃん？」

また、首を横に振った。嘘をつくのは難しい。だが、ほんとうのことを言わずにおくのは、もしかしたら嘘をつく以上に難しいのかもしれない。

「そう……」

エミさんは沈黙の意味を一人で読み取って、少し沈んだ相槌《あいづち》を打った。ちょっと困って、迷って、訊《き》いたことを後悔するような表情にもなった。だが、リュウは慣れている。この顔だ。だから、エミさんの予感は、きっと正解。お母さんが亡《な》くなったことを初めて知ったとき、おとなも子どもも、みんなこういう顔になる。

「お母さんなんです」

自分から、答え合わせをするように言った。「二年生のときに病気で死んじゃったんです」――明るく、さばさばと、フツーのことのように言えた、と思う。

エミさんは、一瞬、ほっとした顔になった。わかる。これもいつものことだ。リュウが自分から「だって俺、母ちゃんいないし」「ウチ、お母さんがいないんです」と言うと、みんなほっとする。そして、そのあと決まって、気持ちのこもった目でリュウを見るのだ。かわいそう、がんばれ、しっかりしてるね、男の子なんだもんな、もう立ち直ってるんだな、忘れられないんだろ、悲しいよね、寂しくないの？　元気出せよ……ひとそれぞれに、いろんな気持ちを、けっこう無遠慮にぶつけてくる。

だが、エミさんは違った。苗字を尋ねたときと同じように、ふうん、と軽くうなずいただけで、松葉杖を前に振って歩きだした。

リュウもそれ以上はなにも言わず、エミさんと並んで歩く。松葉杖をついていたら、もっとゆっくり、一歩ずつ確かめるようにしか歩けないのかと思っていたが、意外と速い。早足にならないと置いて行かれそうだった。慣れてるんだな、と思う。最近ケガをしたというのではなく、ずうっと昔から松葉杖なんだな。

「ね、ジュンちゃんって、カノジョ？」

思いっきり首を横に振った。顔の前で、手も横に振った。うげーっ、という顔もつくった。

「勝手についてきただけ」

「お墓参りに？」

「そう、暇だから、って」

「じゃあ、カノジョじゃなくても仲良しなんだ」

「……違います」

「だって、ついてきたってことは、それまで一緒にいたってことでしょ？　仲良しだから一緒にいたんじゃないの？」

もどかしさに、その場でダッシュの足踏みをしたくなった。家出のことは、言えるわけがない。けれど、言わないかぎり、わかってもらえない。

エミさんは「ま、いいけど」と笑って、「頭痛、だいじょうぶかなあ」と言った。打ち明けようか。迷った。嘘は絶対によくない。だが、おとなに言いつけるのも大嫌いなことだし、ほんとうのことを知ると、エミさんはイヤな思いをしてしまうだろう。

「……だいぶ良くなった、って」

「そう？」

「はい……車の中、エアコン効いてて、涼しかったから……お礼、言ってました」

ジュンの共犯になった。エミさんは、また、ふうん、とうなずいた。話が途切れたので、セーフだったかな、と安心しかけたら——。

「あの子って、嘘うまいよね」

「え？」

「で、リュウくん、優しい」

いや、あの、そうじゃなくて、とあせるリュウに、エミさんは「おとなをナメるな」と、笑いながら、そっけなく言った。ばれている。だが、怒っていない。それが不思議で、奇妙で、なんとなく背中がこそばゆくて……リュウは三本の飲みものを胸に抱いたまま、車に向かって駆けだしてしまった。

車が霊園を出ると、エミさんはサンルーフのシェードを開けた。

「まぶしくて暑いと思うけど、空、見える？」

リュウは「はい」と答えた。

「雲はどう？」

「見えます」

「けっこういい雲だと思わない？」

「はあ……」

答えるのは、ぜんぶリュウだ。ジュンは体ごと窓のほうを向いて、ぐったりと、スポーツドリンクをときどき飲みながら、頭が痛いふりをつづけている。

「リュウくんって、空をじーっと見たことある？　あんまりないでしょ。でも、ずっと見てると、今日の空はいい感じだなとか、あんまり面白くない空だなとか、わかるようになるの」

今日の空は最高だという。「雲がいいの。もこもこしてて、雲の白い部分と空の青い部分のバランスもいいし、雲が浮かんでる位置も最高」

そういうものなのだろうか。サンルーフから見上げても、よくわからない。フツーの空だ。昨日やおとといも同じような空だったし、明日も、晴れれば、きっと同じような空になるだろう。

「さっき、雲の写真撮ってたんですか？」

「そう。趣味なの。もう十年以上つづけてる」

「写真を撮るのが？」

「っていうより、雲を見るのが。いい雲を見てると写真に撮って残したいでしょ」

いまのエミさんの見た目から十年を引くと、中学生や高校生になる。自分がどんな中学生になって、どんな高校生になるのか、まだリュウには見当もつかない。ただ、雲を見るのが趣味の中学生にはならないだろうな、とは思う。そんなヤツなんてフツーいないよ、と苦笑しかけて、気づいた。タケシの顔が浮かぶ。タケシくんみたいな中学生なら、雲、見るかも。

「それで霊園にいたんですか？」

「ぼーっと空を見上げてても文句言われないでしょ、ああいうところだと」

エミさんは笑って言った。だから、ほんとうの答えじゃないな、と思った。

「お墓参りじゃなくて？」と訊くと、エミさんは少し間をおいて、逆にリュウに訊き返した。

「リュウくんって、自分のことでいろんな質問されるの好き？」

唐突な質問に戸惑ったが、答えははっきりしている。嫌いだ。絶対に。「お母さんいないの？」「離婚したの？　それとも死んじゃったの？」「死んだって、いつ？　なんで？」「病気ってどんな病気？」「泣いちゃった？」「やっぱ悲しかった？」「お母さんが死んだときのこととってまだ覚えてる？」「お父さん再婚とかしないって言ってんの？」

……うんざりするほどたくさん訊かれてきたし、これからも訊かれるだろう。

首を横に振った。運転するエミさんにも気配で伝わるように、大きく。

「嫌いでしょ？」

今度は大きくうなずいた。

「じゃあ、自分がやられてイヤなことは他人にもしないほうがいいんじゃない？」

怒っている声ではなかったが、ぴしゃりと言われた。そっけない言い方でもあった。

ただ、そのそっけなさは、ジュンとは違う。ジュンのほうがトゲトゲしい。機嫌が悪い。待ち合わせに遅れそうだとか、前を行くひととだいぶ離れてしまったからだとか、そういう時間や空間の話とは違う種類で、ジュンはいつもなにかにあせって、いらだっているように見える。

エミさんのそっけなさは、もっとゆったりしている。余裕がある。あせっていない。言い方がどんなにそっけなくても笑顔のままだ。

その笑顔にかえって救われたような思いで、ごめんなさい、と謝ろうとした、そのとき——。

自分だって、さっき名前とか質問したくせに、すごい身勝手。

ジュンが小声で言った。口がとがっていた。肘《ひじ》を顔にかざしているので表情はわからなかったが、文句をつけているのは確かだ。

聞こえちゃったかも、とリュウはおそるおそるルームミラーを覗《のぞ》き込んだ。

エミさんにも、きっと聞こえた。だが、「ジュンちゃん、具合どう？」と訊く声は怒っていない。

「……悪いです、死にそう、もう」

こっちは機嫌の悪さがたっぷりにじむ。

ふうん、とエミさんはうなずいた。自動販売機で飲みものを買ったときと同じ、軽くて面倒くさそうで、でも笑顔のままの相槌だった。

「まぶしいから、サンルーフ閉めてください」とジュンは言った。

「あ、そうね、ごめんごめん」

エミさんはあっさりとスイッチを押して、シェードを閉じた。怒っていない。ジュンの仮病を暴《あば》くこともない。代わりにリュウに言った。

「ジュンちゃんの具合が悪そうだったら、すぐに教えてね。頭痛って怖いんだから」

ジュンは腕で顔を隠したまま動かなかったし、エミさんはこっちを見なかった。リュウは黙ってうなずきかけたが、思い直して、「でも、だいじょうぶだと思います」と言った。ジュンの肩がピクッと揺れる。エミさんは「そう？」と笑いながら聞き返した。

「……なんとなく、だけど」

ふうん、とエミさんはまたうなずいた。病院の医者が患者の問診をするのと同じで、リュウがどういう少年なのか、ジュンがどんな少女なのか、ひとつずつ確かめているみたいだった。

ジュンはまだ腕を顔からはずさない。仮病のお芝居をつづけている。

「送っていくの、駅でいいの？　何時までに着いてなきゃいけないとか決まってるの？」

タケシとの約束は夕方五時。まだ時間はたっぷりあったが、ジュンはリュウが答える前に「けっこう忙しいから」と言った。「駅に着いたらすぐに降ろしてください」

「でも、外、暑いわよ。ぎりぎりまで車の中にいたほうがいいんじゃない？」

「……もう、ぎりぎり」

「次の約束、何時？」

「質問されるの、わたしも嫌いだから」

リュウはまた胸をドキドキさせて、エミさんとジュンを交互に見た。ジュンがやけにエミさんにつっかかるのも、エミさんがジュンの嘘に付き合っているのも、理由がよくわからない。それでも、ばれている嘘をつきつづけるジュンを見ていると、ドキドキと高鳴っていた胸がしだいに締めつけられてきた。「かわいそう」ではなく、「バカだなあ」でもなく、悲しいような、悔しいような、どっちとも違うような、両方混ざっているような、なんとも言えない気分だった。

「じゃあ、駅に行けばいいのね」

「そう」

「駅のどっち側？」

「いまのも質問ですけど」

「じゃあ……命令しちゃうね」

「……どうぞ」

「もうちょっと雲の写真を撮りたいから、しばらくおねえさんに付き合いなさい」

ジュンは腕で顔を隠したまま、黙っていた。

「イヤだったら、先に駅に回って、あんたたち降ろしてあげるけど、どうする……って、これも質問になっちゃうね」

エミさんは苦笑して、「質問なしの会話って、けっこう難しいんだ」と感心したようにつぶやいた。

ジュンはやっと顔から腕をはずした。まぶしそうに目を細め、すぐに窓のほうを向いて「じゃあ、もうちょっと乗ってます」と言った。意外な答えに驚いたリュウに、窓の外を見つめたまま、「降りたいんだったら、一人で降りれば」と言う。

エミさんはおかしそうに声をあげて笑いながら、小刻みにうなずいた。さっきまでの

「ふうん」ではなく、「なるほどね」という、なんとなくうれしそうな相槌だった。

　街なかでエミさんは何度も車を停め、一人で外に出て雲の写真を撮った。

　その間、リュウとジュンは車の中で待っていた。リュウが追いかけて外に出ても、エミさんはなにも手伝わせてはくれない。「写真は一人で撮るって決めてるから」ときっぱり断って、「それより車の中でジュンちゃんとケンカでもしてれば？」と笑う。

「遊んでれば？」でも「話してれば？」でもない。問診を終えて二人の性格や関係をぜんぶ見抜いたみたいに、「ま、口ゲンカだと、リュウくんに勝ち目はなさそうだけどね」ともっとおかしそうに笑う。そして、車の中では、実際にケンカになってしまうのだ。

「仮病、もうばれてるんだから、やめろよ」

　リュウが言うと、ジュンは悪びれもせずに「勝手でしょ」と言い返す。

　撮影場所を移動するとき、エミさんは思いだしたように、ジュンに「具合どう？」と訊いてくる。そのたびにジュンは、ぐったりした息づかいになって「悪いです」と言う。

「エミさん、ジュンが正直に言うのを待ってるんだよ」

「違うよ」

「なんで」

「リュウって国語苦手でしょ、特に小説とかの読解。男子ってみんなバカでガキだけど、あんた、特に単純ガキバカ」

言いたい放題で、しかも肝心なことはなにも教えてくれない。

「わたし、あのひと、嫌い」

空に向かってカメラをかまえるエミさんの背中を、車の中からにらんで言うこともある。

「どこが？」とリュウが訊くと、「ぜんぶ」としか答えない。

「だったら、降ろしてもらえばいいだろ」

ジュンは「なんにもわかってない」と、うんざりした様子で大げさなため息をつく。

「あのね、リュウ、わたしの言ってる『嫌い』ってのは、そういう『嫌い』じゃないの」

「じゃあ、どんな『嫌い』なんだよ」

「わかんないひとには、どうせ言ってもわかんないから」

「なんだよ、その言い方」

「はい、もうおしまい、時間のむだ」

そんな言い合いばかり繰り返した。エミさんが言っていたとおり、リュウの連戦連敗になってしまった。

それでも、少しずつ、なんとなく、気づいてきたことがある。

エミさんとジュンは、心の奥のどこかが似ているのかもしれない。いまはおとなと子どもに分かれていても、小学五年生の頃のエミさんは、もしかしたら、ジュンのような女の子だったのかもしれない。ジュンはそれに気づいているから、エミさんを「嫌い」なのかもしれない。

リュウは言った。

「ジュンって、ニンゲンが嫌いって言ってたけど……自分のことは？　タケシくんみたいに自分で自分が嫌いになったりしない？」

ジュンは一瞬怒った顔でなにか言い返しかけたが、言葉をうまく出せずに、ふてくされたように座り直してリュウに背中を向けた。それきり、エミさんが戻ってきても、次の撮影場所に移動しているときも、エミさんがまた外に出てからも、こっちを振り向かず、話しかけてもなにも応えなかった。

エミさんが最後に回ったのは、駅につづく丘の『コミュニティー広場』だった。

「ここがいちばん駅に近い撮影場所だから、一緒に降りて、そのまま駅に行っちゃいなよ。わたしの撮影が終わるのを待ってて、それから駅に回るより早いよ」

エミさんはシートベルトをはずしながら「いまのも質問じゃないからね」と笑って振り向いたが、ジュンは窓の外を見つめたまま返事もしない。

いたたまれなくなったリュウが、代わりに応えようとしたら、エミさんから目配せされた。

だいじょうぶ。

軽く笑って、うなずいて、車を降りる。リュウもしかたなく、ジュンには声をかけずにドアを開けた。外に出ると、またエミさんに目配せされた。今度は「平気平気」と伝えるようなまなざしだった。

広場に向かって歩きだして、しばらくするとドアが開く音が背中に聞こえた。ジュンがふてくされた顔のまま、降りてきた。

「赤外線ロック、届かないね」

エミさんはそう言って、車に向けていたリモコンキーをリュウに渡した。「悪いけど、ちょっと戻ってロックかけてきてくれない?」

ジュンとすれ違う格好になる。車に戻るときには、そっぽを向いて無視されたが、ロックをかけた帰り道、ダッシュでジュンを追い越したら、「ちょっと」とひらべったい声で呼び止められた。

「わたし、自分のこと嫌いだよ」

さっきの問いに、やっと答えてくれた。「でも、それのなにが悪いわけ?」

おっかない顔でにらみつけてくる。

「いや……悪いってわけじゃ……」

「自分のことが大好きなひとより、大嫌いなほうが、人間としてましだと思うよ」

　ジュンはその一言を言って気がすんだのか、言葉に詰まって立ちつくしたままのリュウに「行こう」とひと声かけて歩きだした。愛想のなさはあいかわらずだったが、とりあえず機嫌は元に戻ったようだった。ま、いいか、とリュウもあとにつづく。

　エミさんは松葉杖に体を預けて、こっちを向いて待ってくれていた。リュウと目が合うと、ほらね、だいじょうぶだったでしょ、と笑う。

　照れ笑いを返して、ちょっと恥ずかしくなってうつむくと、エミさんとはこれでお別れなんだな、と気づいた。寂しい。もうちょっと一緒にいたい。こんなふうにおとなの女のひとから、いろんな表情といろんなまなざしで見つめられたのは、お母さんが亡くなって以来、初めてのことだったから。

＊

〈リュウたちが『コミュニティー広場』に着いたのは、午後三時頃でした。待ち合わせの時間より二時間も早く着いてしまったのです。しかし、それがケガの功名になって、リュウの望みはかなえられたのです〉

　それにしても、と、センセイはため息をついた。

なんなんだ、これは——。

つぶやくタイミングがわかっていたかのように、タケシはつづけて書いていた。

〈いまごろ、センセイはこの手紙の内容にあきれはてているかもしれません〉

まったく、そのとおり。

〈もう、こんなものを読むのはやめよう、と思っているかもしれませんね〉

正直に言って、少し、思っている。

センセイがいままで書いてきた小説は、すべてフィクション、つくりものだ。登場人物も全員、ただ一人の例外もなく、架空の人物だった。タケシたちが、そんな彼らと出会うなんて、冗談にしてもタチが悪すぎる。

それでも、タケシはつづけて書いている。

〈信じてもらえないというのは覚悟しています。でも、手紙でも何度も書いているとおり、大事なのは想像力です。そして、想像力とは、現実の世界から外へ飛び出すものだけではありません。その逆だってあるはずなのです〉

なるほどな、とうなずいた。全体としては中学二年生なりの文面でも、ときどき難しいことを書いてくるのだ、タケシという少年は。

〈センセイ、僕は思うのです。人間には誰だって、どんなときだって、物語が必要なんじゃないか、って。特にキツいとき。自分がこのままだとゼツメツしそうなほどキツく

て、苦しくて、たまらないとき、頭の中で物語をつくりあげて、そこに現実の自分を放り込むことで救われるのだと思うのです〉

わかるよ、と思わず声に出して、手紙に応《こた》えてしまった。

母親に厳しく叱《しか》られた子どもが、真夜中のベッドの中で、自分はほんとうは橋の下で拾われてきたみなしごだったんだ、だから継母《ままはは》にいじめられるんだ、と思うこと。

高校球児が、野球部の猛練習に音をあげそうになりながら、甲子園で活躍する自分の姿を思い描いて耐え抜くこと。

若いサラリーマンが、庭付き一戸建ての暮らしを夢見て、家を建てたらあんなことをするぞこんなこともするぞ、と思いながら、マイホーム資金を貯《た》めること。

異性に縁のないひとが、いつか訪れるはずの運命の出会いに、ひそかに胸躍らせること。

すべて、物語の力だ。想像力の効用だ。タケシの書いていることはよくわかる。ただし、そのとおりだ、とは言わない。人間に想像力などなければよかったのに――と思うことも、ある。

＊

〈ところで、その頃僕はと言えば〉

タケシは、リュウとジュンが『コミュニティー広場』に着いたところで、話題を自分のことに切り替えた。

まだ水遊び場にいたらしい。

〈信じられない話ですが、僕はツカモトさんにほめられていたのです〉

＊

「タケシ、おまえ、子守の才能あるよ、マジある、サイコー」

ツカちゃんは芝生に敷いたレジャーシートに寝ころがって、お弁当のおにぎりを頰張りながら言った。

実際、ツカちゃんの息子のハジメくんは、タケシにすっかりなついていた。幼児用の水遊び場でタケシに水をかけたり、水鉄砲を撃ったり、ボートのオモチャをぶつけたりして、タケシが「ううーっ、やられたあああーっ」と水しぶきをあげて倒れ込むと、笑いすぎてひっくり返ってしまうほど大喜びする。

「ハジメが人見知りしないなんて、めったにないのよ」

奥さんのリサさんも、びっくりした顔で、うれしそうに言った。

そうそう、とツカちゃんは口の中のおにぎりを缶ビールで喉《のど》に流し込んで、「おまえ、手を抜かないだろ、本気でガキと遊んでやってるだろ、それがいいんだよ」と言った。

そんなふうにほめられすぎて、タケシはちょっと困ってしまった。

「いや、あの……遊んでやってるなんて……そんな……」

謙遜《けんそん》ではない。ハジメくんに付き合っているのではなく、タケシ自身が遊んでいるのだ。水鉄砲で撃たれて水の中に倒れ込むのが、正真正銘、面白くてしょうがないのだ。

〈ツカモトさんも、最初は僕のことを「子どもと本気で遊んでくれる、いまどきめずらしい中学生」だと思っていたようですが、だんだんわかってきたのか、途中からは「おまえ、精神年齢いくつなんだよ」とか、「同級生に友だちいないんじゃないのか？」とか、けっこうめちゃくちゃなことを言うようになりました〉

ツカちゃんらしいよな、とセンセイは苦笑する。センセイの小説に出てきたときには中学二年生――いまのタケシと同じだった。小説の中では、意外と気づかいがこまやかで優しい乱暴者、という役回りだった。その後の彼の人生など考えたこともなかったが、なるほど、ツカちゃんならハタチを過ぎてもそんなことを言いそうだし、そんなふうに笑いそうだ。

〈ツカモトさんもリサさんも二十一歳だそうです。赤ちゃんができたので、十八歳同士で結婚したのです。リサさんは金髪のポニーテールで、ちょっと怖そうですが、笑うと優しい笑顔になります。で、ツカモトさんに言わせると、本気で怒ると、リサさんのほうがツカモトさんより強いのだそうです。リサさんは「そんなことないわよ、なに言ってんのよ、嘘《うそ》ばっかり言わないでよ」と怒って蹴《け》りを入れていました。やっぱり、リサさんのほうが強そうです〉

思わず笑った。わかるわかる、とうなずいた。

すると、タケシの手紙は、またセンセイの反応を見抜いたように、こうつづいた。

〈センセイはツカモトさんがどんなひとと結婚して、どんな人生を歩むか、考えていましたか？〉

責めているのではない。

〈僕は作家のセンセイがどうやって小説を書いて、登場人物をつくっているのか、まるで見当がつかないので、フシギなのです〉

無邪気な問いだからこそ、胸に小さなトゲが刺さった。

〈とにかく、どっちにしても、誰かにほめられたのはひさしぶりというか、生まれて初めてみたいなものだったので、僕はすごくうれしくなって、ツカモトさんとリサさんと、ハジメくんのことが、大好きになりました〉

だが、遊びの時間には、やがて終わりが訪れる。

「あなた、三時よ」

リサさんに声をかけられたツカちゃんは、「あ、もうそんな時間か」と起き上がり、缶に残ったビールを一息に飲み干した。

ツカちゃんは、星ヶ丘の駅ビルに入っているチェーン制の居酒屋のフロアマネジャーだった。

「中学生に酒を出すわけにはいかないけど、ウチ、けっこうメシ系にも力入れてるから、腹が減ってたらいつでも来いよ。子守のお礼におごってやるよ」

「はあ……」

残念だった。陽が暮れるまで遊んでいたかったし、自分のことをこんなにほめてくれたツカちゃんとリサさんと、これでお別れになってしまうのが、寂しくてしかたない。

水からあがったハジメくんの体をバスタオルでくるみながら、リサさんが「タケシくんの家って、何丁目？」と訊いてきた。

迷った。ヤバいかも、とは思った。それでも、秘密を打ち明けたほうが、これからずっと一緒にいられるかもしれない。思いきって、「星ヶ丘じゃないんです」と言った。

「いま、僕、家出中だから」

ツカちゃんもリサさんも一瞬きょとんとしてから、顔を見合わせて噴き出した。

「なに言ってんだよバーカ、家出少年がおまえみたいなへなちょこなわけないだろ」

端《はな》から信じてもらえない。「ほんとなんです、ほんと、家出中なんですよ」といくら力んで繰り返しても、ツカちゃんには、わかったわかった、と笑っていなされるだけだった。リサさんも、いかにも形だけ、といった感じで「一人で家出したの？」と訊いてきた。

「あと二人います」

「同じ中学の子？」

「じゃなくて……」

「先輩とか？　もし、悪い先輩に無理やり誘われてるんだったら、おにいさんとおねえさんに言いなさい。なんとかしてあげるから」

「いえ……そうじゃなくて……もっと年下っていうか……」

小学五年生の男子と女子、一人ずつ。さすがにツカちゃんとリサさんの顔からも笑いが消えた。

「どういうことなの？」「マジかよ、それ」「誘ったの？」「誘拐か、おい、ヤバいじゃん」

「……じゃなくて」

「じゃあ、どういうことなんだよ。ちょっとおまえ、マジに、ちゃんと説明しろって」

「そうよ、これ、場合によったら警察沙汰《ざた》になっちゃうのよ」

真顔になった二人に詰め寄られたとき、丘の上にリュウとジュンの姿を見つけた。かえって話がマズくなるだろうかとは思ったが、とりあえず、この状況から逃げたくて、おーい、こっちこっち、と手を振った。

リュウが先に気づいた。リュウに声をかけられたジュンも振り向いた。そして、少し離れたところで雲を撮っていたエミさんも、カメラを下ろし、怪訝《けげん》そうにタケシを見た。

＊

〈リュウたちが約束どおり夕方五時に来ていたら、たぶん僕はあそこにはいなかったと思います。ツカモトさんもリサさんも、真剣な顔になるとほんとうに怖かったので、あのまま警察に連れて行かれたかもしれません。でも、運命としか思えないタイミングで、僕たちはピンチを切り抜けました。しかも、ツカモトさんとエミさんの出会いです。ルパン対ホームズみたいです。センセイもドキドキしませんか？　つづきは、今度の手紙をお楽しみに！〉

＊

センセイは分厚い便箋《びんせん》の束をデスクに残し、最後の一枚だけ手に持って椅子《いす》から立ち上がった。小さな字を読みつづけて疲れた目を強くまたたき、胸の奥の空気まで入れ換えるように深いため息をついて、窓の外に広がる星ヶ丘の街並みを見つめた。

便箋の最後の一枚には、追伸が書いてある。

〈追伸 僕たちがゼツメツの危機から抜け出すには、物語の力が必要です。センセイ、どんどん援軍を送り込んでください。現実の世界の外から、想像力で、僕たちに力を与えてください。お願いします〉

人間は誰もが物語を必要としている、とタケシは書いていた。ならば、想像の生み出す物語の力で、現実の悲しい物語を変えていくことだって、できないわけではないだろう。

窓辺から室内を振り向いた。まなざしは、家族三人の写真を飾ったフォトフレームにすうっと吸い寄せられた。

センセイの報告（その2）

タケシは、いつも遠くをぼんやり見つめている子どもだった。ひょろりと背が高かったが、歩くときの足取りが妙に頼りなかった、という。

「ふわふわしてるっていうか……」

幼稚園の先生はそう言って小首をかしげ、「地に足が着いてないっていう感じだったんですよ」と苦笑した。

――地面から浮いてる、とか？

半分冗談のつもりで訊くと、先生は意外と真顔で「あ、そう、そんな感じ」と応え、「二、三センチほどね」とまた苦笑した。

――友だちは多かったんですか？

先生は首を横に振る。「とにかくマイペースでしたから」と言う。

――じゃあ、本人も友だちがいないことを……。

「全然気にしてませんでしたね」

一度はきっぱりと言い切ったものの、「気にしてなかったと思いますよ」と微妙に言葉を濁し、「気にしてないように見えたんですよね……」とため息をつく。悪いひとではない。幼稚園の先生になって今年で十二年目だという。入れ代わりの早いこの世界では珍しいベテランで、その幼稚園でタケシと彼の兄のトオルくんを知っている唯一《ゆいいつ》の先生でもある。

「お兄ちゃんとは全然違ってたんですよ。知らないひとが見たら、二人のこと兄弟だとはわからなかったと思いますよ」

同じことは近所のひとも言っていた。

タケシより二歳上のトオルくんは、近所でも評判のしっかりした少年だった。頭がよく、スポーツも得意で、はきはきしていて、にこやかで、友だちがたくさんいる。

お母さんのおなかの中にある「いいところ」はぜんぶお兄ちゃんが持って行っちゃって、弟さんが生まれたときには残りカスしかなかったんじゃないかって、ひどいこと言うひともいたほどなのよ……と教えてくれたおばさんが、たぶん、そのひどいことを言っていた主《ぬし》なのだろう。

幼稚園の頃から、トオルくんは人気者だった。同じクラスの子はもちろん、年長のクラスの子どもたちにも慕われていた。

「リーダーシップがあるっていうか、親分肌っていうか、とにかく人間関係をさっとつくるのがうまい子だったんです。かといって、いばりんぼじゃないんですよ。友だちがケンカしてたらすぐに仲裁に入るし、おとなしい子を遊びの仲間に誘ってくれて、しっかりフォローもして、わたしたちの仕事まで代わりにやってくれるんですよ、まだ五つや六つのうちから」

先生は感心した顔で、「あんな子、ちょっといませんよ」とまで言った。

──絵に描いたような「いい子」だったわけですね。

微妙な皮肉を込めて訊いたが、先生には伝わらなかった。

「ええ、『いい子』でした、ほんとうに」

――トオルくんが「いい子」だったら、タケシくんのほうは、なんて呼べばいいんでしょうね。

少し考えてから、先生は「『変わった子』になっちゃうんでしょうね、やっぱり」と言って、申し訳なさそうに目を伏せた。

――先生がみんなを集めて遊ぶときは？

「呼べば来るんです。はっと我に返った顔をしてね、あわててみんなのいるところに走ってくるんです。で、輪になっておゆうぎをしたり、おにごっこをしたりするんですけど、しばらくたつとまたぼうっと遠くを見て、とことこと歩きだして、みんなから離れていっちゃって……」

友だちと遊ぶのがイヤになって離れるのではない。もう一度声をかけたら、あ、そうかそうか、という顔をして駆け戻ってくる。遊んでいるときは、それなりに楽しそうにしている。なのに、しばらくたって先生がふと見ると、また一人でぽつんと遊んでいるのだ。

「よく、地面に絵を描いて遊んでました」

恐竜の絵だった。

「ティラノサウルスとかトリケラトプスとか、イグアノドンとか、あと、ステゴサウルスとか……恐竜の名前、たくさん教えてくれました。ほんとうにくわしかったんです」

――トオルくんのほうはどうだったんですか？

「テレビやゲームのキャラクターのことはよく知ってましたけど、恐竜には興味なかったと思いますよ」

――じゃあ、兄弟で恐竜の絵を描いて遊んだり、恐竜の話をしたりとかは……。

先生は黙って、苦笑交じりに首を横に振った。ただ打ち消すだけでなく、お兄ちゃんとあまりにも違う弟を哀れむような表情としぐさだった。

なるほど、とうなずくと、先生はあわてて付け加えた。

「あ、でも、あの子はお兄ちゃんのこと大好きだったと思います。お兄ちゃんが園庭で友だちと一緒に遊んでるのを、砂場のほうから、いつも、にこにこ笑って見てたんです」

あそこです、あそこから。先生は園庭の片隅を指差した。小さな滑り台のついた砂場がある。その滑り台の足元が、タケシのお気に入りの場所だったという。

「あの滑り台、ゾウさんの形してるでしょ。でも、タケシくんは、ステゴサウルスだよ、って」

先生は、ああ、そうだ、と思いだして、つづけた。

「ステゴサウルスのステゴって、親に捨てられた捨て子じゃないんですよね？」

——ええ、たしか、屋根っていう意味だったと思いますよ。

「だったら、よかった」

胸のつかえがとれたように息をついて、「ずっと気になってたんです」と笑う。「あの子、それでステゴサウルスが好きだったんじゃないか、って」

かつてタケシのお気に入りだった滑り台は、いまも子どもたちに人気の遊具だった。順番待ちの行列のお尻《しり》のほうで、男の子同士の小競《こぜ》り合いが始まった。それに気づいた先生は手をメガホンにして、「はいはいはい、ケンカしないの、順番順番」と子どもたちに声をかけた。じゅんばん、じゅんばん、じゅんばーん、とさっきから先生のエプロンにまとわりついている女の子が口真似《くちまね》をして笑う。

勤務中に無理を言って話を聞かせてもらったが、さすがにそろそろタイムリミットだろう。

——最後に一つだけ、いいですか。

口調をあらためると、先生も頬を引き締めて「はい」と応えた。

——トオルくんは、タケシくんのことをかわいがってましたか？

先生は目をそらす。

——タケシくんを仲間に入れてやったり、一緒に遊んでやったり、友だちにいじめられてたらかばってやったり……そういうことって、ありましたか？

先生は、エプロンの裾《すそ》をつかんで放さない女の子に「先にブランコに行ってて。すぐに先生も行くから」と言った。女の子はしばらく、やだやだやだ、とぐずっていたが、先生が「いま大事なお話してるの、ごめんね」と少し強く言うと、しゅんとしてブランコに駆けだしていった。

その後ろ姿を見送りながら「甘えんぼさんが多くて」と苦笑した先生は、顔をこっちには向けずに、逆に訊いてきた。

「タケシくんの手紙には、どう書いてあったんですか？」

――ぜんぶ、書いてました。

「そうですか……」

――ですから、なんというか、ごまかす必要なんてないんだと思います。

べつにごまかしてるわけじゃありません、と先生はそっぽを向いたまま早口に言ったが、少し間をおいて、肩がすとんと落ちた。

「ときどき、でした。いつもっていうわけじゃありません。でも、ときどき……トオルくん、タケシくんの足をひっかけて転ばせたり、すれ違うときに腕をつねったり……」

――後ろから突き飛ばしたりしたこともあったんじゃありませんか？

「後ろから、ですか？」

――ええ、彼の手紙には、そういうのも書いてありました。

「じゃあ……あったかも、しれません」

――あっても不思議じゃない、と？

先生は小さくうなずいて、「わたしが見たのは後ろからじゃなくて、横から肩をぶつけて転ばせたところでしたけど」と言った。

ヤマ勘が当たってこんなにイヤな思いになるのは生まれて初めてだった。

「でも、ときどきだったんです、ほんとに、ときどき、たまに……いたずら半分っていうか、やっぱり兄弟ですから……」

――先生は、トオルくんを注意したりはしなかったんですか？

「いえ、しました、ちゃんと言いました、そんなことしちゃだめよって、わたし、言いました。そのときにはちゃんと謝るんです、トオルくん、にこっと笑って、ごめんなさーい、って素直に謝るんです」

――「いい子」ですからね。

今度の皮肉は、通じた。先生はやっとこっちを振り向いて、険しさと悲しさの入り交じった表情を浮かべた。

「素直に謝ってるんですよ、トオルくんは。だったら、こっちはそれ以上言えないでしょう？　違いますか？」

――いえ……よくわかります。

「それにね、タケシくん、お兄ちゃんのことがほんとに好きだったんです。つねられても、突き飛ばされても、いつも笑ってたんです、本人がにこにこ笑ってるんですから、じゃあ、どうすればよかったんですか？」

先生を責めるつもりで訊《き》いたわけではなかった。ただ確かめたかっただけで、その目的はすでに果たした。

――お忙しいところ、ありがとうございました。

頭を下げて立ち去ろうとしたら、呼び止められた。

「それで……タケシくん、まだ行方不明なんですか？」

センセイは黙ってうなずいた。

第四章　捨て子サウルス

1

才能は、どこに眠っているかわからない。リュウはつくづく実感した。

タケシのことだ。

「まいったな、ちょっとさ……これ、なんか信じられないっていうか」照れくさそうに言いながら、抱っこしたハジメくんを「高い高ーい」と持ち上げると、ただそれだけのことで、ハジメくんは顔をくしゃくしゃにして笑う。

「この子、人見知りするから」とお母さんのリサさんが言っていたとおり、リュウが声をかけるとリサさんの陰にぱっと隠れてしまうのに、タケシに対しては、誘ってもいないのに自分からとことこと歩み寄って、脚に抱きついてくる。「タケシにいちゃんだよ、タケにい」とリサさんが教えると、さっそく舌足らずな声で「タケ、タケ」と呼ぶ。

「なんだよ、俺、三歳の子どもに呼び捨てにされちゃうの？」

しょぼくれた顔になったタケシも、ハジメくんが三度目に「タケ」と呼んだら「おーっ、なんだーっ？」と笑って応《こた》え、また高い高いをしてハジメくんをご機嫌にさせる。

「ねえ、タケシくんって弟か妹がいるの？」

リサさんが訊《き》いた。

「いいえ、ウチ、兄貴と俺だけ」

タケシが答えると、意外そうに「あ、そうなんだ」と言う。「下のきょうだいがいるから、ちっちゃな子の扱いに慣れてるんだと思ってた」

「ぜーんぜん、経験ゼロ、こんなの生まれて初めて」

「じゃあ、よっぽど向いてるんだ、子どもの相手するのが」

リサさんは感心して「すごいよ、マジ」と言った。タケシは「俺、自分がガキだから」と笑い返す。「ハジメくんと親友になっちゃったりして」

そんなタケシやリュウに背中を向けて、ジュンは遠くを見ていた。視線の先に、エミさんがいる。空を見上げてカメラをかまえ、雲の写真を撮っている。松葉杖《まつばづえ》をついて丘の斜面に立つのはキツそうだったが、さっきからほとんど休むことなくデジタルカメラのシャッターを押しつづけていた。

「エミさんって、プロのカメラマンなのかな」

リュウが小声で訊くと、ジュンはエミさんから目を離さずに「違うよ」と言った。

「プロのひとが、こんなところで一人で写真撮ってるわけないじゃん」

冷たい言い方だった。「どうせ撮った写真もへただよ」

「でもさ……」

リュウはさらに声をひそめて、「恩人じゃん、俺たちの」と言った。

「関係ないよ」

「だって……」

「べつに頼んだわけじゃないし」

「それはそうだけどさ……」

「わたし、おせっかいなひと嫌いなの」

嫌いなくせに、ジュンはエミさんをじっと見つめたままだった。リュウも、もうそれ以上は話しかけずに、ジュンと同じようにエミさんに目をやった。

恩人なのだ、実際。さっきはほんとうに危なかった。「誘拐か、家出か、どっちだ」――ツカちゃんは、リュウとジュンが来るなり、いきなり怖い顔で二人に訊いてきたのだ。めちゃくちゃな質問だったが、本気の質問でもあった。あわてて「あのね、えーと、ツカモトさん、ちょっと待って……」と割って入ったタケシは、ツカちゃんににらまれると、ひえっ、とあとずさってしまった。

「どっちなんだ。正直に言え。誘拐だったら俺が助けてやるから」

リュウはツカちゃんの迫力におされてなにも言えなかったが、ジュンは冷静に「誘拐なんかじゃないです」と答えた。「だって、誘拐だったら別行動なんかするわけないじゃん」

ツカちゃんは一瞬ぽかんとして、それから、「まあ……そういう考えもあるな、うん」と口元をもぞもぞさせながらうなずいた。早とちり、というか、意外とおっちょこちょいなひとなのかもしれない。

少しほっとしたのもつかの間、ツカちゃんは気を取り直し、細く剃《そ》った眉毛《まゆげ》を寄せて、「じゃあ、家出か」とすごみの利《き》いた声で言った。

リュウは思わずタケシに目をやった。だが、タケシはそばにいたハジメくんを「どうした？　うん？　兄ちゃんと遊びたいのかあ？」と抱き上げて、なんとかしろよ、と目配せを返してきた。ひきょうだ、ずるい、と怒る間もなく、ツカちゃんに「どうなんだよ、家出してきたのかよ、おまえら」と重ねて訊かれると、うつむいてしまうしかなかった。

「黙ってるってことは、マジかよ、おい、マジに家出してきたのか」

声はどんどん怖くなる。リュウは顔を上げられなくなってしまった。

「おい……」

ツカちゃんは、足を一歩踏み出して距離を詰めた。

「悪い？」

ジュンが言い返した。さっきと同じように冷静な、ちっとも怖がっていない声だった。ツカちゃんも、つい、という感じで「いや、まあ……」とひるんだが、すぐに「悪いに決まってるだろ！」と怒鳴った。にらんだ顔はおっかないのに、声を張り上げると、なんだか優しそうな怒鳴り声になる。

「わかった。じゃあ警察行こう。家出してるのを知ってほっとくわけにはいかないからな」また怖い顔になった。「三人まとめて交番に連れて行くのもナンだから、呼ぶか、おまわりさん」

派手なアロハシャツの胸ポケットから、携帯電話を取り出した。リサさんが「あなた……」と声をかけたが、「おまえは黙ってろ」と怒った声で言って、「俺は、家出だけはゆるせないんだ」とリュウをにらみ、ジュンをにらんで――ジュンににらみ返されると、またリュウをにらんで、ついでにタケシのこともにらもうと振り返ったが、タケシはいちはやくハジメくんをかけっこに誘って、「よーい、どん！」と駆けだして逃げていた。

「……なんなんだよ、あいつ」

舌打ちしてリュウたちに向き直った、そのときだった。いままで黙っていたエミさんが、遠くから、のんびりした口調で言った。

「日帰りは家出じゃないよね」

「うん？」

「この子たち、まだ外泊してないよ」

「……なんでわかるんだよ、あんた」

「見ればわかるでしょ、女の子の顔なんて、きれいじゃない。ちゃーんとゆうべお風呂《ふろ》に入って、朝も顔を洗って、髪もとかしてる」

「……そうかぁ？」

ツカちゃんは怪訝《けげん》そうにジュンの顔を覗《のぞ》き込んだが、「見ないでよ」とそっけなく言われると、あわてて、素直に、「あ、悪い……」とまで言って、目をそらした。

エミさんは「女の子に弱いんだ」と、おかしそうに笑う。歳《とし》はツカちゃんとそれほど変わらないのに、エミさんのほうがずっと余裕がある。

「うるせえなあ……ほっとけよ、こっちのことは」

「じゃあ、あなたもこの子たちのことほっといてあげれば？　まだ家出してるわけじゃないんだから」

「なに言ってんだよ、そんなわけにはいかないんだよ」

「警察呼んでも、夕方になったらおうちに帰りまーす、って言われたらおしまいだよ」

「いや、だから、いま、こいつが……家出してるって認めて……」

ツカちゃんに指差されたジュンは軽く、歌うように、「気が変わったから、やっぱり夕方に帰りまーす」と言って、唖然《あぜん》とするツカちゃんに今度はぴしゃりと「ひとを指差すの、やめてよ」と言う。

「なんなんだよ、おまえら、ひとをなめてんのか!」

ツカちゃんはいらだたしげに怒鳴って、「だいいち、あんた、こいつらのどういう知り合いなんだよ!」とエミさんをにらんだ。

「通りすがり」

エミさんはあっさりと答え、歩きだした。松葉杖を大きく前に振って丘の斜面をのぼる。「ちょっと待てよ、こら! まだ話終わってねえよ!」と呼んでも知らん顔をして、またカメラを空に向ける。

「なんなんだよ、ワケわかんねえよ……」

途方に暮れてため息をつくツカちゃんに、リサさんが「ねえ、あなた、遅刻しちゃうよ」と声をかけた。ツカちゃんも腕時計を見て、「ヤバッ」と顔をしかめた。

「もういいじゃない、この子たちも夕方には帰るって言ってるんだし、ハジメもタケシくんに遊んでもらってるんだから」

「いや、でもなあ……そういうわけにも……」

「だいじょうぶだって」

「おまえ、そんな無責任な……」

「だいじょうぶだって言ってるでしょ」

ツカちゃんは顔をしかめたまま「わかったよ……」とうなずいて、仕事に向かった。歩きだす前にリュウをにらみつけたのは、せめてものオトコの意地だったのかもしれない。

駅に向かうツカちゃんの背中が遠ざかってから、リサさんはリュウとジュンに言った。

「でも、マジ、夕方には家に帰りなよ」

ジュンはなにも応えない。リュウも返事に困って、またうつむいてしまった。

「小学生や中学生が家出するのって、よっぽどのことだと思うけどさ、それでも、帰らなきゃだめだよ。あのひとが家出だけはゆるせないって怒る理由も、ちゃんとあるんだから……」

リサさんはそう言って、「ハジメがタケシくんに遊んでもらってるうちは、ここにいてもかまわないけどね」と笑った。

エミさんは雲の撮影を終えた。松葉杖に慎重に体を預けながら、ゆっくりすぎるくらいゆっくりと水遊び場に戻ってくる。松葉杖をついていると、上りよりも下りの斜面のほうが歩きづらいのだろう。

手伝ったほうがいいだろうか、とリュウは駆け寄ろうとしたが、ジュンに「やめとけば」と止められた。「そういうおせっかい、あのひと、嫌いだと思うよ」

それより、とジュンはつづける。

「リュウはどうするの、これから」

「……これから、って？」

「あのひと、もうどこかに行っちゃうでしょ。家に帰るのか、まだ写真撮りに別の場所に行くのかは知らないけど、ここでウチらに付き合ってぼーっと座ってるわけないじゃん」

そういう性格じゃないよ絶対に、と言う。だよな、とリュウもうなずいた。

「で、たぶん、ウチらに言うよ」

どうする――？

「一緒に来るかどうか誘ってくるよ」

どっちでもいいけどね――。

「面倒くさそうに言って、訊くだけ訊いて、さっさと歩きだすと思う」

リュウにも目に浮かぶ。きっと、ジュンにはもっとくっきりと想像できるのだろう。

「どうするの？　リュウはここに残る？　それとも、あのひとと一緒にどこかに行っちゃう？」

「いや、でも……そんなのって……」

「べつにいいんじゃない？　マンションの暗証番号もわかるし、部屋の鍵《かぎ》も持ってるんだし」

それに、とジュンは後ろを振り返った。タケシは四《よ》つん這《ば》いになってハジメくんを背中に乗せて、「ぱっかぱっか、ひひーん、暑いよお、重たいよお……」と、汗だくになりながらも楽しそうに遊んでいる。

「ウチらがここに残ってても、あの子、全然なついてくれないし、タケちゃんも一緒に行くってことになったら、あの子、絶対に大泣きしちゃうよ」

「だよな……」

「どうするの、リュウは」

「っていうか、そっちは？」

ジュンは黙ってエミさんの方を見た。ちょうどエミさんも、声の届く距離まで来ていて、二人の予想どおりの言葉を口にした。

「もうちょっと回って写真撮るけど、あんたたち、どうする……って、質問嫌いなんだっけ」

ジュンは返事をしない。

「ま、どっちでもいいけど、じゃあね」

エミさんは体をよじって松葉杖をつく方向を変えた。ジュンは黙ったまま、エミさんを追って遊歩道に向かって歩きだした。

リュウもあわてて、タケシに声をかけた。

「ね、あのさ、ちょっと、あっちに行くけど」

「はあ？」

タケシは馬の格好のまま顔を上げて、ハジメくんに髪の毛を後ろから引っぱられ、「うぎゃっ」と短く叫んだ。

「待ち合わせっていうか……あの、テキトーに、ってことで……」

「リュウ、ちょっと待てよ、おい」

「ごめん」

「テキトーって、なんだよ、それ、どこに何時だよ」

「わかんないけど、ごめん……」

両手で拝んで謝りながら、駆けだした。

「あんたたち！」

リサさんが言う。「家に帰るんだよ！　絶対に帰るんだよ！　わかったね！」

〈僕たちは、こうして、再び離ればなれになってしまいました。でも、ご心配なく。じつを言うと、僕は――リュウやジュンは知りませんが、とにかく僕は、そんなに不安ではありませんでした。冒険の旅では、仲間が途中ではぐれてしまうのは当然のことなのです。そして、必ずまた再会できるのです。センセイもドキドキしているかもしれませんが、落ち着いてつづきを読んでください。まずは、離ればなれになったあとの僕の物語です〉

2

芝生の丘から遊歩道に出て行ったリュウとジュン、そしてエミさんの後ろ姿が見えなくなると、まるでそれを待ちかまえていたように、リサさんにツカちゃんから電話がかかってきた。

「あいつら、どうなった?」と心配そうに訊くツカちゃんに、リサさんは少し迷ってから「二人は帰ったみたい」と言った。「いま、タケシくんだけ、ハジメの相手してくれてるんだけど」

やり取りは、すぐに終わった。リサさんは携帯電話をトートバッグにしまうと、「仕込みに一段落ついたから、いまからすぐに来るって」とタケシに言った。

ハジメくんの馬からなかなか解放してもらえないタケシは、手綱《たづな》代わりに髪の毛を引っぱられたまま、まいっちゃったなあ、とため息をついた。

「ねえ、あんたたち、ほんとに、いったいなんなの？」

「なんなの、と言われても……」

答えるそばから、ハジメくんに「おうまさん、なけーっ」と命じられて、「ひひひーん、ぱっかぱっか……」と半べその声で言う。

「家出って、三人とも本気？」

「ひひーん」

「……警察に言ったりしないから、ほんとのこと教えて」

「本気です」

「だって、あの子たち小学生でしょ？　もともと友だちなの？」

「友だちっていうか……」

手綱が、髪の毛から両耳に代わった。

「はしれーっ、タケ！」

「ひひーん、痛いよ、痛い痛い、マジ、ハジメくん、耳、だめ……」

業《ごう》を煮やしたリサさんは、ハジメくんを抱き上げて、タケシの背中から降ろした。ハジメくんはたちまちぐずりはじめたが、かまわず「一人で遊んでなさい」と芝生に置き、四つん這いのままのタケシの横にしゃがみ込んだ。

「あんたねえ、さっきも言ったでしょ、ウチのダンナ、家出だけはゆるさないんだよ。小学生二人も連れて……ねえ、ほんとにあの子たちウチに帰るの？　だいじょうぶなの？」

わからない。ここで別行動になってしまうなど、タケシ自身も思いもよらなかったことだ。

「どうなのよ、ほら、しゃんとして答えなさい！」

タケシは体を起こすのも忘れて、首を何度も横に振った。わかんないんです、わかんないんです、わかんないんです……と、うわごとのように繰り返したすえに、ほとんど泣きだしそうな声で、言った。

「でも……僕ら、このままだとゼツメツしちゃうんです……」

ツカちゃんは駅から芝生の丘を駆け上ってきた。話を聞く前から、そばに来る前から、怒っている。走り方だけでもわかる。タケシは思わず腰を浮かせて逃げだそうとしたが、リサさんにTシャツの襟をつかまれて座り直させられた。

「覚悟決めなさい。ゼツメツだかなんだか知らないけど、ちゃんとダンナに説明して。

いい？　わかった？」

「でも……」

「だいじょうぶ」

リサさんは、襟を放し、その手で背中を軽く叩《たた》く。「ウチのダンナは、きちんと話してわからないようなひとじゃないから」——最近はね、と付け加えて笑った。

〈ゼツメツという意味をどう説明すればいいのか、僕にはわかりませんでした〉

ツカちゃんはしゃがみ込んでタケシの話を聞きながら、煙草《たばこ》を二本吸った。タケシがひととおり話し終えると、三本目の煙草に火を点《つ》けて、「全然ワケわかんねえよ」と、うんざりした様子で煙を吐き出した。無理もない。煙草二本分の時間をかけても、そのほとんどは、「あのー……」と「なんていうか……」の繰り返しだった。

「ゼツメツしそうだから家出しました、って……おまえさ、それでわかってもらえるって思ってるの？」

タケシはうつむいて首を横に振る。

「だろ？　じゃあ、ちゃんと、わかるように説明しろよ」

「だから……クジラの祖先は、陸地から海に戻って、クジラになって……」

「さっき聞いた」

「その前の恐竜は、陸地にずっと残ってたからゼツメツしちゃったわけで……」

「それも聞いた」

「僕とか……人間の中でもゼツメツしそうな種類だから……」

「そこだよ、そこ。だから、な、おまえさ、俺は人間の話を聞きたいわけ。おまえの話を知りたいわけよ。わかるだろ？　クジラとか恐竜とか、どうでもいいわけ。おまえの話をしろって言ってるんだよ、さっきから」

「はい……」と応えたきり、また黙り込んで、さらに深くうつむいてしまう。

そんなタケシを、リサさんはハジメくんを胸に抱きかかえて、じっと見つめる。ツカちゃんがまだほとんど吸っていない煙草を足元に捨てると、黙って吸い殻を携帯灰皿に移し、またタケシを見つめる。

「いじめに遭ってるのか」

タケシは黙ったままだったが、ツカちゃんは「わかるよ」と言った。「おまえ、そういうタイプ。見てるだけでわかるんだよ」

違う。声には出ない。首も動かない。それでも、違う——と、タケシは思う。

〈僕は確かに小学生の頃から、フリーパスのいじめの標的でした。男子でも女子でも、同級生でも下級生でも、全員からいじめられてOKの、オールマイティ最強カードだったのです。でも、僕はいじめに遭っているから家出したわけではありません。いじめられて不登校になったり自殺したりすることとゼツメツすることとは違うのです。センセイ、僕にはうまく説明できません。センセイは作家じゃないですか。言葉のプロじゃないですか。教えてください。ゼツメツってなんですか。僕が「ゼツメツ」と呼んでいるものの正体は、いったいなんなのですか。ツカモトさんのこと、僕は少しずつ好きになっています。リサさんも、ハジメくんも、好きです。だから伝えたいのです。ツカモトさんにわかってもらいたいのです。いえ、なによりも、僕自身が知りたいのです。僕はゼツメツしたくない。ゼツメツの危機から必死に逃れたい。でも、ゼツメツとはいったいどういうことなのか、自分でうまくわからないうちは、まるで、おにが誰だかわからないおにごっこをしているみたいで、もう、たまらないのです。センセイ、僕を救ってください〉

「いじめってサイテーだよな……」

ツカちゃんは四本目の煙草を取り出しながら言った。問い詰めるようだった口調が、少しだけやわらいだ。

「俺の中坊の頃もさ、あったよ、いじめ。友だちの友だちなんだけど、バスケ部のキャプテンで張り切ってて、張り切りすぎちゃって、セコいヤツらを敵に回しちゃって……キツそうだったな、見てても」

でもなあ、とツカちゃんは諭すようにゆっくりとつづけた。

「学校には行かなくていいよ、マジに。どうしてもキツかったら、そんなもん、休んじゃえばいいんだ。でも、家出は、やめろ。母ちゃんを……父ちゃんもいると思うけどさ、親に心配させるなって。なんつーか、いじめって学校の人間関係じゃん。そこが壊れても、まあ、べつにいいよ。一生付き合う相手でもないんだし。でも、親は違うだろ。親子の関係は一生モノなんだから、自分から捨てることなんてないと思わないか？」

ツカちゃんは煙草を指に挟み、リサさんの抱くハジメくんの顔を覗き込んで、「寝ちゃってる」と笑う。「思いっきり遊んだから、気持ちよさそうに寝てるよ」

タケシは顔を上げない。うつむいて、芝生の上で指を動かす。絵を描いているという意識などほとんどないまま、指はステゴサウルスの形を描き、首の長いブラキオサウルスを描いて、グルグルと渦を巻くアンモナイトを描いた。

「俺、一回だけ、家出したことがある」

ツカちゃんは煙草をくわえ、火は点けずに、「高校時代な」と言った。

母一人、子一人の家庭だった。小学生の頃からイタズラ坊主《ぼうず》で、中学生からは不良と呼ばれるようになり、母親にはさんざん心配と迷惑をかけてきた。

「それでも、俺、親孝行の不良だったの。マジ、母ちゃんのことは大好きだったし、母ちゃんを本気の本気で悲しませることだけは絶対にやらない、って決めてた。バリバリのワルだったのに、夜だけはちゃんとウチに帰って、夜中の一時でも二時でも、母ちゃんのつくる晩めし、レンジでチンして食ってたんだよ、俺……」

リサさんがツカちゃんを見る。いいの？　とまなざしで訊く。ツカちゃんは黙ってうなずいて、煙草にやっと火を点けた。

「高校二年生のとき、一回だけだよ、ほんと、一回だけ、母ちゃんとケンカして、もう帰んねえよクソババア、とか言って……一晩だけ、友だちの家に泊まった」

翌朝、母親が仕事に出かけた頃を見計らって、家に帰った。玄関の鍵が開いていた。台所には、ラップのかかった昨夜の夕食が置いてあった。そして、奥の和室に敷いた布《ふ》団《とん》の中で、母親は眠っていた。どんなに声をかけても、どんなに揺さぶっても、決して目を開けない、永遠の眠りについていた。

「急性心不全だって……ありえねえよ、ありえねえよな、ふつう……だって、母ちゃん、全然ふつうの寝顔なんだよ、マジ、いびき聞こえそうな顔してて……信じらんねえよ、ほんと、なんだよそれ、って、人間ってこんなに簡単に死んじゃっていいわけねえだろ、ってさ……」

救急車を呼んでからの記憶は、切れ切れだった。気がつくと病院から家に帰って、母親のなきがらを迎えるために茶の間の片付けをしていた。

「淡々としてるの、なんか、アタマもココロもスイッチが切れてるんだけど、カラダだけ動いてて、ちゃぶ台の脚を折りたたんでしまったり、座布団出したり……掃除機までかけちゃったりしてさ……」

片付けが終わったあと、腹が空《す》いていることに気づいた。台所に昨夜の夕食があることを思いだした。アタマもココロもスイッチが切れたまま台所に入って、夕食のおかずを見た。

「ロールキャベツなの。俺の大好物なの。母ちゃんの得意料理なの。わかる？　おまえ、中坊でもわかるだろ、それ、なんつーか、すげえことだっての、わかれよ、わかんなかったら、てめえ、マジ殺すからな……」

電子レンジできちんと温め直した。

「ココロのスイッチは切れたままだけど、アタマは復活したな。うん、せっかく母ちゃんが最後の最後につくった晩めしなんだから、ちゃんと食わなきゃだめじゃん、って」

コンソメ味のロールキャベツを一口食べた瞬間、ココロのスイッチがようやく入った。泣きながら食べた。食べながら泣いた。食べ終わったあとも、スープを、皿をなめるようにして飲み干した。空っぽになった皿に顔を埋《うず》めた。頬を皿にすりつけた。泣きながら、がむしゃらに舌を動かして皿をなめた。

一息に話したツカちゃんは、最後に大きく息をついた。指に挟んだ煙草から、灰のかたまりがぽとりと落ちた。

「家出は……やめろ。おまえが帰ってくるのを待ってるひとがいるかぎり、家出だけはするな。わかるな？」

タケシは応えない。顔を上げない。芝生の上を指が動く。クジラの絵になった。

「おい、どうなんだよ……」

赤い目をして声を荒らげかけたツカちゃんを、リサさんがそっと制した。

「この子、わかってるよ」

静かに言った。「わかってて……でも、そういう家出じゃないんだと思う」と、タケシに目をやった。

タケシはゆっくりと顔を上げる。

あの、すみません……ハジメくんの顔、見ていいですか……。

消え入りそうな声で言って、リサさんに抱かれたハジメくんの寝顔を覗き込んだ。

ぐっすりと眠っている。楽しい夢でも見ているのか、頰がゆるみ、口元もゆるんで、笑っているような寝顔だった。

タケシの目は、見る間に赤く潤《うる》んでいく。大粒の涙が、頰に落ちる。

「……わかった」

つぶやいた。ゼツメツの意味が、いま、わかった。

「僕……生まれてこないほうがよかったんです……」

顔をさらに上げる。陽射《ひざ》しのまぶしさに目を細めると、まつげに溜《た》まった涙に虹《にじ》ができた。空はもう、夕方の色に染まりつつあった。

3

ずっと比べられてきた。「いい子」のトオルと、「変わった子」のタケシ——二歳違いの兄弟は、歳よりもずっと大きな差をつけられて育ってきた。

父親も母親も、学校の先生も、近所のひとも、おとなたちはみんなトオルだけを見ていた。しっかりした子だとトオルをほめた。頭がよくて、元気がよくて、お行儀がよい。理想的な子どもだった。

「ついでに、見た目も……僕みたいに、ひょろひょろしてないし」

昼間の青に夕暮れのオレンジ色が混じりはじめた空を見つめて、タケシは言った。

「いいことずくめか」

隣で同じように空を見つめて、ツカちゃんが言う。おいしくないものを間違って口に入れてしまったときのような、面白くなさそうな声だった。「嘘《うそ》くせえな」と吐き捨てるようにも言って、「そういうガキ、俺、嫌い」と起き上がった。

タケシも体を起こそうとしたが、ツカちゃんは「いいよいいよ、おまえはこのままで」と手で制した。

芝生の上に並んで寝ころんでいたのだ。ツカちゃんが、そうしろと言った。思いだしたくないことを思いだして、誰にも話していなかったことを打ち明けるときには、思いっきり遠くを見たほうがいい。どうせつぶやくような小さな話し声になってしまうのだから、まなざしまで縮こまっていたら、話が陰気になってしょうがない。最初ツカちゃんから聞いたときには冗談で言っているんだと思ったが、実際に話を切り出してみると、ほんとうだ、広い空を見ながらしゃべると、言葉は意外とすんなり出てくる。

「結局アレだろ、おまえの兄貴の『いいところ』ってのは、たくさんあっても、まとめて言っちゃえば一つきりなんだよ」

「そう？」

「うん。要するに、『要領がいい』ってことだけだろ。で、おまえは兄貴とは正反対の、なにをやらせてもだめなヤツだった、と。だめだめでヘボヘボのガキだったってことなんだよな？」

初対面のひとにそこまで言われる筋合いはないような気もしたが、そうじゃないです、と言い返せる自信もなくて、黙ってうなずいた。

ツカちゃんは煙草に火を点けて、また寝ころんだ。くわえ煙草で腕を組んで枕《まくら》にして、膝《ひざ》を立てて、組んで、ビーチサンダルをぶらぶらさせる。

「よし、じゃあ、つづき」

いばっている。強引だし、乱暴だし、ガラは悪いし、言うこともキツい。だが、ツカちゃんはトオルを嫌いだと言い切った。そんなおとなは、タケシのまわりには誰もいなかった。

「兄貴のことはもういいぞ。おまえもしゃべりたくないだろ。俺も聞きたくないし。今度は自分のことしゃべれよ」

「……はい」

「笑える話じゃないんだったら、空を見ろ、空を」

言われたとおり、あらためて空を見つめた。雲が浮かんでいる。複雑な形にちぎれたりつながったりして、まるで地球がいまの姿になる前の大陸みたいだった。

ヌーナ大陸、コロンビア大陸、パノティア大陸、ロディニア大陸、パンゲア大陸、ゴンドワナ大陸、ローラシア大陸……遠い昔には、たくさんの大陸があった。大陸同士が衝突したり分裂したりを繰り返して、いまの地球になった。

いちばん古いヌーナ大陸は、約十九億年前に広がっていた。いまの地球の五大陸は、約二億年前に、パンゲア大陸から分裂した。そのパンゲア大陸の内海《ないかい》が、クジラが海に還《かえ》ったテーチス海になった。

学校の授業で習ったものではない。理科の先生はなにも教えてくれないし、教科書や参考書にも載っていない。一人で図書館に通って本を読んだ。授業の暗記はからきしだめなのに、恐竜や太古の地球のことは、無理して覚えようとしなくても、自然に記憶に刻み込まれる。舌を嚙《か》みそうな恐竜の名前だっていくらでも諳《そら》んじることができるし、パンゲア大陸が北半球のローラシア大陸と南半球のゴンドワナ大陸に分かれた頃の地図も、紙と鉛筆があればいつでもどこでも描くことができる。

もちろん、そんな地球の歴史がほんとうかどうかはわからない。大陸移動説やプレートテクトニクス理論に基づいた、あくまでも仮説にすぎない。だが、タケシは信じている。信じていたい、と思っている。地球は誕生したときからずっといまの姿で、これからも永遠にこのままなんだと想像すると、息が詰まってしまいそうな気がする。

研究者の予測では、いまの地球に散らばっている大陸は、またくっついて、大きな大陸になるらしい。アフリカ大陸とユーラシア大陸とオーストラリア大陸と南北アメリカ大陸が衝突してできあがるのが、アメイジア大陸。太平洋は消えてしまい、代わりに大山脈ができる。それが二億年後の話だ。

別の説では、大西洋が消えて、南北アメリカ大陸とアフリカ大陸がヨーロッパでユーラシア大陸とつながって、パンゲア・ウルティマ大陸が誕生するらしい。こっちは、二億五千万年後から四億年後の話。

考えるだけで、わくわくする。自分では決して見ることのできない風景でも、「いまの地球」が「永遠の地球」ではないということがうれしい。アメイジア大陸やパンゲア・ウルティマ大陸ができる頃には、人類はどうなっているだろう。とっくにゼツメツしてしまって、ミミズのような生き物が地球を支配しているだろうか。それとも、ゴキブリの天下になっているのだろうか。

もしも、人類が海に還ることで生き延びているのなら——そういうのっていいな、俺の子孫もいるといいな、と思うのだ。

「おい、どうした」

ツカちゃんがまた体を起こす。「なに黙ってんだよ」とタケシの顔を覗き込んで、「そんなにしゃべりたくないんだったら、いいよ、無理すんな」と笑った。

タケシはため息交じりに首を横に振った。芝生のにおいが、ふっと鼻をつく。

「これなんです」

「ん？」

「いつも、僕……なにか一つのこと考えちゃうと、ほかのこと忘れちゃって、ぼーっとしちゃって……考えごとしなくても、ぼーっとしてるんですけど……」

自分のテンポがみんなとは違うことに気づいたのは、幼稚園の頃だった。正確には気づいたわけではない。気づかされた。もっと正確に言うなら、押しつけられた。グズと言われた。タケシ、おまえ、ほんとグズだよな、なにやってんだよ、と怒られ、あきれられて、あざ笑われた。

「誰にだよ」

「……兄ちゃん」

みんなと同じテンポで遊んだりしゃべったりすることが、どうしてもできなかった。いつも遅れてしまう。鬼ごっこで逃げるときには、どっちに走ろう、どっちに行こう、と迷っているうちに捕まる。鬼になると、誰を追いかければいいのか決められずに、その場でただきょろきょろとみんなの背中を目で追うだけだった。「ゆうべの晩ごはん、なに食べたの？」と幼稚園の先生に訊かれると、「カレーライス」と一言答えればそれですむのに、「ニンジンとジャガイモとタマネギと豚肉を炒《いた》めて、カレーにして、ご飯にかけて食べたの」と細かく答えてしまう。

「そりゃあ、まあ……正しいよな、うん、正しい答えだよ、いいんじゃないか？　やっぱりさ、ひとに訊かれたらていねいに答えるのが誠意ってやつだし」

ツカちゃんは戸惑いながらも慰めてくれた。おっかなくても優しいひとだ。

「でも、カレーぐらいだったらいいけど、寄せ鍋《なべ》なんか大変なんですよ」

白菜とニンジンとネギとシイタケと大根とシメジとエノキダケと豆腐と魚と鶏肉《とりにく》とハ

マグリとカマボコとナルトと葛切《くずき》りとモミジ麩《ふ》と、ポン酢と醤油《しょうゆ》とモミジおろしとアサツキと……。

ツカちゃんはプッと噴き出して「おまえ、それ、ネタで言ってない？」と首をかしげた。

「ほんとなんです。いまはだいぶまとめて言えるようになったけど、ガキの頃は、全然だめだったんです」

自分でもキツかった。「寄せ鍋」や「カレーライス」という名前を知らないわけではないのに、言葉にすると材料がぜんぶばらけてしまう。

「料理の名前、ど忘れしちゃうわけか？」

「じゃなくて、なんていうか……だって心配じゃないですか、僕の食べた寄せ鍋の材料と、幼稚園の先生が想像してる寄せ鍋と、同じかどうか、わかんないじゃないですか」

「まあ、そうだな、俺んちも寄せ鍋に葛切りとか入れてなかったもんな」

「でしょ？」

怖かったのだ。自分の言いたいことと向こうが受け止めることがずれてしまうのが。誤解されたくない。ちゃんとわかってほしい。きちんと伝えたい。そう思って、一所懸命くわしく説明すればするほど、寄せ鍋の中身よりももっと大きなところが、どんどんずれていってしまう。

ツカちゃんは、なるほどな、とつぶやいて、煙草の煙を吐き出した。もう笑ってはいなかった。初めて会ったひとにぜんぶわかってもらえるとは思わない。生まれてからずっと付き合っている家族でさえも無理なのだから。ただ、ツカちゃんは、たとえ話のぜんぶはわかっていなくても、ものすごく大ざっぱに、優しく、まあいいや、と受け容《い》れてくれそうな気がした。

それがうれしくて、そんなことをうれしいと思うことが悲しくて、タケシはハナを啜《すす》った。雲が小さく揺れる。雲の形はさっきとは微妙に変わっていた。青空に浮かぶ大陸は地球の歴史を早送りするみたいに形を変える。西の空のパンゲア大陸は、もうじきローラシアとゴンドワナに分かれるだろう。青空が覗くテーチス海では、クジラの祖先の最初の一頭が、いま、岸辺から水に入ろうとしているのかもしれない。

「へたくそだよなあ」

ツカちゃんはぽつりと言った。「なにが？」とタケシが訊くと、「おまえのこと」と顎《あご》をしゃくる。「生きていくのがへたくそなんだろうな、って」

そうだと思う、自分でも。

「でも、俺は、どっちかっていうと、そういうヤツのほうが好きだけどな」

笑ってくれた。目が合うと、照れくさそうに「早くつづきしゃべれよ」ともう一度顎をしゃくった。

〈センセイ、僕をツカモトさんに出会わせてくれてありがとうございます〉

トオルはいつもはきはきしているのに、タケシはぼーっとして、なにを考えているのかわからない。いろいろなひとに、幼い子どもの頃から何度も言われてきた。親にも言われた。幼稚園や小学校の先生も、きっとタケシのいないところではそう話していたのだろう。

悲しくてしかたなかった。悔しさや恥ずかしさが交じる隙間《すきま》もなく、胸の中いっぱいに悲しさだけが満ちる。「わからない」というのは残酷な言葉だと、タケシは思う。「おまえはバカだ」と言われるより、「おまえが嫌いだ」と言われるより、「おまえのことがわからない」と言われるほうが、ずっと悲しい。

考えていることはたくさんある。それを他人にも伝えたいと思って、自分なりにがんばってきたのに、うまくいかない。他人になかなかわかってもらえない。そして、「わからない」という言葉は、もっと残酷な言葉も招き寄せる。

気味が悪い。怖い。こっちに来るな。

小学生の頃、「おまえみたいなヤツがひとを殺すんだよ」とトオルに言われた。「中学生になったらヤバいよ、おまえは。突然キレてナイフでひとを刺しちゃうとか、幼稚園ぐらいの女の子にいたずらして殺しちゃうとか、そういうことやるよ、絶対に」

だから、死ね――。

ヤバいことしちゃう前に、早く死んだほうがいいよ、おまえ――。

パパやママに迷惑かけるだろ、おまえなんかが生きてて、殺人とかしちゃったら――。

俺も迷惑――。

だから、死ねよ、タケシ、早く死んでくれ、みんなのために死んでくれ――。

〈ツカモトさんは本気で怒りだしました。兄貴のこと、ぶん殴ってやる、って言っていました。なんでおまえもそんなこと言われて黙ってるんだよ、殴ればいいんだよ、なんでシメないんだよ、ふざけんなよ、おまえが黙ってるから、向こうも調子こいちゃうんだよ、と僕のことまで怒るのです。

怖かったけど、うれしかったです〉

4

トオルはしょっちゅう両親に嘘をついた。

自分が遊んでいてオモチャを壊しても、タケシに壊された、と言った。ノートに自分ででたらめな落書きをして、タケシにやられた、と両親に言う。自分で折ったクレヨン、自分でちぎった服のボタン、自分で破った本……ぜんぶタケシのせいになってしまった。タケシがママの悪口言ってたよ、と母親に言いつけた。それも、決まってタケシの目の前で、タケシにも聞こえるように。

タケシと二人で遊んでいて、退屈すると、不意に大声をあげておなかを両手で押さえ、びっくりして部屋に駆け込んできた母親に、ママ、ママ、助けて、タケシにおなか蹴《け》られちゃった、と泣き声で言う。ほんとうに痛そうに、苦しそうに、声だけで泣き真似《まね》するのではなく、実際に目に涙も溜めて。

小学校の高学年になると、もっと手が込んでくる。

大切にしていたシャープペンシルがなくなったと大騒ぎして、タケシが盗《と》ったんじゃないかと言いだす。タケシが否定すると、じゃあ部屋の中探してみるぞ、盗んでないんだったら平気だろ、ママも一緒に探してよ、とタケシの部屋をひっかきまわす。すると、必ず、机の引き出しやランドセルの中で、入れた覚えのないそのシャープペンシルが見つかるのだ。

中学生になると、シャープペンシルがお金に代わる。

お年玉の数万円がなくなったとトオルが騒いだときには、母親だけでなく父親もタケシの部屋を探した。通学カバンのポケットの中にお金を見つけたのは父親だった。タケシは頬をぶたれそうになった。かばったのはトオルだった。タケシの楯《たて》になって立ちはだかって、父親に訴えた。やめてよパパ、タケシもちょっと冗談のつもりでやっただけなんだよ、僕は気にしてないし、お金も無事に戻ってきたんだから、やめて、お願い、やめて、タケシをゆるしてやってよ……。

トオルの嘘は一度もばれなかった。

〈僕は、兄貴に憎まれていました。ものごころついたときからずっとです。理由はわかりません。ただ、兄貴は僕を痛めつけることでストレスを解消していたのかもしれません。僕が両親に叱《しか》られたあと、兄貴はとてもすっきりした顔をするのです。「いい子」でいつづけるというのも、意外と大変なのかもしれません〉

「おまえ、なにのんきなこと言ってるんだよ。怒れよ、もっと怒れよ、なに理解なんかしちゃってるんだよ」

ツカちゃんは不服そうに言った。よほど腹を立てているのだろう、煙草のフィルターを嚙みちぎってしまい、口の中に入った葉っぱをいまいましそうに吐き出す。

その気持ちはタケシにもわかる。ほんとうはもっと怒っていいんだし、怒らなきゃいけないんだろうな、とも思う。

だが、それができない。

「なんでだよ」

「わかんないけど……」

「自分のことだろ」

そう言われても困る。自分のことは、自分で説明できなくてはいけない。誰が決めたのだろう。決めるもなにも、当然のことなのだろうか。

雲の形はいつの間にか、また変わっていた。ゴンドワナ大陸が、のちにアフリカと南アメリカになる西ゴンドワナ大陸と、インドとオーストラリアと南極になる東ゴンドワナ大陸に分かれた。地球の歴史でいうならジュラ紀の後期のことだ。インドは、東ゴンドワナ大陸の、あのへんだろうか。白亜紀になると、インドとマダガスカル島がオーストラリアと南極から分かれる。白亜紀後期には、インドはマダガスカル島を南半球に残して、どんどん北上していく。

恐竜の時代がもうすぐ終わる。インドは赤道を越えて、さらに北上する。見渡すかぎりの広大な大地が、海を進む。想像もつかない光景でも、目には浮かばないまま想像するだけで、胸がどきどきする。そのどきどきをうまく説明できないように、自分のことも説明できない。

やがて恐竜がゼツメツする。新生代が訪れる。インドはさらに北上をつづけて、ユーラシア大陸に衝突する。

どがーん。めりめりっ。ごりごりっ。

インドとユーラシア大陸のくっついたところが盛り上がってくる。ヒマラヤ山脈ができあがる。

ごごごごーうっ。もこもこもこーっ。にょきにょきにょきーっ。

ヒマラヤ山脈の山々のてっぺんには、海の生き物の化石がたくさん埋まっているらしい。いつかそれを掘りに行ってみたいな、と思う。

〈僕はまたぼーっとしてしまいました。

でも、ツカモトさんは「早くつづきを話せ」とは言いませんでした。新しい煙草に火を点《つ》けて、僕がこっちの世界に戻ってくるのを黙って待っていてくれました。

こんなに優しいおとなのひとに出会ったのは初めてです〉

小学校に入学する前にトオルに言われた。

おまえ、学校で俺のこと「お兄ちゃん」って絶対に呼ぶなよ――。

すれ違うときに笑うだけでも、家に帰ってから脇腹《わきばら》や背中をアザになるほど強くつねられた。

いいか、タケシ、俺のほうを見るな、こっち見るな、それができないんだったら、おまえ、学校来るな——。

四年生になると、タケシは学校中からいじめられるようになった。一年生から六年生まで、誰がタケシをいじめてもかまわない。児童会長のトオルが、フリーパスをみんなに与えた。いいよ、かまわないよ、もっとやっちゃえ、遠慮するな、ガンガンやれ、もっとやれ、平気だから、あいつはそれでいいんだから、なにやってるんだよ、ほら、もっとやれよ、なにやってもかまわないんだから……。

トオルとタケシの通っていた小学校は、いじめや学級崩壊とは無縁の、「いい子」ぞろいの学校として評判だった。勉強のレベルも高い。私立中学や国立の附属中学にもたくさん進学した。

成績ならたいがいの私立に受かるはずだったトオルは、あえて地元の公立中学に進んだ。家業は地元の物件を数多く取り扱う不動産会社なのだから、地元の学校に進んだほうが、長い目で見れば得になる、と両親が考えたのだ。祖父が創業して、父親の代で一気に成長した会社だ。「いい子」の長男に跡継ぎを期待しない理由など、どこにもなかった。

タケシも兄と同じ公立の中学に進んだ。もともと成績も悪かったし、私立受験のことなど両親はまったく考えていなかった。将来のために、という言葉もなかった。

代わりに母親は言った。

お兄ちゃんがいるんだから、あんたはラッキーよ。あんたみたいな子、お兄ちゃんがしっかり見守ってくれなかったら、あっという間にいじめに遭っちゃうんだから——。

父親も言った。

トオル、面倒かけることもあると思うけど、タケシのことをよろしく頼むな——。

トオルはにっこり笑って言った。

だいじょうぶだよ、まかせといてよ、パパ、ママ——。

だが、フリーパスの使用期限は中学に上がってからも切れなかった。いじめの手口はどんどん巧妙になり、陰湿になっていった。生徒会長だったトオルは、タケシを残して卒業するときに、フリーパスの使用期限を延長しておいた。だいじょうぶだよ、殺さなきゃいいから、おまえら好きにやっていいよ……。

そして、トオルはタケシに言った。

おまえ、痰《たん》ツボだから——。

みんなが痰ツボに痰を吐いてくれるから、街はきれいなんだよ——。

ウチの学校、いい学校だろ？　いじめもないし、不登校もいないし、荒れてないし、進路もレベル高いし。小学校もそうだったよな、いい学校だったろ？　それ、おまえのおかげだよ。おまえがみんなの痰ツボになってくれて、ムカつく気持ちとかイラつく気持ちとか、ぜんぶ捨てさせてくれるから、学校がこんなにきれいなんだ――。

世の中には痰ツボが必要なんだよ――。

でも、痰ツボは汚いから、あっち行け――。


〈フシギでした。

僕が学校に行かなくなったのは、兄貴が卒業して、二年生に進級してからのことです。いじめの中身は、兄貴が学校にいた一年生の頃のほうがキツかったのです。でも、二年生になって、兄貴のいない学校でいじめられていると、ヤバい、と思うようになりました。このままだと、僕は終わってしまう。「殺される」とか「死んでしまう」ではなく「終わってしまう」と感じました。それがつまり、「ゼツメツ」ということなのだと思います。

一年生の頃には感じなかったのに、二年生になって感じるようになったのは、どうしてなのでしょう。兄貴がいなくなったからでしょうか。僕は、ココロのどこかで、兄貴を頼っていたのでしょうか。兄貴を信じていたのでしょうか。兄貴のことが、好きだったのでしょうか。

センセイ、僕は、自分のことは説明できるのがあたりまえだとは思いません。

世の中には、わからないことや、知らないことや、うまく説明できないことがたくさんあります。でも、僕にとっていちばん難しいのは、自分自身です。世の中にはたくさんフシギがあるけど、いちばん深いフシギは自分自身の中にあるんだと、僕は思います。センセイは、いままで小説に何人の登場人物を出してきましたか？　みんな、センセイ本人ではない他人ですよね。センセイは、自分のつくった、自分ではないひとたちのお話を書いているんですよね。

あんがい、センセイも、自分自身のことをうまく説明できないひとなんじゃないですか？〉

芝生の丘の遊歩道を、リサさんがベビーカーを押して上ってきた。駅前のショッピングセンターで買い物をして、水遊び場に戻ってきたのだ。タケシがツカちゃんと過ごす時間も、残りわずかになった。

「上り坂、そろそろキツくなってきちゃった」

ハンドルを握っていた手をぶらぶらさせて、ベビーカーの中で眠るハジメくんの頰を軽くつつく。ツカちゃんは吸いさしの煙草を携帯灰皿に捨てて、「もうベビーカーは卒業だよな、三つになったんだし」と言った。

「でも、まだ歩いて買い物に連れて行くのはちょっとね……途中で座り込まれちゃったら、もう、どうしようもないし」

「根性で歩かせろ、根性で」

すぐそんなこと言うんだから、とリサさんはツカちゃんをにらみ、寝ころんだままのタケシを覗《のぞ》き込んだ。

「こっちは泣きやんでるね」

タケシが体を起こすと、ツカちゃんは背中についた芝の切れ端を乱暴な手つきで払い落としてくれた。

「いろんな話を聞いたよ、こいつから」

「なにか役に立つこと言ってあげた？」

ツカちゃんは「全然」とそっけなく答え、タケシの背中を、仕上げのように強く叩いた。「いまどきの中坊の気持ちって、やっぱりわかんねえよ」

「だめじゃない」

「まあな……」

そんなことない。タケシはあわてて立ち上がり、あわてて首を横に振る。

確かにツカちゃんはたいしたことはなにも言ってくれなかった。だが、兄貴に対して怒ってくれた。生きていくのがへたくそなヤツが好きだと言ってくれた。すぐにぼーっとして空想の世界に行ってしまうタケシが現実の世界に戻ってくるのを、黙って待ってくれた。

ツカちゃんは腕時計を見て、「さすがにそろそろ店に戻らなきゃヤバいかな」と立ち上がった。

タケシも「ありがとうございました」と頭を下げた。

「なんにもしてねえよ」

「でも……ありがとうございました」

「ちょっとは楽になったか？」

「はい」

すぐに大きくうなずくことができた。だが、ツカちゃんが「家に帰る気に……」とつづけると、自然とうつむいてしまう。

ツカちゃんは、やれやれ、と苦笑して、「ならないよなあ、そんな家じゃ」と言った。

リサさんが、いいの？　と目で訊《き》くと、いいんだよ、とうなずく。

「ま、アレだ、夏休みだしな」

「……はい」

「夏だから、野宿しても凍え死ぬことはないだろうし」

「……だいじょうぶです」

一人前の社会人として、それ、どうなのかなあ、という理屈だったが、とにかくツカちゃんは家出を認めてくれた。そして、もうすぐお別れなんだ、という予感が胸いっぱいに広がった。

ツカちゃんはベビーカーからハジメくんを抱き取った。「だいじょうぶ？　起こさないでよ」とリサさんは心配そうに言ったが、ハジメくんはぐっすり寝入ったままだった。

「抱かせてやるよ」

「いいんですか？」

「うん、おまえ、子守が上手《うま》いから起こしたりしないだろ」

リサさんも横から「いいわよ、起きちゃっても」と笑ってくれた。

両手で受け取った。胸と腕で抱いた。重かった。熱かった。

「この感触、忘れるなよ」

ツカちゃんは静かに、初めて、おとならしい口調で言った。

「三歳のガキなんてさ、ほんとに弱っちいよ。おまえがいま手を離したら、一発で地面に落ちて、へたすりゃ死んじゃう。口と鼻をパッと手でふさいだら、もっと簡単に死ぬよ。そうだろ？　こいつがどんなに反撃しても、おまえ、負けないよ。そうだろ？」

タケシは黙ってうなずいた。それを確かめて、ツカちゃんは「だから」とつづけた。

「忘れるな。自分より弱いものを抱いて守ってやってるときの、感触っていうか、気持ちっていうか、ぜんぶ忘れるな」

「……はい」

「それを覚えてるうちは、俺、おまえはゼツメツしないと思うぜ」

最後に、ツカちゃんのいかつい顔が照れくさそうにゆるんだ。

最後の最後に、タケシはハジメくんをぎゅうっと抱きしめて、リサさんに返した。

「元気でね」とリサさんは言った。

「今度、兄貴を連れてこい。ぶっとばしてやるから」とツカちゃんは顔の前で握《にぎ》り拳《こぶし》をつくって力んだ。

ハジメくんは、リサさんの胸に抱かれて、安心しきった、気持ちよさそうな寝息をたてていた。

最後の最後の最後に、タケシは「さようなら」と笑った。

三人に背を向け、丘のてっぺんを目指して歩きだした。何歩か進んだところで振り向くと、水遊び場のまわりには誰もいなかった。小さな滝と人工の小川のせせらぎだけが聞こえる。

タケシはゆっくりと息をついて、胸に手をあてた。ハジメくんを抱っこした感触は、まだ確かに残っている。

空を見上げた。さっきの大きな雲は、ちぎれて、散らばって、大陸から群島になっていた。空が覗く小さな海がたくさんある。その一つひとつにクジラが棲《す》んでいたらいいのにな、と思う。

〈センセイ、僕をツカモトさんに出会わせてくれて、ほんとうのほんとうに、ありがとうございました〉

5

夕暮れは空より雲のほうが先なんだな、とリュウは気づいた。

空はまだ青いのに、雲はうっすらとオレンジ色に染まっている。東のほうの雲はだいぶ暗い色になっていた。エミさんが歩道橋の上からカメラを向けているのは、東のはての、夜になりかけの雲だ。

「最初はワケがわかんなかったけど、ずっと見てると、雲って面白いな」

リュウが言うと、ジュンは、ふうん、と気のない様子でうなずいた。

「面白いと思わない？」

「べつに」

あいかわらずだった。自分からエミさんについていったのに、雲を探して移動する車の中でも、エミさんの撮影が終わるのを待っているときも、ほとんどなにもしゃべらない。

エミさんも同じだった。訊かれたことには最小限しか答えないし、自分からはなにも話しかけてこない。

最初のうちは、リュウが一人でしゃべった。

「雲の写真、昔から撮ってるんですか？」

エミさんの返事は「うん」の一言。

「このあたりって、けっこう新しいマンション多いんだな」

ジュンの返事は「それがどうかした？」の一言。

途中から、もういいや、勝手にしろよ、とリュウもすねて黙り込んでしまった。だが、話しかけるのをあきらめてみると、沈黙が不思議とすんなりなじむ。エミさんも、ジュンも、沈黙をちっとも重荷に感じていない。ただの無口な性格というのではなく、言葉なんてどうでもいいんだ、と思っているような、迷いのない沈黙だった。

そういうひとは、リュウのまわりには誰もいない。

お父さんは、学校の先生という仕事柄、時にはうっとうしいほどよくしゃべる。亡《な》くなったお母さんも、話し好きだった。近所のおばさんや親戚《しんせき》のおばさんは、もっとおしゃべりだ。口を休めている時間がもったいないと思っているんじゃないかという気がするほど、ひたすらしゃべって、笑う。

学校のみんなもそうだ。男子も女子も、休み時間になると友だち同士で集まって、いろいろなことを――どうでもいいようなことでも飽きもせず、いつまでもおしゃべりする。

リュウも、一学期の途中までは、その輪に加わっていた。みんなの輪の真ん中にいることも多かった。テレビでも、ゲームでも、マンガでも、野球やサッカーでも、どんな話題になってもだいじょうぶだった。ひとの陰口は嫌いだったが、仲良しの友だちの失敗談や間抜けな話を面白おかしくみんなに伝えるのは大の得意で、授業中を除けば、学校にいる時間は黙っているよりもしゃべっている時間のほうがずっと長かった。

おしゃべりをして楽しい相手のことを「友だち」と呼び、おしゃべりをする相手がたくさんいる子のことを「人気者」と呼んで、おしゃべりの話題を自分で決められる子のことを「リーダー」と呼ぶのなら、リュウは紛れもなく人気者だった。リーダーでもあった。友だちが、ほんとうにたくさんいた。

いまは違う。みんなで無視をするいじめは、しゃべる相手を奪うことだ。誰とも話せないというのは、誰ともつながれないことだ。そばにたくさんひとがいるのに、その中の誰ともつながれないというのは、無人島や砂漠のひとりぼっちよりもずっと孤独なのかもしれない。

あいつら――。

ケンカをした何人かの顔が浮かんだ。みんなイヤな顔をして笑っていた。いちばん冷やかな、顔をそむけたくなるくらい勝ち誇った笑顔になっていたのは、いじめの中心にいるウエダではなく、リュウのおかげでいじめの標的から逃れられたはずのニシムラだった。

みんなは家に帰っても、おしゃべりをする相手がいる。だが、リュウには誰もいない。マンションのオートロックを自分で外から解除して、玄関の鍵《かぎ》を自分で開けて、がらんとした部屋に入って、「暑かったー」「腹減ったー」と声を出しても、返事はどこからも返ってこない。お父さんの帰りが遅いときは、そのまま無言で一日が終わってしまう。

わかるか、おまえら——。

ウエダに言ってやりたい。ニシムラに言ってやりたい。

俺が誰かと話せる場所って、学校しかないんだぞ——。

おまえらは、俺から、たった一つの場所を奪ったんだぞ——。

エミさんの撮影はつづいた。歩道橋に上がってから、もう何枚……何十枚も撮っている。

ジュンは歩道橋の手すりに肘《ひじ》をついて、ぼんやりと、行き交う車を見つめている。楽しそうには見えない。けれど、退屈しているようにも見えない。

リュウはジュンの隣で、同じように手すりに肘をついた。歩道橋の下を通っているのは、左右の路肩と中央分離帯に街灯のついた片側二車線の通りだ。道幅が広い割にはそれほど車の通行量は多くない。そのぶん、どの車もスピードを出していて、トラックやバスが歩道橋をくぐるときには、足元が、ぐわん、とたわむように揺れた。

また一台、今度は大型トレーラーが、轟音《ごうおん》をあげて歩道橋をくぐる。ぐわん、ぐわん、ぐわん、ぐわん、としばらくつづいた揺れがおさまると、「ねえ」とジュンがひさしぶりに自分から話しかけてきた。

「リュウ、さっき車の中で泣きそうになってなかった?」

ウエダやニシムラたちのことを思いだしたときだろう、たぶん。鼻の奥がツンとして、まぶたがじんわり熱くなって、顔をしかめ、強くまばたきをして、感情がたかぶるのを抑えたのだ。

「……あくびが出そうになっただけだよ」

ふうん、とジュンは道路を見つめたまま、また面倒くさそうにうなずく。逆にそれで、秘密にしておきたかった話がふっと口をついて出てしまった。

「嫌いなヤツらのこと、思いだしたから」

「……学校の?」

「そう」

「昨日、『蛍雪』の前でケンカした子? ウエダっていったっけ」

「あいつもだし……まだ、ほかにも」

答えたあと、ああそうか、あれはまだ昨日のことなんだな、と思いだした。

「嫌いな子、たくさんいるんだ、リュウって」

「うん……まあ……」

「じゃあ、リュウのことを嫌いな子もたくさんいるんだ」

「そんなことないって」

「だって、自分が嫌いな相手は、相手も自分のことが嫌いなんだよ、フツーは」

「違うって、全然違う」

思わずムキになって打ち消した。ウエダはともかく、ほかのみんなは、リュウのことが嫌いだからいじめに加わっているわけではない。心の根っこでは、まだみんな友だち同士で、ちょっとしたはずみというか、ゲームというか、ほんとうにささいな食い違いでこうなってしまっただけで、きっかけさえあれば、またいままでどおり、みんな……。

思いが止まる。きっかけって、なんだ？　リュウが謝ること。みんなが飽きること。新しいいじめの標的ができること。

またいままでどおり？　みんなをゆるす。みんなにゆるしてもらう。友だちに戻って、休み時間におしゃべりをする。なにごともなかったかのように。忘れたふりをして。もしかしたら、新しい標的をいじめるから付き合えと誘われて。ニシムラをかばったときとは違って、今度は、もしかしたら……。

鼻の奥がまたツンとする。いじめつづけられることよりも、いじめが終わってからのことを想像したほうが悔しくなってしまう。

ジュンは「向こうも自分のことが嫌いだと思ってたほうがいいのに」と言った。「そのほうが楽になるような気がしない？」

「俺、嫌われ者じゃねーもん」

わざと軽く、ふざけて、笑いながら言った。だが、ジュンはにこりともせずに「嫌われてなくても、ひとりぼっちなの？」と訊いてきた。

「……ひとりぼっちじゃないって、なに言ってんだよ、勝手に決めんなよ」

まあいいけど、とジュンはため息交じりに手すりから離れ、反対側の手すりに移った。

リュウは、ちぇっ、と舌打ちして手すりを両手でつかみ、鉄棒の斜め懸垂のように、腕を屈伸させた。肘を曲げたときには道路を見て、肘を伸ばしたときには、空を見上げる。西の空の雲は、オレンジ色がだいぶ濃くなってきた。東の空の雲は、もうすっかり暗くなっている。

屈伸をつづけていたら、エミさんが短く「あっ」と声をあげた。振り向くと、黒く円いものがこっちに転がってくるところだった。レンズの蓋《ふた》だ。交換するときに落としてしまったのだろう。

拾い上げて持って行くと、エミさんは「ありがと」と笑って受け取り、ふーう、と気持ちよさそうな息をついた。

「今日はいい写真、たくさん撮れた」

「もう終わったんですか？」

「うん、そろそろ陽も沈むし、このあたりでいいかな」

エミさんは肩をほぐすように回して、「悪かったね、付き合わせちゃって」とまた笑う。一仕事終えてリラックスした笑顔に引き寄せられるように、リュウは訊いた。

「なんで雲の写真ばっかり撮るんですか」

「好きだから」

答えは短かったが、昼間とは違って突き放すような感じではなかった。

そして、エミさんは松葉杖《まつばづえ》をついてジュンに近づいていった。

「ジュンちゃん」

「……なんですか」

「わたしも、『みんな』が嫌いだよ」

リュウはきょとんとした。「みんな」が好きとか嫌いとか、そんな話は一度もしていなかった。

だが、ジュンは、まるでついさっきまでしていた話のつづきのように、「そんな気がしてました、わたしも」と道路を見たまま応《こた》えた。

「自分のことも、あんまり好きじゃない」とエミさんはつづけた。

「わたしは……すごく、嫌い」

わかるよ、とエミさんは笑ってうなずく。ジュンの横顔が一瞬、ほんのわずか、ゆるんだ。うれしそうな微笑《ほほえ》みが浮かびかけた。それを無理やり押しつぶすように、不機嫌そうに眉《まゆ》を寄せて、「まあ、どうでもいいけど」と言った。

エミさんはその態度を咎《とが》めるでもなく、また笑ってうなずいて、「アンコールでもう一枚だけ」と二人から離れ、カメラを空に向ける。

リュウは小声でジュンに訊いた。

「俺のいないとき、二人でなにか話してたの？」

「ううん、なんにも」

「だって……なんか、さっきまでより近くなった気がするけど」

「テキトーにヤマ勘でしゃべってるだけ」

「嘘《うそ》だろ、それ」

「信じないなら、べつにいいけど」

ジュンはそっぽを向いてしまった。そっけなさはあいかわらずでも、口調やしぐさが、ビミョーに、なんとなく、まるくなった。俺とも近くなった？　ふと思ったリュウは、あわてて、ないないないっ、と打ち消した。

センセイの報告（その3）

ジュンの部屋は、白い家具で統一されていた。ちょっとアンティークなデザインで、白い塗装もプリント合板ではなく、きちんとペンキを塗っている。家具にはまったくの素人《しろうと》のセンセイにも、一つひとつがしっかりしたつくりだというのはわかった。量販品ではなく、工房にオーダーしたのかもしれない。

部屋の広さは、安手の賃貸マンションのリビングぐらいありそうだった。陽当たりもいい。壁は漆喰《しっくい》、床は無垢板《むくいた》のフローリング、ロフトもついていて、格子窓《こうしまど》には小さなステンドグラスまではめこまれていた。

家じたい瀟洒《しょうしゃ》な注文建築だったが、その中でも特にお洒落《しゃれ》につくられている。モデルルーム――というより、絵本に出てくるお姫さまの部屋を思いだしてしまう。それも、たんにお金をかけているだけではなく、ふだんの掃除や時期ごとの手入れも行き届いていて、両親の愛情がたっぷりと注がれているのが感じられるたたずまいだった。

「いい部屋ですね」

センセイが言うと、ジュンの母親は格子窓を開けて風を入れながら、「わたしも彼も、家の中でここがいちばん好きなんです」と笑った。父親はロッキングチェアに腰を下ろし、センセイには壁際《かべぎわ》に置いたソファーを勧めて、「酒を飲めないところが玉に瑕《きず》です」と冗談めかして肩をすくめた。「ほんとうは、この椅子《いす》に座って、天窓から空を眺めながら一杯飲《や》ると最高なんですけどね」

わかります、と笑い返して、あらためて部屋を見回した。

ぬいぐるみや人形の多い部屋だ。壁にいくつも設《しつら》えられた飾り棚は小さな人形でいっぱいだったし、ロフトにも小ぶりのぬいぐるみが、まるでスペースを縁取るようにぎっしり並び、床には幼い子どもの背丈ほどもありそうなぬいぐるみまである。最初は部屋の広さに紛れていたが、ぬいぐるみの数は一人の女の子が部屋に飾るには多すぎるような気もする。

「お茶、リビングよりもこっちのほうがいい？」

母親が言うと、父親はロッキングチェアを軽く揺らしながら「ああ、そうだな」と応えた。

それでよろしいでしょうか、と母親はセンセイにも目で訊いた。センセイがうなずいて、おまかせします、と伝えると、父親が「最近、中国茶に凝《こ》ってるんですよ、彼女」と教えてくれた。「彼」「彼女」という呼び方を、気取りも見せずにさらりと口にする、そういう夫婦で、そういう生活だ。二人とも年齢はセンセイより少し若い四十代後半だったが、服装や物腰はそれ以上に若々しい。

センセイは廊下に出る母親を会釈《えしゃく》で見送ると、また部屋を見回した。

本棚がある。ひと昔前の家なら応接間に置いていそうなガラス戸付きの重厚な本棚だった。大判の童話全集や児童文学全集が並んでいた。『ムーミン』の全集がある。ケストナーの全集もある。『指輪物語』も全巻そろえてあるし、『ドリトル先生』シリーズは箱入りのセットで置いてあった。他の棚にも『はらぺこあおむし』や『100万回生きたねこ』や『ぐりとぐら』『ぼくを探しに』といった絵本の名作が並んでいる。

きれいな本棚だ。そろいの本が多いからというのではなく、文字どおり飾りもののような――箱から出して読んだ気配がまるで感じられない。図書館、いや、博物館のような静けさで、本は整然と並んでいる。

机もそうだ。書棚には学習図鑑や辞書がそろっていたが、どれも箱の角がピンとしている。小学五年生の子がどんなに几帳面《きちょうめん》でていねいに扱ったとしても、ここまでの真新しさは保てないはずだ。机の上のエンピツ削り器も、地球儀も、スタンドも、ペンスタンドに立ててたラインマーカーさえ、それが日常的に使われているという感じがしない。

もしかしたら触れられたこともないのかもしれない、とも思う。

「死んでるでしょう」

父親が静かに言った。振り向いたセンセイに「この部屋、時間が止まっている感じがしませんか」と微笑み交じりにつづける。

センセイは黙ってうなずいた。

「僕はそういうものに興味がないので行ったことはないんですが、あなたは仕事柄よくご存じじゃないですか？　いろんな文豪の自宅や生家をそのまま使った記念館」

「ええ……」

「書斎が生前のまま残ってたり」

「よくあります」

「それと同じですよ、この部屋も。よく言えば記念館で、意地悪に言うなら、大きな棺《かん》桶《おけ》みたいなものです」

誰の、とは訊かない。それはすでに、リビングで話してもらっていた。

「ジュンは、この部屋が嫌いでした。嫌いで嫌いでしょうがなかったから、学校や塾の勉強はいつも、廊下に寝ころんだり階段に座り込んだりして……」

自分の部屋なのに、とは思わない。センセイはもう、この部屋のほんとうの持ち主のことを知っている。

ソファーに座った。ロッキングチェアの父親を真横から見る角度になる。

「ジュンにはかわいそうなことをしたと思ってます」

父親はぽつりと言って、膝《ひざ》のバネを使ってはずませるように、椅子を揺らした。父親の横顔も揺れる。声も前後に揺れる。

「でも、僕も彼女も忘れてしまったら、アンナがあまりにもかわいそうじゃないですか」

この部屋のほんとうの持ち主の名前を口にして、そう思いませんか、と言う。

センセイは黙って、なにも応えない。

「アンナは三つだったんですよ。いちばんかわいいときですよ。神さまがかわいい子を欲しがって早く天国に連れて行くっていうのは、ほんとなんですね」

この部屋は、三歳で亡くなったアンナの棺《ひつぎ》だった。もちろん、なきがらは、ここにはない。棺に残っているのは、なきがらを囲むように敷き詰めた花だけだ。ぬいぐるみ、人形、さまざまな本……すべて、母親がアンナの死後に買い集めたものだった。

「申し訳ありませんが、妻を責めることだけはやめてもらえますか」

「……わかってます」

「彼女は、ジュンのためにいろんなものを買ってるんです。ジュンのことを、ちゃんと見ているつもりなんです、自分では」

椅子が揺れる。さらに大きく、床をかすかに軋《きし》ませながら揺れる。

「でも……ほんとうはアンナを見てるんです」

いまはもういない我が子と、二人目の我が子を通して向き合っている。

アンナが亡くなった二年後にジュンは生まれた。子どもは一人でいいと夫婦で決めていたから、もしもアンナが亡くならなければ、ジュンはこの世に生まれていないことになる。

「僕は、ジュンという新しい命を授かったと思ってます。でも、妻は違った。アンナの生まれ変わりだと信じて……というより、死んで体をなくしたアンナに、体をもう一度与えてやりたくて、ジュンを産んだようなものです」

椅子の揺れが激しすぎて、父親の横顔の表情を見定めることができない。

「まあ……僕も、正直言えば、そうだったかな」

笑っていた。だが、そのときの父親のまなざしが部屋のどこに向き、目に映らないどんなものを見つめていたのかは、センセイにはわからなかった。


〈お願いがあります〉

タケシは手紙に書いていた。

〈ジュンに「知ってるよ」と言ってあげるひとを、物語に出してください。そのひとは、ジュンが自分からなにも説明しなくても、ジュンのすべてを知っているのです。だから、そのひとはジュンにいきなり言うのです。「知ってるよ、ジュンのことはぜんぶ知って

るよ、だからもう、無理しなくていいんだよ」――僕は、その言葉をジュンに聞かせてあげたいのです〉

6

「知ってるよ」

エミさんはジュンに言った。陽の暮れた星ヶ丘の街を駅に向かって車を走らせながら、「けっこうキツかったね」とつづけ、「これじゃひねくれるわけだ」と笑った。

リュウはきょとんとして運転席のエミさんと隣のジュンを交互に見た。だが、エミさんもジュンもなにも説明してくれない。

「かわいい子だったんでしょ？　おねえさんって」

エミさんに訊かれたジュンは、顔を横に向けて窓の外をじっと見つめたまま、「天使みたいだった、って」と言った。

「お母さんがそう言ってたの？」

「お父さんも」

「ジュンちゃんは？　あんたも写真ぐらいは見せてもらったことあるんでしょ？」

「あるけど、そんなにかわいくなかった」

「あんたと似てた？」

「……べつに」

エミさんは、ふうん、と苦笑交じりにうなずいて、いまになってやっとリュウに「ごめんね」と声をかけた。「話を聞いててもいいけど、しばらく黙っててくれる？　悪いけど」

はあ、とリュウはうなずくしかなかった。エミさんは声をかけてくれるだけましだ。ジュンのほうは、さっきからリュウのことなど気にもとめずにエミさんの質問に答えている。

「でも、実際にかわいかったのかどうだったかなんて関係ないよね。もう、どんなにしても、あんたには勝ち目ないもん」

「わかってる」

「素直じゃない、なかなか。ちゃんと素直にひねくれてる」

ジュンは窓に頬をくっつけて、「頭いいから、わたし」と言った。声はそっけなかったが、頬は少しゆるんでいた。

「頭がいいんだったら……最初から勝とうとも思ってないでしょ、ジュンちゃん」

「うん、思ってない」

「おねえさんのこと好き？」

ぽんぽんとテンポのよかった受け答えが、そこで初めて止まった。エミさんは最初からそうなることをわかっていたように、答えをうながしたりはせず、黙って車を走らせた。リュウもなすすべなく、ぼんやりと窓の外を見つめる。

ジュンがやっと口を開いた。

「嫌い」

言葉は短く、そっけなかった。「正直だね」とエミさんもあっさり返して、立体交差のランプウェイに車を進めた。渦巻き状のランプウェイを上りきって、新しい道に入る。このまままっすぐ進めば星ヶ丘の駅に着く。

「ねえ、ジュンちゃん」

質問をつづけていたときとは、微妙に口調が変わった。出会ったばかりの頃とも違う。優しいというほどではなくても、ほんのりとした温《ぬく》もりのある声になった。

「ひとつだけ教えてあげる」

「……なんですか？」

「子どもを亡くした親って、時間が止まるんだよ、誰だって」

わたしは知ってるから、とエミさんは言った。もう何年も前のことだけどね、とつづけた。

「昼間、霊園にいたのって……そのひとのお墓参りだったんですか？」

ジュンの口調も変わった。張り詰めていたものがすうっとゆるんだような、やわらかい声になった。『かくれんぼの会』の合宿で出会って以来、リュウがジュンのそんな声を聞くのは初めてだった。

「勘、鋭いじゃない」

エミさんは笑う。昼間にリュウが「お墓参りですか？」と訊いたときには、そっけなくごまかされたのに。

「友だち？」

「そう。小学生の頃から中学校を卒業するまで付き合ってた、友だち」

エミさんは「友だち」という言葉を、とても大切なもののように、ていねいに発音した。

「子どもの頃から腎臓《じんぞう》の病気にかかってて、中学校を卒業する少し前に亡くなったんだけど……一人っ子だったから、お父さんもお母さんもかわいそうだった」

いまでもときどき、両親と会う。そのたびに、おじさんもおばさんも歳《とし》をとっちゃったなあ、と思う。

「でも、歳はとってるんだけど、なにか、おじさんもおばさんも、心の中のどこかの時間が止まってる感じもするわけ」

悪い意味じゃないよ、とエミさんは念を押すように言った。

「だって、心の中の時間がぜんぶ前にしか流れないんだったら……思い出なんて、いったいどこにしまっとけばいいわけ？」

わかる。リュウは小さくうなずいた。立場は逆でも、その感覚は同じだ。リュウの心の中にも、時間の止まっている場所がある。「ここ」とは指せなくても、確かに、ある。そして、そこには、お母さんがいる。病気になる前の元気なお母さんが、何年たっても変わらない笑顔を浮かべて、リュウを見つめてくれているのだ。

「人間って、悲しいよ。大好きなひとが死んじゃうことも悲しいけど、そのあと、もっと悲しいことが待ってるから」

なんだと思う？ とエミさんは訊いた。ジュンは黙っていた。リュウは答えたくてしかたなかった。わかる。きっと、これが正解だと思う。だが、エミさんはリュウには訊いてくれなかった。ジュンの沈黙も、なんとなく、わからずに黙っているのではなく、答えがちゃんとわかっていて、それを言いたくないから口を閉ざしているような気もする。

「忘れちゃうことだよね」

エミさんはさらりと言った。ジュンの反応はない。やっぱり正解がわかっていたんだ、とリュウは思う。リュウにだってわかっていた。忘れてしまうこと——いつも、それにおびえている。

「好きなひとが死んじゃうのは、まあ、運命のせいにしちゃえばいいかもしれない。でも、忘れるのは……自分だから、キツいよ」

わかる。ほんとうに、なんだか背筋がぞくぞくするぐらい、エミさんの言っていることがよくわかる。

怖いのだ。お母さんを忘れてしまうことが怖くてしょうがない。顔はだいじょうぶ。声もだいじょうぶ。それでも、香りの記憶は少しずつ薄れている。お母さんが亡くなってしばらくのうちは、マンションの部屋にはお母さんの使っていた化粧品の香りが残っていたが、お父さんは一周忌の来る前に化粧品をぜんぶ処分して、クローゼットやタンスにあったお母さんの服も片づけてしまった。浴室にはお母さんの使っていたバラの香りのするシャンプーもあったのに、気づかないうちにそれもなくなっていた。

ダイニングセットを買い換えたのは去年のいまごろだった。古いダイニングセットは長方形のテーブルに椅子が四脚だった。お母さんがいつも座っていたのは、キッチンにいちばん近い側の椅子。リュウはそこには決して腰かけず、新聞やティッシュケースを置いたりもしなかった。お父さんも、口には出さなくても、お母さんの椅子をずっと守りつづけ、思い出を大切に持ちつづけているんだと思っていた。ところが、去年の夏のボーナスが出ると、お父さんはいきなり「ダイニングセット、新しいのにするか」と言いだして、さっさと自分で決めてきた。新しいセットは小ぶりの円いテーブルに椅子が二脚しかついていない。配送業者のひとはそれをダイニングに置くのと入れ代わりに、古いセットを持ち帰ってしまった。やめてよ、持って行かないでよ、と止めるのはもちろん、別れを惜しんで、さよならを告げる間もなかった。

そんなふうにして、少しずつお母さんの生きていた頃の思い出が部屋から消えていく。心の中の思い出も、いまは気づいていないだけで、ほんとうは少しずつ減っているのかもしれない。いや、なくなってしまった思い出に気づくことはできない。忘れてしまうと思いださない。思いださなければ、それを忘れていることにも気づかない。お母さんが亡くなってから三年のうちに、どれだけの思い出がなくなってしまったのだろう。いまはどれだけ残っているのだろう。それを一生、なくさずにいることはできるのだろうか……。

怖い。悲しい。悔しい。なによりも、お母さんに申し訳ない。

ときどき不安に駆られて、お母さんとの思い出を一所懸命たどっていく。幼稚園の頃、小学一年生の頃、二年生の途中まで……ものごころついてから、ほんの四、五年ぶんの記憶しかないことに気づくと、よけい悲しくなって、悔しくなって、怖くなる。

亡くなったひとの思い出は、もう決して増えることはない。のこされたひとは、その思い出を大事に大事に大事に胸に抱き取って……それでも、思い出は少しずつ減っていく。

いつか、すべての思い出がなくなってしまう日が来るのだろうか。すべてとは言わないまでも、お母さんの笑顔は浮かんでも声が聞こえなかったり、暗闇《くらやみ》の中から声だけが聞こえてきたりするときが、いつか、来てしまうのだろうか。

「忘れちゃう自分を責めるひともいるよね、きっと」

エミさんはそう言って、「忘れたくないから、心のどこかの時間を止めちゃうひともいるよね」とつづけた。わかる、わかる、すごくわかる、とリュウは何度もうなずいているのに、エミさんは気づいてくれない。

「でも、生きてるひとは、時間を止めるわけにはいかないよね」

そう、そう、そう、ほんと、そう。気づいてほしい。リュウもそう思うでしょ、と声をかけてほしい。

「だから、みんな、ときどき死んだひとを思いだすんだよ。時間を止めた部屋が心の中のどこかにあって、その部屋を訪ねるの。わたしの友だちのお父さんとお母さんなんて、仲良しだから、二人してお互いの部屋を行ったり来たりして、こんなことがあったなあ、あんなこともあったよね、なんて……いつまででもおしゃべりしていられるの」

エミさんはリュウにはちらりとも目をやらずに、つづけた。

「でも、ときどき、時間を止めた部屋がどこだったかわからなくなっちゃうひともいる。時間が流れてる部屋にいるつもりなのに、じつは止まってる部屋にいて、それに気づいてないひとだっているよね」

　リュウは、きょとんとしてしまう。さっきからずっと、まるで自分のことを言い当てていたようなエミさんの話が、急に遠くなってしまった。

　入れ替わるように、しばらく黙り込んでいたジュンが、ひさしぶりに口を開いた。

「いるね、ほんとに、そういうひと」

「でしょ？」

「うん……いる」

「困っちゃわない？　そういうひとがいると」

「すごく困る」

「だよね」

「……ほんと、困ってる」

　リュウにはさっぱりワケがわからないのに、エミさんとジュンは言葉を軽くやり取りする。ほんとうはリュウの耳に聞こえているのは二人の会話のごく一部で、言葉のない会話が二人の間には成り立っているのかもしれない。

「でもね、いちばんかわいそうなのはお母さんかもしれないよ」

「壊れてるって、お父さん言ってる。いまもまだちょっと壊れてるけど、わたしが小さな頃はもっと壊れてたって」

「うん……でも、壊れたものは、直るよ」

「直らないよ」

「そんなことない」

「知らないくせに」

「悪いけど、ぜんぶ知ってる。ジュンちゃんのこと、わたしはぜんぶ知ってるから」

「……なんで」

「なんでも」

ジュンはムッとした顔になってさらに言い返そうとしたが、エミさんはそれをさえぎって、笑いながら言った。

「だから、無理しなくてもいいんだよ」

〈センセイ、まことにありがとうございます。センセイが僕のリクエストどおりに書いてくれると信じて、いまのうちにお礼を言っておきます〉

センセイの報告（その4）

ジュンの母親がいれてくれた中国茶は、とても美味《うま》かった。茶葉の香りもよかったし、器も本格的なものだったし、中国茶の専門家について作法を勉強したというお茶のいれ方は優雅で、静かで、手先はもちろん母親の体そのものまで輪郭を失って、白い部屋の中に溶け込んでしまいそうだった。

父親はロッキングチェアの動きを止めて、お茶を飲みながら黙って窓の外を見つめる。母親もお茶をいれたあとは黙って、床に座り込んだまま、部屋のどこともつかない虚空《こくう》にまなざしを放っていた。

ここは棺なのだ。あらためて嚙《か》みしめる。

この部屋ではすべての時が止まっている。アンナが生きていた三年間で買いそろえたものと、亡くなってから買いそろえたものが、新しさも古さもなく、ただ静かに白い部屋を彩《いろど》っている。

ここは棺なのだ。アンナというより、むしろ、両親の心の。

ジュンは、空っぽだった棺に、アンナの代わりに収められた。棺はいっそう華やかに飾られることになる。アンナはぬいぐるみや人形が大好きだった。だから、両親はジュンにも数えきれないほどのぬいぐるみや人形を買い与えた。アンナは絵本を読むのも好きだった。だから、両親はジュンにもたくさんの本を買い与えた。アンナはロッキングチェアに座った父親の膝に抱かれるのが好きだった。だから、父親はジュンが大きくなってもロッキングチェアを部屋に置いたままにしておいた。アンナは、大きくなったらロフトで寝るんだと楽しみにしていた。だから、母親はジュンにロフトで寝るように強く勧め、ジュンがイヤがると、正気をなくしてしまうほど激しく泣き叫んだ。

「夢だったんです」

母親が言った。

「こうやって、娘の部屋にお茶のセットを持って行って、一緒にのんびり三時のお茶を楽しむのが、子どもの頃からの夢だったんです」

母親の言う「夢」は、「憧《あこが》れ」と同じ意味なのだろう。だが、センセイには、その言葉が、どうしても「白昼夢」や「夢幻」の「夢」に聞こえてしょうがなかった。

父親は、いたわるような微笑《ほほえ》みを浮かべて母親を見つめ、膝を軽く曲げてロッキングチェアをまた揺らしはじめた。

「アンナは、ふっといなくなっちゃったんです。傷を負ったり苦しんだりするんじゃなくて、ほんとうに、ふうっと、消えるようにいなくなったんですよ」

センセイは黙ってうなずいた。

父親もまた、「夢」を見て、「夢」を語っている。

一階のリビングでは確かに、アンナは交通事故で亡くなったと話していたのだ。頭蓋《ずがい》骨《こつ》が砕かれて、内出血した顔は目や鼻を見分けられないほど腫《は》れ上がって、棺に収めたあとは誰にも対面させられなかった、と話していた父親が、この部屋に来て、ロッキングチェアを揺らすと、「夢」の世界に閉じこもってしまう。

「眠っているようにしか見えないんです。声をかけたら目を覚まして、にっこり笑うんじゃないかと思うほどで……さっきも言いましたっけ、ほんとうに天使のような子だったんですよ、アンナは」

彼はキスしたんですよ、アンナとお別れするときに、と母親が言う。

最後の夜はアンナをベッドに移してやって、彼女が添い寝したんです、と父親が言う。

部屋の壁はいっそう白くなる。開け放った格子窓から降りそそぐ陽射《ひざ》しが、フローリングの床をまぶしい白で染め上げる。

中国茶の香りが部屋に広がる。湯呑《ゆの》みからゆらゆらとたちのぼる湯気は、いつまでたっても消えない。

〈ジュンはあの部屋にいたら、ゼツメツしていたと思います〉

ギシッ、と床が音をたてる。ロッキングチェアの揺れはおだやかだったが、その音は静けさに裂け目を入れたように、深く、重く、哀《かな》しげに響いた。

センセイは目を閉じて言った。

「時間を止めておく部屋はあってもいいと思います。というより、それをなくしてしまうと、あまりにも悲しくて寂しい気もします。でも、時間の止まった部屋に、生きている人間を入れてはいけないんじゃないでしょうか。ジュンちゃんは生きてるんです。ジュンちゃんの時間は流れてるんです。でも、この部屋は時間が止まってるんです。おかしいじゃないですか、かわいそうじゃないですか……」

ドンッ、と床を踏み鳴らす足音が響いた。揺れるロッキングチェアを、父親が強引に止めたのだ。母親は、逆に、ふわふわとした頼りない声で言った。

「おっしゃってる意味がよくわからないんですけど……この部屋は、ジュンの部屋です。ジュンはここでお勉強をしたり、本を読んだりしてるんです」

「でも、時間は止まってます」

「わかりません、なにを言ってるのか」

「あなたたちが、止めてるんです」

「時間を止めるとか止めないとか……どういう意味なんですか?」

「あなたたちは、ジュンちゃんを育てているつもりかもしれません。でも、ほんとうにこの部屋で育てているのは、ジュンちゃんじゃないんです。もうずっと前に亡くなったアンナちゃんを、あなたたちはここで育ててるんですよ」

ジュンを解放してやってほしい、とセンセイはつづけた。ジュンを通してアンナを見ないでほしい。ジュンが生きてきた年月や、これから生きていく年月を、アンナと重ねないでやってほしい。そうしないと——。

「ジュンちゃんは、もう二度と、ここには帰ってこないかもしれません」

目を開けた。その瞬間、センセイの肩はビクッと跳ね上がって、背筋がこわばった。

父親がロッキングチェアに座ったまま、こっちを見つめていた。ぞっとするほどの怖い目だった。暴力や怒声の予感ではなく、もっと暗く、深く、冷たく、底のない穴ぼこにセンセイを引きずり込もうとするような怖さだった。

母親は父親ににじり寄って、腰にすがりついた。父親は母親の肩を抱き、髪を撫《な》で、センセイを見つめる。母親も父親の膝に体を預けて、センセイを見つめる。

二人のまなざしは、たぶん、センセイではないものを凝視している。アンナがいるのかもしれない。いや、いるのだろう。きっと。ずっと。

「帰ってください」

父親は静かに、抑揚のない声で言った。母親はセンセイではないなにかを見つめたまま、だいじょうぶよ、というふうに頬をゆるめた。怖いおじさんはもうすぐ帰りますからね、あなたは心配しないでいいのよ、と伝えるように、笑顔で、小さくうなずいていた。

〈結局、あの部屋は最初から最後までジュンちゃんの居場所ではなかったわけです〉

〈居場所のない生き物は、ゼツメツするしかありません〉

〈センセイ、ジュンちゃんに居場所をつくってあげてください。陸地を追われたクジラの祖先が海に安住の地を求めたように、ジュンちゃんが生きていける場所を、アンナちゃんに呑み込まれてしまう前に——早く！〉

7

ジュンとリュウは、街灯の明かりが等間隔に灯《とも》る歩道を、スカイハイツに向かって歩いていく。昼間に駅へ向かったときにはけっこう時間がかかったし、その前にスカイハイツを捜して歩いたときにはもっと遠い道のりだと思っていたが、駅からの帰り道は意外と近かった。

知らず知らずのうちに足早になっていたからだろうか、とリュウは思う。それとも、ジュンの話に引き込まれていたからだろうか。

その話は、たったいま、終わったばかりだ。

「すごいな……」

半分は信じられない思いでリュウがため息をつくと、「ほんと、すごいでしょ」とジュンも言った。「自分の話じゃなかったら、たぶん信じてないと思う、わたし」

ジュンの声はやわらかい。軽くて、まるくて、温かい。最初は少し戸惑ったが、これがほんとうのジュンの話し方なのかもしれない。

エミさんのおかげだ。ジュンが誰にも打ち明けられなかった話を、エミさんが「知ってるよ」と言ってくれたおかげだ。

初対面のエミさんが、どうしてジュンの家族のことを知っていたのか。よくわからない。

それだけではない。リュウが胸の奥深くに隠していた、お母さんを忘れてしまうかもしれないという不安まで、エミさんはちゃんと知っていた。

だから、駅に着いてリュウとジュンを車から降ろすと、笑って言ったのだ。

「あとはもう、わたしがいなくてもだいじょうぶだね」

もっと一緒にいてほしかった。イエデクジラの旅に最後まで付き合ってほしかった。

エミさんの「知ってるよ」と「無理しなくてもいいんだよ」の言葉を境に、ジュンの様子ははっきりと変わった。張り詰めていたものがゆるみ、のしかかっていたものがはずれて、すっきりとした顔になっていた。エミさんがもっと一緒にいてくれれば、ジュンはもっと楽になれて、もっと素直になれるだろう。

だが、エミさんは「ここから先は、リュウくんでもだいじょうぶよ」と言って、「リュウくんじゃないとだめかも」と笑った。

さらに、怪訝《けげん》なままのリュウを指差して、「あんただって、さっきから自分のことしゃべりたくて、うずうずしてたでしょ」と、いたずらっぽく笑う。

「……わかってたんですか?」

「うん、半分はリュウくんのためにしゃべってたようなものだもん」

どうしてエミさんがすべてを知っているのか、さっぱり見当がつかない。それでも、「ジュンちゃんとリュウくんのコンビなら、二人とも、いまのキツいところを絶対に越えられるよ」と言われると、胸がじんと熱くなるほどうれしかった。

せめて連絡先ぐらい知りたかった。なにかあったら相談に乗ってほしかった。

だが、エミさんは「やーだよ」と、あっかんべえをした。「あんたたち、べつにわたしの友だちじゃないもん」

そんなぁ、と途方に暮れたリュウをもう一度指差して、「ま、あんたたちと、あとタケシくんだっけ、この三人が『みんな』じゃないことだけは認めてあげる」と笑う。その笑顔のまま車を発進させて、お別れになった。

星ヶ丘にしばらくいれば、またどこかで偶然会えるかもしれない。期待する一方で、もう永遠に会えないからいいのかも、という気もする。

ジュンもスカイハイツに向かって歩きだしてからは、エミさんのことはなにも話さなかった。かわりに、アンナのことを話した。心が壊れてしまった両親のことも話した。

「お父さんもお母さんも、わたしを見てるんだけど、わたしじゃないひとを見てるの。わたしの体はちゃんと見てもらってるのに、心は見てもらってないの。その気持ち、リュウにわかる？」

「体が透き通ってない透明人間みたいなものかな……」

首をかしげながら言うと、ジュンは「それ、いいかも」と意外なほど喜んでくれた。そんなの簡単だよ、とほんとうは付け加えたかった。いじめに遭ってみんなから無視されたら、誰だって、体が透き通ってない透明人間になるんだから。

スカイハイツが見えた。

明かりの灯った窓がいくつかある中に、ベランダに誰かいる窓もあった。

「ね、あれ、タケちゃんじゃない？」

「ほんとだ……」

タケシも二人に気づいて、手を振った。お帰りーっ、と迎えてくれた。

ジュンは、ただいまーっ、と手を振り返す。

急にご機嫌になったジュンに、タケシは面食らっているみたいだった。それはそうだよ、あのジュンが、このジュンになっちゃったんだから、とリュウはクスッと笑う。

イエデクジラの初めての夜だ。話すことがたくさんある。

「ねえ、リュウ」

ジュンがこっそり耳打ちするようなしぐさで言った。

「わたし、『ただいま』って言ってウチに帰るのって、五年生になって初めてかもしれない」

うれしそうに笑っていた。

第五章　ナイフとレモン

1

三〇二号室で、タケシはリュウとジュンを迎えた。

「お帰り……って、なんか、母ちゃんみたいだな、俺」

照れくさそうに笑う。

玄関まで出て家族の帰りを迎えることは、ふだんはまったくない。家にいるときはいつも二階の自分の部屋にこもっているし、家族がチャイムを鳴らして帰ってくるわけでもないし、なにより、玄関で「お帰り」と出迎えたところで、両親も兄貴も喜んでくれるとは思えないから。

訊《き》かれてもいないのに早口で説明したタケシは、最後に悔しそうな顔になった。

「親父《おやじ》もおふくろも、俺の顔を見るとすぐに言うんだよ。ゲームしてたんじゃないだろうなとか、宿題しなさいとか……兄貴には絶対にそんなこと言わないのにさ」

「えこひいき？」

ジュンが訊いた。タケシは「うん、まあ……そんな感じ」と答え、ジュンの顔を覗《のぞ》き込んだ。「声、明るくなってない？」

ジュンは「べつに」と横を向く。そのしぐさにも、昼間のようなそっけなさはなかった。

「なにかいいことあった、とか」

「べつに……」

「でも、元気じゃん」

「悪い？」

「悪くない悪くない、ぜんっぜん、悪くない」

タケシは顔の前で手を振って、なあ、とリュウに笑いかけた。「ジュンちゃんが元気だと、リュウがいちばんうれしいもんな」

いきなり話を振らないでよ、勝手に決めないでよ、と口をとがらせるリュウも、ほんとうは、やっぱり、うれしい。

「ま、とにかく上がって上がって」

タケシははずむような声と足取りで先に部屋に入った。

「ほんと、オバサンっぽい」

あきれてつぶやいたジュンは、まあどうでもいいけど、とくすぐったそうに笑う。

リュウはうつむいて靴を脱ぎながら、誰にも聞こえないように「ただいま」と言ってみた。すぐに「お帰り」とつづけた。

いつものことだ。誰もいないわが家に帰るときでも、リュウは必ず「ただいま」と言って玄関のドアを開ける。返事はない。仏壇の中のお母さんはなにもしゃべってくれない。だから、「お帰り」も自分で言う。学校でちょっと面白くないことがあった日には、自分でも気恥ずかしくなるくらい優しい声になってしまう。お母さんならこんなふうに言ってくれる。お母さんがいれば、こんな声で迎えてほしい。アニメの吹き替えみたいに、仏壇の写真の笑顔に「お帰り」の声を重ねると、どんなときだって元気になる。

「あのさ、ねえねえ……」

タケシとジュンの背中に声をかけた。振り向いた二人に「いま、一瞬思ったんだけどさ、ぼくらって、なんか似てるよね」と笑って言った。

「だってさ、タケシくん、『お帰り』って言ってうれしかったんでしょ？　で、ジュンはさっき、『ただいま』って言うのひさしぶりだって言ってたじゃん」

ぼくも、と自分の胸を指差した。

「『お帰り』と『ただいま』って、大好きだもん。好きっていうか、アコガレだもん」

うれしくなって言ったのか、急に悲しくなってしまったから言わずにはいられなかったのか、自分ではよくわからない。ただ、タケシもジュンも、ほとんど同時に、ああそうか、という顔でうなずいてくれた。

タケシは「じゃあ、そこに止まって、やり直そうぜ」と言った。「ほら、『ただいま』って言ってみろ」

「いいよ、そんなの……」

「だめだって、なにカッコつけてんだよ。『ただいま』や『お帰り』が言える場所って、そうざらにはないんだから」

ジュンが横から「絶対に一カ所しかない、っていうわけでもないけどね」と付け加える。

「場所っていうより、相手かもな。『ただいま』と『お帰り』を言える人間関係って、やっぱり貴重だよな」

「でも、べつに家族以外のひとが言っちゃいけないってわけでもないでしょ？」

「そうそうそう、そうだよな、俺らが言ってもいいんだよな」

「いいんじゃない？」

昼間はすれ違いばかりだったタケシとジュンの話が、急にぴたりと嚙《か》み合ってきた。

「よし、リュウ、言えよ」「返事してあげるから」——台詞《せりふ》は別々でも、声の響きはきれいにそろった。

最初ははにかむだけだったリュウも、息を大きく吸い込んで、言った。

「ただいま」

「お帰りなさーい、ませっ、ダンナさまーっ」

タケシの言葉は、大失敗。サイテー。ここでふざけちゃだめじゃん、意味ないじゃん、ぶちこわしじゃん、とリュウはまた口をとがらせた。

そのタイミングを狙《ねら》っていたように、ジュンが言った。

「……お帰り」

優しい言い方ではなかった。顔も笑っているわけではなかった。それでも、リュウの頬はふわっとゆるみ、力が抜けるのと入れ代わりに、胸が不意に熱いものでいっぱいになった。やっぱりさっきは悲しくなったから言ったのかもしれない。

フローリングの床に座り込むと、タケシは「飲みもの、買ってきた」とキャンプ用のクーラーバッグを三人の真ん中に置いた。

「内側にアルミを貼《は》っただけだから、キンキンに冷えてるっていうわけじゃないけど、とりあえず乾杯しよう。あと、お菓子も買ってあるから」

ポテトチップスの袋を開けて、クーラーバッグの隣に置く。

「これが晩ごはん？」

リュウはちょっと心配になって訊いた。さっきからおなかがぺこぺこだった。考えてみれば朝のうちにハンバーガーを食べたきりだ。

「あとでコンビニに行こう」

その前に乾杯だ乾杯、と飲みものをリュウとジュンに渡したタケシは、背筋を伸ばして座り直した。

「まあ、そういうわけで……家出っていうか冒険っていうか、よくわかんないんだけど、なんか、俺、めちゃくちゃ楽しくて、サイコーに幸せで……」

ほんとだぞ、マジ、マジ、マジ、と念を押す。

「俺、最初に家出をしたいって思ったのは中学に入った頃で、でも、やっぱり自信なくて、どうすれば家出できるのかもよくわかってなくて、仲間がいればいいのかなって思ったりして、でも、そんなヤツってどこにいるのかよくわかんないし、なんとなく、俺みたいに家出したいと思ってるヤツって、けっこう性格悪いんじゃないかって思ったりしてて、でも、早くしないと、俺、マジにゼツメツしちゃいそうな気がして、よくわかんないけど、ゼツメツのタイムリミットはけっこう近いんじゃないかって思うようになって、ヤバいじゃん、ってあせって、でも、どうしていいかわかんなくて……」

迷路のパズルを鉛筆でたどっているような、よたよたとしたあいさつだった。無理してしかつめらしい口調をつくっているから、話の頼りなさがよけいきわだってしまう。

しょうがないなあ、とリュウは笑いをかみころして、ジュンに目をやった。

ジュンは笑っていなかった。膝《ひざ》を抱えてうつむいて、タケシの話をじっと聞いていた。

「ずっと、ひとりぼっちだったんだ」

タケシの口調が微妙に変わった。乾杯のあいさつだというのをつい忘れてしまったような、ぽつりとつぶやく声になった。

「友だちのいないひとりぼっちっていうだけじゃなくて、俺、学校にいても、家に帰っても、自分の居場所ってどこにもなかった。居場所のないひとりぼっちって、けっこう、つらい……」

間が空いた。タケシは念を押したりふざけたりはしなかった。

「ゼツメツした動物って、みんな居場所がなくなったんだよ。どんなに探しまわっても食べるものがなかったり、どんなに必死に逃げても捕まって殺されたりして、どこにも居場所がなくなって……ゼツメツするんだ」

リュウはうなずいた。教室の風景が、ふと浮かんだ。誰もいない教室だった。窓から二列目の、前から四番目が、リュウの席。でも、そこがほんとうに自分の居場所なのかどうか、いまはもう、わからない。

タケシは「なんて言えばいいのかなあ……」とつぶやいたきり、うつむいて黙り込んだ。ジュンも黙っていた。話のつづきを待ちかまえているというより、声ではないなにかをじっと聞いているようだった。

そんな二人をよそに、リュウは心に思い浮かべた教室を見つめる。

誰もいないのは放課後や夏休みだからだろうか、と最初は思っていた。だが、やがて違う想像が、目に見えない霧になって、がらんとした教室を覆《おお》い尽くした。

これは、クラス全員がゼツメツしてしまったあとの風景なのかもしれない。

最初にゼツメツしたのはニシムラくんだった。ウエダたちに居場所を奪われ、追い詰められて、おとなしくて優しかったニシムラくんはゼツメツしてしまった。次に居場所を奪われたのはリュウだった。ゼツメツしないための戦いが、一学期の後半はずっとつづいていた。劣勢だった。逆転の望みはほとんどなかった。夏休みがなければ、いまごろは、絶対に認めたくないけれど、もしかしたら、戦いに敗れてゼツメツしていたかもしれない。次にウエダたちが狙うのは誰だろう。仲間割れもあるだろうし、ウエダ本人がやられてしまうことだってありうる。

生き残るのは一人きりなのだろうか。自分以外のみんなをゼツメツさせてしまえば、生き残ったヤツは王さまになれるのだろうか。だが、友だちが誰もいなくなった教室に、居場所なんて、きっと、ない。ひとりぼっちになった最後の生き残りも、最後の最後にはゼツメツしてしまう。みんないなくなる。隕石《いんせき》の衝突によって地球が氷に覆われて恐竜が死に絶えたように、吹雪のようないじめが吹き荒れて、いじめの氷が世界のすべてを凍りつかせて、あとには抜け殻の教室だけが残される。

タケシがやっと顔を上げた。

「俺、いま、居場所、ある」と笑った。

「リュウとジュンちゃんが一緒だと、なんか、俺、ここにいてもいい気がする」

ここ──スカイハイツの三〇二号室という意味ではない、ここ。

「いてもいいよな？　俺」

タケシは自分の顔を指差し、身を乗り出して、リュウとジュンを交互に見た。

「俺、中学生だけど、はっきり言って全然だめなヤツで、あんまり役に立たないけど……いてもいいよな？」

あたりまえじゃん、とリュウは笑った。声にはならない。しゃべろうとしたら急に胸が締めつけられて、笑わないと泣きだしてしまいそうだった。

タケシはほっとした顔になり、ジュンに向き直って「いてもいいんだよな？」と訊いた。

「隊長がいなかったら困るんじゃないの？」

ジュンは笑って言った。

「そっか、俺、隊長なんだ」

タケシは照れくさそうに言って、「俺がいないとな」と胸を張った。すぐに強気になるんだもんなあ、とリュウはあきれたが、ジュンは「そうだよ、だから隊長なんだから」とまじめに応《こた》えて、さらにつづけた。

「昔はわたしのほうが訊いたんだよ、同じこと」

「ん？　なにが？」

「ここにいてもいいですか、って……わたしが、タケシくんに訊いたの」

「いつ？」

「ずーっと昔」

「どこで？」

「『なかよし公園』で」

タケシはきょとんとして「ウチの近所じゃん」と言った。

「そうだよ、わたしんちからも近所」

「……会ったことあるっけ、俺たち」

「タケシくんは覚えてないと思うけどね」

ジュンはさばさばとした声で言って、飲みものを手に取った。「いつだっけ、マジ？　どんなとき？」と訊くタケシから軽く身をかわすように、「それより早く乾杯してよ」と笑う。

「あれ？　そうか、俺、まだ乾杯してなかったっけ。悪い悪い、忘れてた。じゃあ、まあ、そういうわけで……俺、とにかく、二人に会えてうれしい。リュウに会えて、ジュンちゃんに会えて、俺、やっと居場所ができた。居場所ができたら、ゼツメツしないですむ。俺、ゼツメツしない。やったね」

自分のことだけ言って、一人でニコニコして、「かんぱーい！」とペットボトルを高々と掲げる。それってどうなんだろうなあ、なんだかなあ、とリュウは苦笑交じりに、コーラの缶を軽く持ち上げて付き合った。隊長っていうのはさあ、もっとみんなのこと考えて、自分のことは後回しにしなきゃいけないんじゃないの？　まいっちゃうよな、ほんと……。

心の中でぶつくさ言っているうちに、苦笑いから苦みだけがどんどん消えていくのがわかった。入れ代わりに背中がくすぐったくなり、胸が熱くなって、くすぐったさと熱さがまぶたの裏で交じりそうになったので、あわててコーラを飲んだ。

ぬるかった。気も抜けかけていた。だが、いままで飲んだコーラの中でいちばんおいしかった。

乾杯が終わると、ジュンは自分から『なかよし公園』でのできごとを話しはじめた。

ジュンが小学一年生の頃のことだ。タケシは小学四年生だった。

ジュンは一人で『なかよし公園』にいた。公園の隅っこで、地面に絵を描いて遊んでいた。

そこまで話したところで、タケシが口を挟んだ。

「あ、それ、俺も好き。ガキの頃から恐竜の絵ばっかり落書きしてた。地面に描きながら、ぐおーっがおーって、吠《ほ》えたりするの」

だめじゃん、話が脇《わき》にそれちゃうじゃん、とリュウは思ったが、そうではなかった。

タケシは、なるほどなあ、とうなずいてつづけたのだ。

「一人で地面に落書きをする子って……わかるよ、俺、なんか、わかる気がする」

話の腰を折られたジュンも、むっとした様子はなく、「紙に描くより好きだったよ」と応えた。

わかるわかる、とタケシはもっと大きくうなずいた。

「そうなんだよなあ。地面に描く絵って、なんていうか、セカイなんだよな。自分のつくるセカイなんだよ」

「昔から、家を描くのが好きだったの」

「じゃあ、それが、ジュンちゃんのセカイだ」

「……うん、そうだと思う」

「その家って、誰か住んでるの？」

「わたしがいる。あと、お父さんと、お母さんも」

そして——。

「家の外に、お墓があるの」

ジュンはさらりと言った。あまりにも自然な言い方だったので、タケシは軽く受け止めてしまい、あわてて「なんでそんなの描くわけ？」と訊いた。

「おねえちゃん、アンナのお墓」

「って……姉貴、死んじゃったの？」

「わたしが生まれる前だけど」

「で、ジュンちゃんの家って、庭に墓があるわけ？」

「ないよ」

「だよなあ……」

「ないから、つくったの、絵の中で」

「姉貴をみんなのそばに連れてきてあげたのか、優しいじゃん」

タケシはそう言って、「姉貴も喜んでるんじゃないの？」と笑った。

リュウは思わず首を横に振った。全然違う、タケシくん、それ、逆。タケシのためというより、むしろジュンのために、割って入って教えたかった。

だが、タケシがリュウの目配せに気づく前に、ジュンは自分から「連れてきたんじゃなくて、正反対」と言った。「アンナを追い出したの、家の中から」

「だって、姉貴はもう死んでるんだろ？」

「死んでるけど、いるの。あの子は、ずーっとウチにいるの」

「幽霊？」

さすがにジュンも「そんなのじゃないけど」と面倒くさそうにかわして、「とにかく、わたしは公園で家の絵を描いてたわけ」と話をやっと戻した。

その日の落書きは上出来だった。ヨーロッパの古城のようなわが家を描いた。あとは窓から顔を出してにっこりと笑う、家族三人を描けばできあがる。

だが、仕上げに取りかかったときに、心配なことが起きてしまった。男子のグループが公園にやってきて、サッカーボールで遊びはじめたのだ。ボール遊び禁止の立て看板を無視して、公園の端から端まで使ってボールを蹴《け》っていく。みんな上級生だった。五年生や六年生の中に、一人だけ、四年生の子が交じっていた。

それが、タケシだった。

「俺のこと知ってたの？」

「だって……有名だったから」

いじめのフリーパスとして、休み時間の校庭や廊下や体育館で、いつもタケシはみんなから追いかけ回されていた。

「四年生のときだったら、兄貴もいたよな」

「うん、児童会長だった。入学式であいさつもしたし、タケシくんとは正反対の意味で、学校でいちばん有名だった」

「公園に、兄貴もいた？」

ジュンが黙ってうなずくと、タケシも黙って、イヤな顔になった。

「じゃあ、俺、けっこうひどい目に遭ってたりした？」

「うん、ひどかった」

「サッカーだったら……顔面へディングやらされたりとか？」

「名前は知らないけど、タケシくん、顔にボールぶつけられてた」

苦い記憶がよみがえったのだろう、タケシはさらにイヤな顔になって、リュウに説明した。

「おまえはサッカーが下手だから、へディングの特訓をしなきゃだめだって兄貴に言われて……順番に、すごい近い距離から、ドッジボールみたいに投げてくるんだよ」

頭ではなく、顔を狙って。ボールをぶつける勢いをうまく加減しているので、歯が折れたり鼻血を出したりということはなかった。そこがトオルのずる賢さだった。

「でも、けっこうほっぺたが腫《は》れるんだよ、あれやると。それに、とにかく怖くて怖くて、泣きたくなるほど怖くて……」

ボールから逃げたり、手で顔をかばったりしたら、尻《しり》シュートの罰を受ける。

「尻シュートっていうのは、俺が後ろ向いて、みんなが尻を狙ってボールを蹴るわけ。ヘディングのときは手で投げてくるからまだいいんだけど、尻シュートは足だから、当たるとマジ激痛だし、当たらなかったら、俺が自分で走ってボールを取りに行かなきゃいけなくて……」

話を聞いているだけで、リュウの顔はゆがんだ。

「そんなの断ればいいじゃん」

思わず言った。言わずにはいられなかった。

タケシは、へへっ、と笑った。力の抜けた、寂しそうな笑顔になった。リュウを見つめる。怒ってはいない。わかるだろ、と寂しい笑顔で伝える。それができれば苦労はないってこと、おまえにだってわかるだろ?

ニシムラくんの顔が浮かんだ。ウエダと仲間たちの顔も浮かんだ。にやにやと笑っている。笑いながらニシムラくんをゼツメツさせて、笑いながら、リュウに迫ってくる。ウエダよりも、むしろ腰巾着《こしぎんちゃく》の子分たちのほうが、ねじ曲がった笑顔になっていた。

やめてくれよお、もうやめてよお、すみません、すみません、勘弁してくださいよお、やめて、お願い、やめてよ、もうやめてよ、死んじゃうよ、殺されちゃうよ……。ウエダがニシムラくんは半べそをかいて逃げていた。逃げてもすぐに捕まっていた。

からかうようになにか声をかけると、泣きだしそうな顔で、笑っていた。なぜ笑うのか、リュウにはずっとわからなかった。笑えば少しはいじめが軽くなると思っているのだろうか。笑って、ウエダたちの顔色をうかがって、ゆるしてもらおうとしているのだろうか。笑うぐらいなら泣けよ、泣くよりも怒れよ、と言ってやりたかった。

いまは違う。怒れば、もっとひどい目に遭う。泣けば、さらにしつこくいじめられる。あの笑顔は、泣くことも怒ることもできなくなったニシムラくんに、たった一つだけ残った表情だったのかもしれない。

居場所を奪われるというのは、そういうことだ。体ではなく心の居場所が、どこにもなくなってしまう。いまならわかる。小学四年生のタケシが兄貴たちからどうしても逃げられなかったことも、その頃の自分を振り返る中学二年生のタケシが、こんなにも寂しい笑顔になることも。

リュウがうつむくのと入れ代わりに、ジュンが話をつづけた。

「公園にはわたししかいなかったの」

「うん、どうせそうだよな」タケシもうなずいた。「兄貴はおとながいる前では絶対にやらないもん」

「怖かった」

「俺、ケガしそうだった？」

「ケガよりも……そういうんじゃなくて、あのひとたちが公園にいるっていうのが怖かった」

「でも、兄貴は一年生の女子なんか絶対にいじめないって」

「……そうじゃなくて、タケシくんがいじめられるとか、自分がいじめられるとか、そういうのとは違う意味で、怖かった」

ジュンは少し間をおいて、「いたたまれない、っていう言葉、知ってるよね？」と言った。「もう、その場にいられなくなるっていう感じ」

タケシが頼りなさそうにうなずいて「聞いたことあるかも」と言うと、ジュンはため息をついて、「じゃあ、もっと簡単に言い直してあげる」とつづけた。

ウチにいるみたいだった。せっかく公園に来たのに、ウチにいるみたいな気持ちになってしまった。

「こっちのほうが、もっと難しかったかも」

ジュンは苦笑して、「ごめん、ワケのわかんないこと言っちゃって」と、ぴょこんと頭を下げた。

タケシもリュウも黙り込んでしまった。

ジュンは「それでね」とつづけた。

「公園から出て行きたかったんだけど、まだ絵を描いてる途中だったわけ。すごく気に入ってる絵だったわけ。二階の窓から、わたしが手を振ってるの。すごく楽しそうで、幸せそうで、そんな笑顔ってなかなか描けないわけ。あとはお父さんとお母さんを描けば、完成するの。最高傑作になりそうだったから、わたし、どうしても、最後まで描きたかったの」

誰かが蹴った尻シュートのボールがはずれ、ジュンのほうに転がっていった。タケシは走ってそれを拾いに行く。さんざんボールをぶつけられたお尻をさすりながら、トオルたちの嘲笑《ちょうしょう》を背中に浴びながら、ひょこひょことボールを追いかける。

「転がった方向が最悪だったの。せっかく描いた絵に、まっすぐ向かってたから。このままだと絵が消されちゃうかもしれないって、そんなの絶対にイヤだって思って……絵に当たるぎりぎり手前で、ボールを止めたの」

そこにタケシが駆けてきた。「悪い、サンキュー」と笑って礼を言った。

「自分がいじめられてボロボロになってるのに、ちゃんとお礼言ってくれたの」

ジュンはそのときの記憶を嚙みしめるように、「優しかったよ、タケシくん」と言った。

タケシは照れてしまって、いやあ、まあ、そのう、えーと、と体をくねらせる。半分はジュンを笑わせたいからなんだな、とリュウは思う。だから、すぐさま「なにタコ踊りしてんの」とからかったが、ジュンは、そんなことしなくていいって、というふうに首を横に振るだけだった。

「わたし、ボールを渡すときにタケシくんに訊いたの」

ここにいてもいいですか――。

「よく考えたら、タケシくんに訊いてもしょうがないし、なんで訊いたのかも全然わかんないんだけど、とにかく訊いたわけ」

「……俺、なんて言った？」

「覚えてない？」

「うん、悪い、マジに忘れてる」

タケシは、ほんとうに申し訳なさそうに言った。ジュンはちょっと残念そうに「やっぱりそうだよね、ふつうは覚えてないよね」とため息をついたが、すぐに気を取り直して「いいこと言ってくれたんだよ」と笑う。

「どんなこと？」

「こんなこと」

地球はみんなのものだから――。

どこにいたっていいんだよ――。

じゃあな、ボール、サンキュー――。

タケシはコントのオチのようにずっこけて、まいった、まいった、と笑い転げた。

「あの頃の俺……もしかして、バカ？」

リュウも背中から床にひっくり返った。笑うと体の力が抜けて、急におなかも空《す》いてきた。

ジュンは二人の反応に不服そうに口をとがらせる。

「だって、まだ一年生だったから、そういうのでもうれしいんだって……ほんとに」

怒っている。恥ずかしがっている。知り合ったときからずっと、五年生とは思えないほどおとなびてクールだったジュンが、初めて、歳《とし》よりも幼くなった。

いまみたいな感じのジュンっていいな。リュウはふと思い、急に照れくさくなって、無理やり笑いつづけた。

タケシのほうは、本気で、まだ笑い転げている。

「地球！　みんなのもの！　すげえ、俺、神さまみたいなこと言ってる、バカ、こいつ、マジ、バカ……」

腹が痛《いて》え、とおなかを右手で押さえて、足をばたつかせた。あー、もう、涙出ちゃうよ、と左手で目を覆った。

ジュンは笑いやまない二人に最後は腹を立てて、「コンビニに行く！」と立ち上がった。あ、ごめんごめん、悪い、怒るなって、俺も行くから、とタケシはあわてて体を起こしたが、ジュンは「一人で行く！」とぷんぷん怒りながら窓の外に目をやって、「あれ？」とつぶやいた。

「……どうした？」

「花火」

「え？」

「遠くで、打ち上げ花火、してる」

窓を開けた。三人で夜空を見上げた。ひゅるひゅると甲高い音が聞こえ、まんまるな花が咲いたあとで、大きな音が夜空に鳴り響いた。

2

おにぎりとお茶を入れたコンビニの袋を提げて、花火の見える方角に向かって歩いていたら、広い河原に出た。

花火は対岸の、ここよりずっと上流のほうで打ち上げられている。わざわざ出かけて見物するには距離が遠すぎるせいか、公園やグラウンドが整備された河川敷には人影はなかった。

「貸切ーっ、独占ーっ」

土手の階段に腰を下ろしたタケシは、気持ちよさそうに両手を挙げた。

その後ろの段に腰を下ろしかけたジュンに、リュウは立ったまま、「一つ訊いていい？」と声をかけた。さっきの話は途中で終わってしまった。どうしても訊いておきたいことがあった。明るい部屋で向き合って尋ねるのではなく、街灯の明かりだけの薄暗さの中で、目を合わせずに訊きたい。

「あのさ……公園で、タケシくんに会っただろ？　ここにいてもいいって言われただろ？」

「うん……」

「それで、地面に描いた絵って、最後まで仕上げたわけ？」

ジュンは少し間をおいて、まあね、とリュウを振り向かずに答えた。

「お父さんとお母さんの顔も、描いた？」

今度は返事はなかった。

「どうだった？　気に入る顔が描けた？」

ジュンは黙って階段に座り、花火が咲いて散るまで見届けてから、やっと答えた。

「いちおう描いたけどね」

そこからさらに間をおいて、「もう全然覚えてない」とつづけた。

「最高傑作にならなかった？」

「……ならなかった」

リュウもそんな気がしていた。理屈ではうまく説明できない。ただ、もしもあの日、最高傑作のわが家の絵が描けていたなら、ジュンは居場所を見つけていたかもしれない、と思う。

「いまはどう？」

リュウは言った。「いまだったら、もっといい絵が描けそう？」と、これも答えの見当がついていて訊いた。

花火が上がる。咲いて、散る。近くならヒマワリや菊の花に見えるはずの花火も、ここからだと、せいぜいタンポポにしかならない。

ジュンは黙っていた。川の下流に架かった鉄橋を、電車がゆっくりと渡っていく。

あと十秒待ってもジュンが口を開かなければ、もうなにも訊くまい、と決めた。

十、九、八……。

〈センセイ、花火の場面、ありがとうございました。小説家というのは、こうやって嘘《うそ》をつくんだな、と尊敬しました。皮肉ではありません。リュウもジュンも喜んでいま

す〉

七、六、五……。

〈それにしても、「地球はみんなのものだから」なんて、われながらバカとしか言いようのない話です。もうちょっとカッコいい言葉にセンセイが直してくれるかと思っていたのですが、ちょっと残念です。センセイは、僕を思いっきりバカなヤツにしたいのですか？　それとも、僕のあの言葉、意外と大切な言葉だと思ってくれていたのですか？　僕には正直言って、あの言葉に込めた意味はよくわかりません。たぶん、とっさに、テキトーに言っただけだと思います。なにしろ小学四年生だし。

ただ一つだけ、思っています。中学二年生の僕が、あの日と同じようにみんなからいじめられていて、あの日と同じようにひとりぼっちで地面に絵を描いている女の子に声をかけられたら、きっと、絶対に、こう言うだろうと思います。

宇宙はみんなのものだから――〉

四、三、二……。

〈ところで、センセイには居場所がちゃんとありますか?〉

一、〇……。

タケシは不意に「ああーっ」と声を張り上げた。暗がりの中を、白い三角形のかたまりが転げ落ちていく。

「だめだ、また失敗しちゃったよ……なんで、こういうときに、こうなっちゃうんだろうなあ、俺……」

おにぎりに海苔《のり》を巻きつけようとして、手が滑ってしまったのだ。

「やだぁ、サイテー」とジュンはおかしそうに笑った。さっきまでの沈黙の重みから解き放たれて、大きく息をつき、肩の力を抜く。

「タケシくん、ぼくのおにぎり一つあげるよ」

リュウも笑いながら言った。ぺこぺこのおなかにとっておにぎり一個はとても貴重だったが、重苦しさから助け出してくれたお礼だと思えば惜しくない。

花火が上がる。今度は仕掛け花火だった。花はさらに小さく、ヒメジョオンのサイズになってしまったが、そのぶん、たくさん咲いた。

「いま、考えごとしてたから、手が滑っちゃったんだ」

タケシは言った。言い訳の口調ではなかったが、リュウの差し出すおにぎりは遠慮せずに受け取った。

「どんなこと考えてたの?」

ジュンが訊く。手に持っていたおにぎりを、そっとリュウに渡す。わたし、一個でいいから、あんたにあげる。そっけない声でも、ささやきになれば、不思議と優しく耳に響く。

「すごいこと考えてたんだ。絶対びっくりすると思うけど、絶対すごいこと」

「だから、なに?」

「俺、思ったんだけど……あのさ、リュウとジュンちゃん、ケッコンしちゃえよ」

ジュンは黙っていた。

リュウも黙っていた。

沈黙ではなく、あきれはてた絶句だった。

「だってさ、おまえら、なんか、似合ってるよ。イエデクジラ同士、ぴったりじゃん。俺、本気だぜ、マジにそれ、ありだと思ってる」

〈確かに僕は本気でした。

なぜなら、ゼツメツを逃れるためには、どんな生き物だって、子孫をのこすことがい

ちばん大切だからです〉

ジュンは「信じられない、バカなんじゃない」と立ち上がり、一人で階段を下りて河原に向かった。階段に残ったリュウも、タケシの背中を小突き、「おにぎり返してよ、あー、もう、なに考えてんの」とふくれっつらになった。

タケシは笑いながらリュウを振り向き、「顔、真っ赤だぞ」とからかった。「で、いま、ジュンちゃんは胸がドキドキしてるんだよ、きっと」

付き合っていられない。リュウは階段を一段上に移って、ジュンからもらったおにぎりを頬張った。

「でも……」

タケシはぽつりと言った。

「俺、やっぱり、おまえたちと出会えてよかった。幸せだよ、いま」

〈僕は、これも本気で言ったのです〉

鉄橋を行き交う電車の間隔がしだいに長くなってきた。花火も最後に何連発か打ち上げられたのがトリだったのだろう、夜空は静かになった。

河原に下りたジュンは、結局階段へは戻ってこなかった。ソフトボール用なのか、小さなバックネットのついたグラウンドを歩きながら、ときどき土手のほうを振り向いた。だが、タケシが笑って手を振っても応えない。影踏みをするようにうつむいて、それっきりだった。

「やっぱり怒ってるのかなあ……」

いまになって不安そうに言いだすタケシに、リュウは「そんなの知らないって」とジュンのぶんもそっけなく返す。

「だいじょうぶか？」

「なにが？」

「だから、俺……あんなこと言っちゃったけど、まだ居場所ありそう？　隊長のままでいい？」

急に弱気になる。悪いひとじゃないんだけどなあ、とリュウは苦笑して、「ぼくはいいけど、ジュンはわかんないね」と軽く意地悪をしてやった。

「ちょっとさ、リュウ、ジュンちゃんを迎えに行ってくれよ。で、俺のこと怒ってないかどうか、訊いてくれ」

やれやれ、とリュウは立ち上がる。

「もう九時過ぎてるから帰ろうぜ、って隊長が言ってた、って」

リュウがうなずくと、「あと、明日起きる時間も決めなきゃなぁ」と、急に自信なげな顔になる。「小学生ってラジオ体操で早起きに慣れてるだろ？　でも、俺は、今朝につづいて早起き連投ってのは、ちょっと自信ないっていうか……」

隊長でしょ、しっかりしてよ、とリュウは笑って、「起きるのは何時でもいいけど、明日はなにするの？」と訊いた。

タケシはきょとんとした顔になった。聞き取れなかったのだろうか、と「明日の予定のこと」とゆっくり言い直しても、表情は変わらない。

「……特になにも決めてないけど、プールにでも行くか？」

「ちょっと待ってよ、なんでプールなの？　いま、ぼくたち家出中なんでしょ？」

「それはそうだけど、明日もどうせ暑いし……」

考えてみれば、この家出は、ただ家を出ることだけしか決めていなかった。いつまでつづけるのか。どこまで行くのか。なにをするのか。いっさいわからないまま、だった。

「どうするの、これから。タケシくん、なにか考えてるの？」

「リュウはどうすればいいと思う？」

隊長失格だ、絶対に。

「明日、帰る」

リュウは言った。「お父さんも心配してると思うし、明日の朝、すぐに帰る」とつづけた。本気だった。だんだん腹も立ってきた。

「おい、なんだよそれ、だめだよ……」

腰を浮かせてすがりつくように言うタケシが、つくづく情けなくなった。あまりにも頼りなくて、先のことをなにも考えていなくて、三歳も年下の小学生に向かって、こんなにも気弱な態度を見せて……。嫌いではない。悪いひとでもない。ただ、なにか、むしょうに悔しい。

「じゃあ、タケシくんはいつまで家出するつもりだったの」

「……ずっと」

「スカイハイツに住むわけ?」

「わかんないけど……」

「学校が始まったらどうするの?」

「どうしよう……」

「ジュンを連れてくるから、それまでに考えといてよ。いい?　絶対に決めてよ」

ちょっとそこどいて、邪魔、と階段を下りていくリュウを、タケシはしょんぼりと見送るしかなかった。

〈僕は、あの街と、あの学校と、あの家から、出て行きたかっただけなのです。

初めてテーチス海にもぐっていった原始クジラだって、いつまで海にいるのか、どこまで泳いでいくのか、海でなにをするのか、最初から決めていたわけではないと思います。

僕は、ただ、僕の居場所が欲しかっただけなのです〉

リュウと一緒に戻ってきたジュンは、リュウほど怒ってはいなかった。意外とあっさり「ま、そんなことじゃないかと思ってたけど」と言って、リュウのことも引き留めなかった。

「明日の朝よりも、今夜帰ったほうがいいんじゃない？　まだ電車あるでしょ」

リュウも、あ、そうか、とうなずいた。不思議な感覚だった。明日の朝帰るとさっき言いだしたときには、まだ心の半分は、ためらいが残っていた。でも、いますぐ帰ることもできるんだと思うと、もう帰らなきゃ、絶対に帰らなきゃ、という気になってしまう。お父さんに会いたい。早く会いたい。心配しているお父さんに、ごめんなさい、と謝って、安心させたい。

「タケシくん、悪いけど、ぼく、帰る」

リュウがきっぱりと言うと、ジュンも、「わたしはとりあえず今夜はスカイハイツに泊まるけど、明日からは別行動しちゃうね。やっぱり一人のほうが気楽だし」とつづけた。

　タケシは途方に暮れた顔になった。

「……隊長、リュウに代わってやる」

　あのねえ、だからさあ、とリュウは年下の子をなだめるように笑う。

「そういう発想が、なんていうか……タケシくん、だめなんじゃない？」

　タケシは、今度はジュンにすがる。

「まだ家に帰る気はないんだろ？　だったらいいじゃん、俺と一緒でも」

　ジュンは少しだけ同情するようにタケシを見て、「ごめんね」と言った。

〈僕は幸せだったのです、ほんとうに。この幸せがずっとつづくといいと思っていたのです。望みはほんのそれだけだったのです〉


　タケシは一人で夜の街を走っていた。

　リュウとジュンの気持ちが変わらないことを確かめて、説得するのもあきらめて、どうしていいかわからなくなって、「もういいよ！　先に帰ってろよ！　勝手に帰れよ！」と二人を土手に残して駆けだしたのだ。

　アイス――。

最後の最後の希望を、それに託した。

アイスクリームを買って帰ろう。二人に食べさせてやろう。隊長のおごりだ。冷たくて甘いアイスクリームを食べれば、二人だって、ちょっとは気持ちが揺らぐかもしれない。

アイス、アイス、アイス、アイス――。

〈ほんとうは、このままお別れになってもしかたないか、とも思っていたのです。でも、最後に三人でアイスを食べたかったのです。今日はほんとうに、人生でいちばん幸せな一日だったから、二人にお礼をしたかったのです〉

スカイハイツのすぐ近くのコンビニに着いた。通りから店に駆け込もうとしたら――店先の駐車場を横切りかけたところで、足が止まった。

駐車場の隅で、人影がうごめいていた。中学生なのか高校生なのか、学校には通っていないのか、柄の悪そうな男たちが五人、地べたに座り込んで、スナック菓子やカップラーメンやサンドイッチを食い散らかしていた。

一人が、タケシに気づいた。獲物を見つけたように、にやっと笑った。

〈センセイ、僕に強さをください――〉

3

声をかけられた。「よお」だったか「おい」だったかを確かめる間もなく、取り囲まれた。

相手は五人。まだ中学生のような幼い顔立ちをしたヤツもいたし、五人のうち二人はタケシより背が低かった。それでも囲まれた瞬間、だめだ、と思った。ケンカは弱い。正しく言うなら、強いのか弱いのかわからないほど、弱い。いつも戦う前に負けてしまうから。

「……ごめんなさい」

タケシはうつむいて言った。五人はにやにやと、嘲《あざけ》るように笑う。不戦勝を確信した笑い方だった。五人ともそれ以外の勝ち方を知らない連中だということに、タケシは気づいていない。自分が不戦敗だけで連敗記録を更新しつづけている、ということにも気づいていないように。

「ゆるしてやろうか」

五人組の一人が言った。タケシはうつむいたまま、「ゆるしてください」と声を震わせた。

なにも悪いことはしていない。だが、ゆるしてもらうしかない。戦う前に負けてしまう少年が生き延びる手は三つだけだった。ゆるしてもらうか、見逃してもらうか、そして向こうが飽きてしまうか。

五人組はたまたま通りかかっただけのタケシを見逃してくれなかった。たぶん、飽きてしまうこともない。強い肉食獣は獲物の体の中でいちばんおいしい内臓だけを食べて、あとは捨ててしまうが、次の獲物にいつありつけるかわからない弱い肉食獣は、すべてをしゃぶりつくすまで獲物のそばから離れないのだ。

「ゆるしてください……すみません、ごめんなさい、すみません……」

タケシはつぶやくように繰り返す。五人組の取り囲み方は隙《すき》だらけだった。体当たりをするつもりで駆けだせば、不意をつかれた五人の輪はあっけなくちぎれてしまうだろう。

なのに、それができない。身がすくんで動かない。

「なにが悪かったんだよ、言ってみろよ」

五人組の別の一人に言われた。

「……ぜんぶ」

ほかに答えようがない。

「ぜんぶおまえが悪いんだよな。そうだよな」

「……はい」

「自分で悪いと思ってるんだよな、おまえ。な、そうだよな」

不戦勝でしか勝てない連中にかぎって、自分を「正しいもの」にしたがる。口実や理由を欲しがる。

「じゃあ、どうするんだよ」

「ゆるしてください」

「だから、どうするんだよ」

「ゆるしてください」

「言えよ、どうするんだよ」

恐喝や脅迫にあたらないようにする、というような難しい理屈ではない。自分で背負いたくないだけのことだ。いろいろな都合の悪いことを、ひとのせいにすることに慣れてしまった連中は、いつもそうだ。

タケシはうつむいて、ただ「ゆるしてください」と繰り返す。身はすくんだままだし、声の震えも取れない。それでも、ほんの少し、余裕ができた。この五人なら、おとなが通りかかったら逃げてくれるかもしれない。

アイスクリームを買う前でよかった、と思った。買ったあとに呼び止められていたら、いまごろアイスは溶けてしまうところだった。コンビニに入る前なら、まだだいじょうぶだ。冷たいアイスをスカイハイツに持って帰れる。リュウとジュンにごちそうしてやれる。だから、なにがあっても、お金だけは渡さない——。

〈センセイは信じてくれないかもしれませんが、僕は本気で、命に替えてもアイスを二人に食べさせてやろうと思っていたのです。

お願いがあります。リュウはそろそろ荷物をまとめた頃だと思います。僕が帰る前にあいつがスカイハイツから出て行ってしまったら、アイスをごちそうしてやろうという僕の計画が台無しです。こっちはこっちでがんばります。センセイはリュウをなんとか部屋に引き留めておいてください〉

リュックサックを背負ったリュウは、五〇二号室を出る間際《まぎわ》、誰かに呼ばれたような気がして、玄関から部屋を振り向いた。

フローリングの床は、カーテンのない窓から射《さ》し込む月明かりに照らされて、静かな水面のようにも見える。

床に置いていた荷物はシュラフとリュックサックだけだったのに、それがなくなると、急に部屋ががらんとしてしまった。鍵《かぎ》を開けて初めて入ってきたときと同じ空き部屋でも、なにかが違う。部屋にいた時間は昼間から合わせて三十分にも満たないはずなのに、ほんのそれだけの時間でも、ひとの気配というのは残ってしまうものなのだろうか。

お母さんが亡《な》くなったあともそうだった。いつもお母さんがいたリビングやダイニングやキッチンに入ると、ここってこんなに広かったっけ、と思うことが多かった。いまにもドアを開けてお母さんが「ただいまぁ」と入ってきそうな気がしたし、逆に、ついさっきまでお母さんがここにいたんじゃないかという気もした。トイレもそう。お風呂《ふろ》もそう。バルコニーもそう。家のあらゆる場所にお母さんの気配が残っていて、だから逆にすべての場所ががらんとしてしまって、その気配がすっかり消えてなくなるまでには、ずいぶん時間がかかった。

ぼくも同じなのかな。ふと思う。お父さんはいま、一人きりでなにをしているのだろう。ぼくのいないリビングはがらんとしているだろうか。早く帰りたい。心配しているはずのお父さんを安心させたい。うんと叱《しか》られてしまうだろう。「ごめんなさい」と素直に謝ろう。そして、今夜のうちでなくても、明日でも、あさってでも、お父さんの機嫌が少し直ったタイミングを見計らって、「でも、すごく楽しかったよ」と言おう。お父さんも、だったらまあいいか、とゆるしてくれそうな……甘いかな。

ドアを開けて廊下に出た。エレベータに乗り込んで〈1〉に指を伸ばしたが、思い直して〈3〉を押した。

三〇二号室に入ると、ジュンが一人で、絶滅した動物の図鑑を読んでいた。

「タケシくんまだ帰ってない？」

「まだ」

「そっか……」

お別れのあいさつをしたかった。「さよなら」と「元気でね」と、「途中で帰ってごめんね」、それから「イエデクジラの仲間に入れてくれてありがとう」も。最後の言葉にタケシは思いっきり照れてしまうだろう。そのときのもじもじしたしぐさや表情を見てみたかった。

「まだ十時前だから、電車あるでしょ。もうちょっと待ってれば？」

ジュンは図鑑をめくりながら言った。

「うん……でも……」

「タケちゃんも、きちんとリュウとお別れしたがってると思うよ」

「でも、さっき怒ってたし」

「もう怒ってないよ」

ジュンは当然のことのようにあっさりと言って、「最初から怒ってなかったと思う」と付け加えた。

「そうかなあ……」

「ぜーったいに、そう」

しかたなくリュウはリュックサックを背中から降ろし、床に座り込んで、ジュンが読んでいる図鑑を覗《のぞ》き込んだ。セイウチの大きなイラストが載っている。

「あれ？　セイウチって、もう絶滅しちゃったんだっけ？」

「そんなことないよ、水族館とかにフツーにいるじゃん」

「でも、これ……」

イラストを指差すと、ジュンは「セイウチじゃないよ」と言って、リュウからは逆さになっていた図鑑の天地をひっくり返して見せてくれた。

ステラー大海牛《だいかいぎゅう》という動物だった。形は確かにセイウチやジュゴンによく似ていたが、大きさが違う。「大海牛」の名前どおり全長が八メートルから九メートルもあり、体重は十トンにもなる。こんなに大きくて強そうな動物が、なぜ絶滅してしまったのか、怪《け》訝《げん》に思いながら、イラストに添えてある解説文を読んでみた。

てっきり恐竜や原始クジラと同じような時代の生き物だと思っていたら、全然違った。発見されたのが一七四一年で、最後に捕獲された記録が一七六八年——地球の歴史から考えると、つい最近のことだ。そして、引き算をしてみると、発見から絶滅まで、わずか二十七年だった。

「なんで絶滅しちゃったわけ？」

思わず訊《き》くと、ジュンは怒った声で「人間のせい」と言った。

「そうなの?」

「そこに書いてあるでしょ。自分で読みなよ」

解説文には、ステラー大海牛の発見から絶滅までの短い歴史が書いてあった。

発見されたのは、カムチャツカ半島の近くの海。嵐《あらし》に遭って船が難破したロシアの探検隊の生き残りのひとたちが見つけた。浅瀬に棲《す》んでいて、こんなに大きな体をしているのに、主食はコンブ。背中に鳥がとまって羽を休めるほどのんびりした性格だったらしい。敵と出くわしたときも、ただ海の底にうずくまるだけで、攻撃もしなければ、自分の身を守ろうともしない。優しくて弱い生き物なのだ。

そんなステラー大海牛の悲運は、肉が美味《うま》く、当時のひとびとが燃料として使っていた脂肪をたっぷり身にまとっていたことだった。たくさんのハンターや商人がカムチャツカ半島へ向かって、もともと二千頭程度しかいなかったステラー大海牛を次々に殺していった。悲運はさらにもう一つある。ステラー大海牛には、一頭が殺されてしまうと、それを助けるように仲間が集まってくる習性があったのだ。銃やモリを使って猟をする側にとって、これほど効率的なことはない。

ほんの二十七年間で、人間はステラー大海牛を獲《と》り尽くした。地球上で最大の海牛類になるはずだったステラー大海牛は、誰にも知られずに二百万年以上も生き延びて、知られたとたん、あっけなく滅ぼされたのだ。

説明文を読み終えたリュウは、重い気分でため息をついた。戦争についての本を読んだときの胸の重さと似ている。

「絶滅するって、悲しいことだし、悔しいことだよね」とジュンが言った。

リュウは黙ってうなずいた。いままで考えてもみなかった。絶滅とは、地球の気候や地形が変わったせいで起きる、どうしようもない運命なんだと思い込んでいた。

「わたしたちのゼツメツも、そうかもね。しかたないってあきらめるのは、悲しいし、悔しいし……」

ジュンはそう言って、「ステラー大海牛って、ちょっとタケちゃんに似てると思わない？」と寂しそうに微笑《ほほえ》んだ。

「喉《のど》、渇かない？」「うん、渇いた」「すげー渇いてる」「もう死にそう」「く、苦しい、み、水をくれえ……っていうか、ジュ、ジュースくれえ……」

五人組は口々に言って、にやにやと笑い合い、タケシにも「喉、渇いてない？」と訊いてきた。タケシはうつむいたまま首を横に振る。狙《ねら》いはわかっている。街が違っても、学校が違っても、いじめの手口というのはそう変わらないんだと知った。

「無理すんなよ。喉渇いてるんだろ、な」

首を横に振る。

「でも、ジュースあれば飲むだろ、欲しいだろ？」

首を横に振る。

「喉渇いてるって言ったら、ゆるしてやる」

一瞬、心が動いた。それが奴らの作戦だというのはわかっていても、早く帰らないと、リュウと会えなくなってしまうかもしれない。

「……ちょっと渇いてる、かも」

か細い声で言った。なんだよそれ、はっきりしろよバーカ、と囃《はや》し立てられた。

「だったら買ってこいよ。いくらでも売ってるだろ、ジュース」

五人組の一人が、コンビニに顎《あご》をしゃくった。「財布貸してくれたら、買ってきてやってもいいけど」とつづけると、ほかの連中が「バカ、ヤベえって」「いまのナシな、ノーカン」と笑った。「じゃあ自分でいいから早く買ってこいよ。喉渇いてるんだろ？」

同じことは、別の連中からも、いままで何度もやられていた。一緒に店に入るのだ。五人組もどんどん自分のためにジュースやスナックを買って、それをぜんぶ、レジを打ちはじめたタイミングを狙って、こっちのカゴに放り込んで逃げる。こっちがしかたなく支払いをすれば、「悪い悪いサンキュー、じゃああとで払うから」と言って、絶対に払ってくれない。レジを止めてもらっても、店員に叱られるのはこっちだ。商品を一つずつ棚に戻していくのを、あいつらは外から見て笑い転げるのだ。目に浮かぶ。笑い声も聞こえる。いままでの記憶から、顔だけすげ替えれば、今夜これからの光景になる。

いじめの手口は、どうしてこんなに似ているのだろう。全国共通いじめマニュアルみたいなものがどこかにあって、それがこっそり回されているのだろうか。だが、同じいじめに遭っても、被害者のほうはそれぞれ違う。自殺するヤツもいれば、しないヤツもいる。不登校になってしまうヤツもいれば、ならないヤツもいる。その境界線はいったいどこにあるのだろう……。

「早く行ってこいよ」

正面に立った男が、少しいらだった声で言った。「喉渇いてるって自分で言ったんだろ。じゃあ早く行けよ」と、距離も一歩詰めてきた。

脅しだ。いきなりコンビニの前で殴るような度胸はない。わかっている。取り囲まれたり脅されたりする経験だけは、誰にも負けないぐらい豊富だ。それでも、「嘘ついたのかよ」とすごんだ声で言われ、距離をさらに半歩詰められると、体が勝手にあとずさってしまった。

「おまえ、ゆるしてもらいたいからって、嘘ついたのかよ」

さらに半歩詰められて、またあとずさってしまうと、腰になにかがぶつかった。と同時に、真後ろにいた男が「痛えーっ」と声をあげて、大げさによろめいた。

「おまえ、なにぶつかってきてんだよ」「いま、マジ当たったよ、ガーンって当たったよ」「体当たりだったよな」「そうそうそう、わざとだよ、ぜってー、わざと」

作戦だ。わかっている。よくあるパターンだ。だが、四方からまくしたてられると、頭の中が真っ白になってしまう。息が苦しくなり、目が回りそうになる。ほっとけ。無視。シカト。自分に必死に言い聞かせても、口があわあわと動いてしまう。

「……ごめん、わざとじゃないけど、ごめん、すみません」

肩を押さえてうめく男に、手まで合わせて謝った。嘘だとわかっているのに。芝居だと見抜いているのに。ここで謝ったらかえって面倒なことになると、いままでの経験で思い知らされているのに。

「あ、いま、おまえ、『ごめん』って言ったよな」「ってことは、自分が悪いって認めたんだよな。そうだよな、自分から謝ったんだもんな」

タケシは顔をゆがめて、「わざとじゃないけど……」と言った。

「おんなじじゃん、事故でもおんなじ」「そうだよ、骨とか折れてたらどうするんだよ」「慰謝料出せよ、悪いと思ってるんだったら、慰謝料じゃん」

ついにお金の話が出た。

「いっしゃりょーうっ、いっしゃりょーうっ、いっしゃりょーうっ……」

五人は声をそろえて繰り返し、早く払え、と手のひらをタケシに突き出してくる。また頭の中が白くなった。息ができない。心臓がドキドキする。五つの手のひらが、声に合わせて、ほら、ほら、ほら、ほら、ほら、と上下する。迫ってくる。刺さってくる。胸の奥をひっかき回して、大切にしていたものをつかみ出そうとする。

「……財布、持ってない」

「うん？」

「いま……財布、ない……」

声が裏返る。顎がこわばって、口がうまく動かない。財布のことなんて、ほんとうはどうでもいいのだ。いまいちばん言いたいのは、もうやめてくれよ、の一言なのだ。いつだってそうだ。その言葉は、学校に通っているときは毎日毎日、数えきれないぐらい喉にひっかかっていた。

もうやめてくれよ――。

もうやめてください――。

もうやめてください、お願いします――。

自分でもわかっている。ほんとうは違うだろ、とも思う。「やめてくれ」とお願いするのではなく、言わなきゃいけないのは「ふざけるな！」の怒りの一言だ。

学校の先生は言う。「ガツンと怒らないから向こうも面白がるんだ」

評論家も言う。「いじめられてしまう子というのは、往々にして意思表示があまりうまくない子が多いんですよ」

コメンテーターも言う。「本気の怒りにまさるものはないと思いますよ、私は」

親も言う。「いじめをするヤツなんて、ほんとは弱虫の臆病者《おくびょうもの》だよ。一回怒ってやれ、そうしたらもう怖がってなにもしないって」

実際、いままでの我慢を爆発させて、その力でいじめから抜け出したヤツは、タケシの学校にも何人もいる。逆ギレというやつだ。だが、それでかえっていじめがひどくなってしまったヤツだって、もっといる。最初から、どうしても「ふざけるな！」が言えないタイプの少年もいる――タケシのように。

学校の先生は言う。「だったら、せめて、もうやめてくれ、イヤだからやめてくれ、ってしっかり言わなきゃ」

評論家も言う。「NOをはっきり言えないのは日本人の悪い癖でしてね」

コメンテーターも言う。「ふりかかった火の粉を払う程度の勇気は、いじめられてる子にも必要だと思いますよ、私は」

親も言う。「そんなにつらいんだったら、どうして教えてくれなかったんだよ。なんで一人でためこんじゃうんだよ」

いじめたほうは言う。「だって、あいつ、全然怒ってなかったし、イヤがってなかったし」

いじめを見ていた同級生は言う。「なんか、あいつらけっこう仲良さそうだったから、友だち同士でじゃれてるんだと思ってました」

もうやめてくれよ――。

言えそうなのに、言えない。「ふざけるな！」よりずっと簡単で、ずっとあたりまえの言葉のはずなのに、どうしてもそれが言えない。

〈どうしてだと思いますか、センセイ。「もうやめてくれよ」は、負けの言葉だからです。それを口にした瞬間、僕は、自分がいじめられていることを認めなければならないのです。自分があいつらに負けていることを、自分で受け容《い》れなければならないのです。

「ごめんなさい」や「ゆるしてください」は、無理やりにでも自分が悪いんだと言い聞かせていれば、なんとか言えます。いまの場合なら、僕がたまたまあのタイミングでコンビニに来てしまったのが悪いんです。目が合ってしまったのが悪いんです。それでいいです。

でも、「もうやめてくれよ」は違います。向こうの攻撃にギブアップするときの言葉です。向こうのやっていることが正しくても間違っていても、いじめがひきょうなことでもなんでも、とにかくギブアップなのです。

悔しいじゃないですか。っていうか、情けないし、それを言ったらおしまいじゃないですか。負けを認めた瞬間、僕は赤ちゃんみたいにわんわん泣いてしまうかもしれません。赤ちゃんに戻ってしまうかもしれません。張り詰めていたものが切れてしまう、という感じです。

わかってくれますか、センセイ。センセイにも僕の気持ちは伝わってますか。不戦敗つづきの僕でも、自分からギブアップはしたくないんです。「もうやめてくれよ」と言ったら、一万分の一の可能性で、いじめが止まるかもしれません。でも、それと引き替えに、九十九・九九九九パーセント、僕はこわれてしまうと思います〉

そっか、と正面に立つ男はうなずいた。

「財布ないんだったら、じゃあ、いまはいいよ。その代わり、家の電話番号とか教えてくれる？　今度払ってくれればいいから」

わかっている。これも、ありがちな作戦だ。対策は立てている。適当な電話番号を言えばいい。なるべくそれっぽく、間を空けずに、たとえば自分の家の電話番号の最後の数字だけ変えて。

「……電話番号教えれば、今日はもう帰っていい？」

早くしないと。もうアイスはあきらめた。早くスカイハイツに戻らないと、ほんとうにリュウに会えなくなる。

「『帰っていい』ってさあ、俺らべつに『帰るな』なんて言ってないじゃん」

　正面の男は、左右の二人に、なあ、そうだよなあ、と言った。二人も、そうそう、ほんとほんと、と笑ってうなずき、斜め後ろの男が、被害妄想なんじゃねえの、とからかうように言った。

「じゃあ、電話番号言えよ。そうしたら帰っていいから」

「……うん」

「あ、ちょっと待って」

　正面の男がアロハシャツのポケットから取り出したのは携帯電話だった。「番号を聞いたら、いちおう、いまからかけてみるから」と顎を引き、上目づかいになって、クククッと笑う。

　タケシは、ごくん、と息を呑《の》んだ。

〈センセイ、僕はだいじょうぶです。きっちり書いてください。書いていてイヤになるほど、しっかり書いてください。

　僕はずっとこんな目に遭ってきたのです。同じ学校のみんなにずっと、こんなふうにされて、ゼツメツの危機に瀕《ひん》してしまったのです。

　僕は最後まで誰にも「もうやめてくれよ」とは言えませんでした。代わりに「もうやめる」と言いました（聞いた相手は僕自身だけですが）。

それが、僕が不登校になった理由です。

でも、二学期が始まったら学校に行かなければなりません。そうしないと進級できなくなって、二年生を来年もう一度やらなければいけなくなって、もっといじめられてしまうと思います。転校したかった。でも、お父さんもお母さんも、逃げるな、と言いました。「こんなことで転校なんかしてたら、これから一生、ちょっと困ったことがあるたびに逃げることになるんだぞ」とお父さんに言われました。僕は一生のことよりも明日のことのほうが心配だったのですが、お母さんは「あと一年半の辛抱じゃない」と、励ましなのかなんだかワケのわからないことを言って、とにかく二学期からは学校に行くように、と僕をにらむのです。

このままだとヤバい。「もうやめる」ものを、学校ではなく、生きることにしてしまうと、僕は死ぬしかなくなります。ゼツメツです。

だから僕は家出をすることにしました。陸地を追われた原始クジラの祖先がテーチス海に逃げ込んだように、僕はイエデクジラになりました。

でも、学校の外に出ても、別の街に行っても、僕はこんなふうにいじめられてしまうのでしょうか。原始クジラの祖先の中には、テーチス海に入ったものの、海の中に棲んでいる凶暴な生き物に殺されてしまったのもたくさんいるはずです。僕もそうなってしまうのでしょうか。

センセイの小説には、なにをやってもだめなひとがたくさん出てきますね。ハッピーエンドのときにも、それはとりあえず主人公が救われるというだけで、脇役《わきやく》の中には、最後まで救われなかったひともたくさんいますよね。そのひとたちを救うのを、センセイは忘れているのですか？　それとも最初から、人間は全員救われるわけじゃないんだ、という考えなのですか？

ねえセンセイ。

せめてリュウとジュンだけには、イエデクジラとしての旅を成功させてあげてください。お願いします。

でも、僕は――どうなんだろう。

センセイは、僕を、僕をどうするつもりですか？〉

＊

センセイはゼツメツ少年たちの物語にまた新たな人物を登場させることにした。

タケシを窮地から救ってくれるはずのひとは、いま、コンビニのすぐ近所まで来ている。頼りない男だが、センセイは彼に誰かを救わせたいとずっと思っていたのだ。

そして、もう一人。

コンビニの店内にいる。雑誌コーナーで立ち読みをしていた少女が、いま、駐車場の小さな騒ぎに気づいた。

少女はタケシと同い年だ。そして、もうすぐ、自ら命を絶ってしまう。

4

リュウが、わが家に残るお母さんの気配の話をすると、ジュンは思いのほかはずんだ声で、「それ、すごくよくわかる」とうなずいた。

「そうだよな……」

ジュンが毎日暮らしていたのは、そういう部屋だ。

「しかも、ウチの場合はアンナの気配がいつまでたっても消えないの。ちょっと薄くなってきたかなって思ってたら、お父さんとお母さんが部屋に入ってきて、アンナのことをしみじみ思いだして、また気配が濃くなっちゃうわけ」

息が詰まるよ、とジュンは苦笑する。

「っていうか、息をしたくないって思うときもあったよ。息を吸い込んじゃうと、アンナの気配も一緒に胸の中に入ってきて、それがどんどん溜《た》まっていって、最後はアンナに占領されちゃうんじゃないか、って……」

鼻と口を手でふさいで息を止めたこともあった。一分ちょっと。最後はいつも息苦しさに耐えきれなくなって、手をはずしてしまう。小さな自殺未遂だった。小学二、三年生の頃には、それを一日に何度も何度も繰り返した。

「あと、顔がアンナと似てるからいけないんだと思って、二重まぶたを一重に変えちゃおうって、お風呂の中とか寝る前に、まぶたをずーっと指でひっぱってたこともある」

それが四年生の頃。

「そんなに似てるの？」

「うん……なんか、悔しくて、アタマに来るけど、ほんとに生き写しって感じ。こんなにそっくりだったら、やっぱりお父さんもお母さんもマトモじゃいられなくなっちゃうよね」

だから──。

「七五三とかおひな祭りとか、幼稚園の入園式とか卒園式とか、小学校の入学式とか、記念写真を撮るときの服は、ぜんぶピンク系で、フリルとかレースがぴらぴらしてるやつ。わたしはピンクなんて大嫌いで、ブルー系が好きなんだけど、あなたにはピンクが似合うんだから、って」

アンナはピンク系の服がよく似合って、お姫さまみたいなかわいらしい服が大好きだったから――。

センスのない子だったってわけ、と笑う。リュウは笑い返さない。ジュンの笑顔も、息を一つついたら、もう消えていた。

「リュウみたいに、お母さんがウチにいた記憶がちゃんと部屋に残ってて、それが時間をかけてゆっくり消えていくのって、悲しいけど、すごく幸せだと思う」

リュウはうつむいた。お母さんが亡くなってからの寂しかった三年間を、「幸せ」だとは思わない。だが、「悲しいけど、すごく幸せ」だと言われれば、そうかもしれない。

ジュンは「ウチは逆」とつづけた。

「お父さんやお母さんは、わたしが生きてるかぎりアンナのことを忘れずにすんで幸せかもしれないけど、すごく悲しいよね、そんなの」

会ったことのないジュンのお父さんとお母さんが、どこでもないどこかを見つめて、透き通ったアンナに微笑みかける顔が、リュウにも思い浮かんだ。確かにそれは「幸せかもしれないけど、すごく悲しい」微笑みだった。

ジュンは自分のメッセンジャーバッグを開けて、ヘアバンドを取り出した。

「ね、リュウ、いいもの見せてあげようか」

「……なに？」

「アンナに会わせてあげる」

ヘアバンドを額につけて、髪をアップにした。「これがアンナ」とおでこを突き出すようにリュウに見せて、ヘアバンドをはずし、髪を下ろす。

「で、これが、わたし」

リュウが黙ったままでいると、ジュンもつまらなそうな手つきで髪をぼさぼさにして、それきりしばらく沈黙がつづいた。

リュウはタケシが壁に貼《は》ったクジラの絵を見つめ、ジュンはまた絶滅動物図鑑をめくる。

「タケシくん遅いなあ……」

先に沈黙を破ったのは、リュウだった。もう十時をとっくに回っている。

「道に迷ってたりして」とジュンが言って、「ありうるよなー、タケシくんだと」とリュウが応《こた》え、二人で「しょうがないなあ、ほんと」と苦笑いを交わすと、やっと部屋の空気がゆるんでくれた。

「どうするの？　帰っちゃう？」

ジュンに訊かれたリュウは、少し考えてから、「やっぱり、明日の朝帰る」と言った。だってほら、もうこんな時間だったらウチに帰ると十二時近くになっちゃうし、ウチの父ちゃんけっこう早寝早起きだし、遅い時間に一人で歩いてたら補導されちゃうかもしれないし……と言い訳するみたいに理由を並べ立てた。

もっとイエデクジラをつづけたいほんとうの理由は、もちろん、言わなかった。

「ま、そんなの自分の好きなようにすればいいんじゃない?」

ジュンはあっさりと返して、そういえば、と話を変えた。

「さっきふと思ったんだけど、気配が残るのって、べつに人間だけじゃないよね。動物だって、いなくなったあとに気配残るもんね」

「うん……」

「じゃあ、絶滅した生き物も、ほんとうは地球のどこかに気配が残ってるんじゃない?」

膝《ひざ》の上の図鑑をめくり直して、ステラー大海牛のページを開く。

「恐竜とかはもう古すぎて気配が消えちゃってると思うけど、ステラー大海牛だったら、絶滅してからまだ二百四十年ほどしかたってないんだから、残ってるんじゃない?」

「……どこに?」

「カムチャツカ半島の近くの海に」

あまりにも突飛すぎる想像にリュウはついていけずにいたが、ジュンはうっとりとした顔で遠くを見つめ、「目に見えない、透明なステラー大海牛が泳いでるわけ」と言った。

「の一んびりコンブを食べてて、背中に鳥が止まってても気づかないで、怖い生き物が来たら海の底にもぐって、うずくまってるの」

人間には気づかれない。レーダーにもひっかからない。ステラー大海牛の透き通った巨体は、のんびりと、おだやかに、自分が生きていた頃の記憶をなつかしそうにたどりながら、その気配がゆっくりと薄れ、消えていく日を待つ。

リュウもやっと、なんとなく、そんな風景を思い浮かべることができた。自然と頬がゆるみ、まなざしが遠くに伸びた。

「いいなあ、そういうの」

「でしょ？」

「いまの話って、タケシくんに教えてあげたら、絶対に気に入るよな」

「うん、感動しちゃうんじゃない？」

「早く帰ってこないかな……」

「ほんと、なにしてるんだろうね……」

追い詰められていた。

「どうしたんだよ、自分ちの電話番号ぐらい覚えてるんだろ？　早く言えよ」

正面の男は、携帯電話の数字ボタンを押す構えをして、「ほら、早く思いだせよ」と親指をボタンの上で軽く動かす。

「……ごめん、ど忘れしちゃって、すみません、ちょっと、なんか、思いだせなくて」

「記憶喪失かぁ？」

「っていうか……すみません、ゆるしてください、帰らせてください……」

「だから勝手に帰ればいいって言ってんじゃんよ、俺らなにも命令してないじゃん」

だが、タケシが踵《きびす》を返して歩きだそうとすると、五人は先回りして、バスケットボールのディフェンスのように行く手をはばむ。無理をして突っ切れば、きっと誰かがわざとぶつかってきて、大げさに騒いで、「いっしゃりょうっ、いっしゃりょうっ」のコールが始まって……結局、ふりだしに戻ってしまう。なぶられている。いたぶられている。五人とも笑っている。これで、「ふざけてました」「ふざけすぎちゃいました」「ごめんなさい」の言い訳が成立する。弱い肉食獣は群れで狩りをするのだ。

飽きてくれ。暇つぶしなら、早くやめてくれ。

「ねえねえ、もう一回だけ訊いてい－い？」

右斜め前に立つ男が、ねばついた猫なで声で言った。「財布、マジ、持ってないのぉ？」

「すみません……」

「このへんに、あるんじゃなー い？」

胸を指差され、そっちに気を取られて、後ろを忘れた。

不意にチノパンの尻《しり》ポケットを引っぱられ、財布を抜き取られそうになって、あわてて手ではたいたら、また「痛えっ！」と叫び声があがった。「なにすんだよ！ 探してやってたのに！」

それだけではない。財布も足元に落ちた。拾われた。

「落ちてたよな、いま、財布、落ちてたんだよな。無理やりポケットから取ったわけじゃないもんな」

頭の中が真っ白になった。五人の肉食獣は、捕まえた獲物をもてあそぶのに飽きてしまう前に、とどめを刺しにかかった。

「……返してください」

「おまえの財布っていう証拠あるのかよ。警察に届けるよ、決まってんだろ」

「僕のです、返してください」

「そんなこと言ったら、俺らのかもしんねえじゃんよ。ちょっといちおう確認な」

五人は財布を順にパスしていった。それを追ってその場で回ったら、頭がクラクラして、足がもつれそうになった。財布は一巡して、ようやく、正面の男のところで止まる。

「じゃあ信じてやるよ。返してやるよ」

差し出された財布に手を伸ばそうとしたら、「その代わりお礼に一割な、これ法律で決まってるから」と言われた。思わず手が止まると、「返さなくていいんだったら、警察に届けるから」と財布を引っ込められてしまった。

「……すみません、返してください」

「なんだよ、ワケわかんねえなあ」

ほら、と今度はタケシの手に強引に財布を握らせた。残りの四人は「あと、さっきの慰謝料もな」「いまのぶんの慰謝料もな」「残った金でジュース買うんだろ？　俺らも付き合ってやる」「おまえさっき喉渇いてるって言ってたもんな」と口々に言って、タケシを取り囲む輪を縮めてきた。

マニュアルどおりだ。ほんとうに、すべてが学校でやられてきたことと同じだった。ヤツらは財布を自分では開けない。あくまでもこっちが自分の意志で払った、という形にする。お金のやり取りを見られないよう、背中で壁をつくる。どこに行っても、同じなのか。どこまで逃げても、同じことなのか。家出をしても、リュウとジュンという友だちができても、やっぱり、ゼツメツするしかない運命なのだろうか……。

リュウに会いたい。ジュンに会いたい。逃げるんじゃない、会いに行くんだ、と自分に言い聞かせると、胸の奥がギュッと引き締まった。

隙間がある。ぶつかってでも、突き抜けてやる。財布を握りしめて、チノパンとおなかの間にねじ込んだ。

予想外の行動に五人組が一瞬困惑した隙をついて、歩道に駆けだした。五人組はいったん店の前まで戻り、それぞれの自転車にまたがった。追いかけてくる。狩りが始まる。すぐに曲がれ。一本道だと捕まる。四つ角に出くわすたびに、どっちでもいいから、とにかく曲がれ。

最初の角を曲がった瞬間、ヤバッ、と思った。

角の向こうから歩いてきたひととぶつかりそうになった。あわてて体をよじり、「うわわわっ！」と驚く相手の体をなんとかよけたが、足がもつれる。上体のバランスもくずれた。踊るように両手を振りながら、そのまま、路上に倒れ込んでしまった。

「おい！　だいじょうぶか？　おい！」

背広にネクタイ姿のおじさんだった。倒れたままのタケシに駆け寄って、「危ないだろう！　気をつけろよ！」と叱りながら、かがみ込んで「ケガしてないか？」と訊いてくれた。

転ぶときに路上についた手の痛みも、その前にくじいてしまった足首の痛みも忘れて、タケシは幸運に感謝した。おとながそばにいてくれればいい。あの五人は、おとなの前でなにかができるような連中ではない。

五人組の自転車は、あんのじょう、角を曲がりかけたところで急ブレーキをかけて停まった。おとながいるのを知ると、五人ともぎょっとして、思いきり不自然な自然さを装《よそお》って走り去っていった。

〈センセイ、僕はあいつらから逃げたわけじゃありませんよね？　僕はリュウとジュンに早く会いたかったから、あんなバカをこれ以上相手にしていられなくて、ダッシュしたのです。そこのところ、わかってください。

だって、最後の最後に逃げてしまったのは、あいつらのほうなんだから〉

「だいじょうぶか？　ケガしてないか？　ちょっと立ってみろよ、どうだ、立てるか？　ちゃんと歩けるか？」

おじさんはその場に残って、心配そうにタケシに声をかけた。

親切なおじさんだな、とタケシは思い、心配させちゃいけない、と軽やかに立ち上がろうとした。だが、右足を踏ん張ると、足首に痛みが走る。両手も擦りむいていたし、膝も痛い。アザぐらいはできているかもしれない。

「ちょっと、ここで休んで、ほら、ここに座って」

肩を貸してくれた。立ち上がって並んでみると、ずいぶん小柄なひとだった。

ガードレールに腰かけると、ようやく一息ついた。

おじさんは出くわしたときに路上に落としてしまったカバンを拾い上げながら、「いやあ、でも、びっくりしたなあ」と言った。「まともにぶつかってたら、きみも俺も大ケガしてるぞ」

「……すみません」

「全力疾走だったもんな」

「……はい」

「あとで自転車で来たのがいるだろ、四、五人。あの子たち、きみの友だちか？」

ごまかしてもよかった。そのほうが面倒がないだろう、と理屈ではわかっていたが、さんざんいたぶられた悔しさがいまになって湧《わ》き上がってきて、首を強く何度も横に振った。おじさんはそれを見て、フフッと笑った。やっぱりな、という笑い方でもあったし、なつかしそうな笑い方でもあった。

「いじめられてたのか」

「……え？」

「あいつらにいじめられて、逃げてたんだろ」

タケシは黙っていた。それでも、いいえ、とは言わなかったので、おじさんはまた、やっぱりな、と笑った。

「……わかるんですか？」

「けっこうくわしいんだ、いじめには」

なんで、と訊く前に、おじさんは「昔、息子がいじめに遭ってたんだ」と言った。

「昔って、いつぐらいですか？」

「もう十年ぐらい前だけど、息子が中学生のときだよ」

背比べをするように自分の頭に手を載せて、「俺もチビだけど、息子も小柄だったから、同級生にやられてたんだ」と言う。苦い記憶をたどる口調や表情ではなかったが、他人事《ひとごと》のような距離もない。

「そのこと……おじさんも知ってたんですか」

おじさんはうなずいて、頭に載せていた手を背広の胸に当てた。

「息子を救ってやろうと思って、ポケットの中にナイフを入れて歩いてた」

「……ほんとですか？」

おじさんは「結局、一度も出さなかったけどな」と苦笑交じりに付け加えた。

5

そのおじさんのことを、タケシは「ナイフさん」と名付けた。

ナイフさんは、タケシの話を黙って、ときどき悲しそうに顔をゆがめながら聞いてくれた。

タケシが両親から見捨てられていることを話すと、静かにため息をついて、「そうか……」とつぶやく。反応はそれだけだった。「とんでもない親だ！」と怒るか、「それはきみの思い過ごしで、お父さんもお母さんも自分の子どもを見捨てたりはしないよ」と両親をかばうかのどっちかだと思っていたタケシは、最初は拍子抜けして、本気で聞いてくれていないのかもしれない、と残念にもなったが、ナイフさんの顔は真剣だったので、そういう反応も「あり」かもな、と思い直した。

　ひねった足首はズキズキと痛む。ガードレールに腰かけることはなんとかできても、そこからは一歩も歩けないような状態だった。ナイフさんは「肩を貸してやればいいんだけどなあ……」と申し訳なさそうに言って、タケシの背丈を目で測るように見て、「ごめんな、高さが合わないな、おじさん背が低いから」と、もっと申し訳なさそうに、寂しそうに笑った。

　イエデクジラの話を終えた頃になっても、右足首の痛みはひかなかった。無理して歩いても、何歩か進んだだけでガードレールにすがってしまう。

「ウチに帰れば湿布もあるし、とりあえずおじさんだけ先に帰って、車で迎えに来てもいいんだけど……」

　ナイフさんは迷い顔で言った。タケシを一人で残しておくのが心配なのだ。

　タケシはタケシで、通りすがりのナイフさんにそこまで助けてもらうのが申し訳なくて、「だいじょうぶです、ほんと、マジ、あとは一人で帰れますから」と無理に笑う。

だが、ナイフさんは「自分のウチに帰るわけじゃないんだろ」とため息交じりに言って、自分もガードレールに腰かけた。

「いいよ、じゃあ、痛みがひくまで、もうちょっと付き合うから」

「……すみません」

頭を下げたタケシは、「っていうか」とナイフさんを振り向いて、「いいんですか？」と訊いた。

ナイフさんは夜空を見上げて「なにが？」と返す。

「だって……俺、家出してるわけだから、ふつー、もっと……」

「きみのほうこそ、最初から、ふつうはしゃべらないよな、おとなには」

さらりと言われた。確かにそうだった。ごまかすことはいくらでもできたはずなのに、昼間ツカちゃんに話したのと同じように、「告白する」という気負いすらなく、ごく自然な口調で話していた。

「まあ、こっちも、ふつうならもっとあわてて、大騒ぎしなきゃいけないわけだけど」

ナイフさんはそう言って、「なんでなんだろうな、全然そんな気にならないんだよなあ」と苦笑した。「前にどこかで会った……わけないよな」

タケシはほっとして、「おじさんの息子って、俺みたいな感じだったんですか？」と訊いてみた。

「体型は正反対だよ。さっきも言ったけど、ウチのはクラスでいちばん背が低くて、みんなから『チビ』って呼ばれてて……親子二代つづけて同じあだ名になってたんだ」

「背が低いから、いじめられたんですか？」

「どうなんだろうな。体が小さいから怒っても怖くないっていうのはあったかもしれないし、チビのくせに生意気だっていうのもあったかもしれないけど……たぶん、それだけじゃなかったんだろうなあ」

「原因ってわからないんですか」

「うん。はっきりとしたことは、息子にもわかってなかったし、いじめてる連中にもわかってなかったんじゃないかな」

ナイフさんの目は夜空を見つめたまま動かない。だが、横顔からだけでも、悲しくて寂しそうなまなざしで星を見ていることは感じ取れた。

「でも、いじめってそういうものだろ。理由がわかれば解決策もわかる。でも、理由がわからなきゃ、どうしていいかもわからない」

そうだろ？　とタケシをちらりと見る。タケシは黙ってうつむいた。

「解決なんてできなかったよ」

ナイフさんは念を押すように言って、「なにもしてやれなかったんだ……」とつづけた。

「ナイフを持ってたのに？」

「……持ってたから、なにもできなかったのかもな」

「なんでナイフをポケットから出さなかったんですか？」

ナイフさんはその問いには答えず、少し間をおいて、話をタケシたちのことに戻した。

「さっき言ってたゼツメツっていう話は、なかなか面白かったなあ」

「そうですか？」

「ああ。よくわかるよ、その感覚」

「おとなでも？」

「おとなっていうより親になってから実感するんだ」

自分の弱さをな、とナイフさんは付け加えた。「俺も息子が中学生の頃は、ときどき考えてたよ。俺なんかが父親になって、ほんとうによかったのかなあ、って」

「……なんで？」

「だって、俺は体も小さいし、子どもの頃からほんとうにひ弱だったんだ。すぐに熱を出して、扁桃腺《へんとうせん》を腫《は》らして、運動神経なんかほとんどゼロだよ。だからといって勉強ができるわけでもなかったし、手先が器用だったり、歌がうまかったり、面白いことを言ってみんなを笑わせたりできるわけでもなくて……取り柄のない男だよ、ほんとうに」

うなずきかけたタケシは、あわてて首を横に振った。

ナイフさんは、いいんだよ、というふうに夜空を見上げたまま短く笑う。

「もっと厳しい弱肉強食の世界だったら、あっという間に淘汰《とうた》されてるよ、俺は。要するに親にもおとなにもなれないうちに、ゼツメツさせられちゃうってことだ。それがたまたま平和な時代に生まれて、取り柄のない人間でもそこそこ努力すれば、そこそこ幸せになれる世の中だったから、なんとかやっていけてる」

でもな、と話はつづいた。

「それじゃだめなんだろうなあ……」

ため息で締めくくられた。そのため息があまりにも深かったので、タケシまでうなだれて、ため息をついてしまった。あくびと同じように、ため息もひとからひとへ移るものなのかもしれない。

「きみが落ち込むことはないよ」とナイフさんがあきれ顔で笑った、そのとき、コンビニのほうから、自転車が走ってきた。タケシは思わず身をすくめ、ナイフさんの顔からも笑いが消えた。

だが、すぐにナイフさんは頬をゆるめて「だいじょうぶだ」と言った。「女の子だ」

タケシも肩の力を抜いた。ほっとすると、いまのナイフさんの緊張ぶりが急におかしくなって、フフッと短い笑い声も漏れた。

「なんだよ、なに笑ってるんだ」

照れくさそうに笑ったナイフさんの顔は、すぐにまたこわばった。自転車が目の前で停まったのだ。

「ケガしちゃったんですか?」

自転車の女の子が、サドルにまたがって、ブレーキレバーを握ったまま、訊《き》いてきた。学校の制服は着ていなかったが、中学生ぐらいの年格好だった。

タケシは黙ってうなずき、「足をくじいちゃったんだ」とナイフさんは言った。

女の子は街灯の明かりに透かすようにタケシの顔を覗《のぞ》き込んで、「さっきコンビニの前にいたよね?」と言った。「ウチの学校の男子に囲まれてたよね?」

「うん……」

「ケンカしてケガしちゃったの?」

「っていうか、逃げた」

「どっちが?」

「俺が」

悔しさをにじませて答えると、ナイフさんが横から「違うぞ」と言った。「逃げたのはあいつらのほうだ」――ここだけは間違えるな、と言いたげな強い口調だった。

「でも、最初に逃げたのは俺だから」

「最後の最後は、あいつらが逃げたんだ。最初に逃げたのがどっちだろうが、最後に逃げたほうが負けなんだ」

なにをいきなりムキになってるんだろう、とタケシは首をひねったが、女の子はナイフさんの屁理屈《へりくつ》が気に入ったのか、「じゃあ勝ったんだ」と笑顔でタケシを見た。「やったね」とうれしそうに言って、「やったじゃん」と念を押してつづけた。

「そうなんだよ、勝ったんだ、うん」

ナイフさんは自分のことのように誇らしげに応えて、なあ、とタケシを見る。勝者の右手を高々と掲げるレフェリーのように、「意外とすごいんだ、このゼツメツ少年は」と言った。

タケシはあわてて、違う違う違うって、と手振りで止めた。ほめられることに慣れていないから、頬がカッと熱くなった。

「ナイフさんがいてくれたから」

つい、心の中の呼び名を口にしてしまった。「ナイフさん?」と女の子も怪訝そうに訊いた。

一瞬きょとんとしていたナイフさん自身は、まあいいか、とその呼び方を受け容れて、「そう、おじさん、ナイフさんなんだ」と笑った。

「で……ゼツメツ少年?」

女の子はタケシに向き直って、また訝《いぶか》しげに首をかしげる。「ゼツメツって、全滅の、滅亡の、絶滅ってこと？」

訊かれてもタケシだって困る。説明すると長くなる。家出のことも、話さなくてはならない。この子は、ナイフさんのように家出をあっさり認めてくれるだろうか……。

もともとスタートダッシュの遅い頭のエンジンを大あわてでフル回転させると、思わぬ言葉が口をついて出た。

「あと二人いるんだ」

「はあ？」

「待ってるんだ、俺が帰るの」

「その、ゼツメツ少年が？」

「俺も同じ。あとの二人も同じ」

「ごめん、ちょっと意味がわかんない」

「アイス買って帰るって約束したんだ」

「……って？」

「棒のやつとカップのやつ、あと、モナカ」

女の子はエンジンのオーバーヒートを見抜いたようにあきれ顔で笑って、「ま、どうでもいいけど」と言った。「アイス買えたの？」

タケシはようやく冷静さを取り戻し、うつむいて首を横に振った。

「だよね、つかまったのってお店に入る前だもんね」

「見てたの？」

「うん、雑誌コーナーから、ぜんぶ」

たいして同情する様子もなく言った女の子は、同じような軽い口調で「歩けないんだったら、買ってきてあげようか？」と言った。

「……いいの？」

「べつにかまわないよ」

あ、じゃあ、と横からナイフさんが口を挟んだ。

「おじさんのも買ってきてくれるか」

財布から千円札を出してタケシを振り向き、「残り二人のゼツメツ少年にも会ってみたくなった」と笑った。

「あの……一人は女子なんですけど」

そういうこと言ってる場合じゃなくて、と自分でもさすがに情けなくなったが、自転車の女の子は「女子もいるの？」と声をはずませた。「女子にもゼツメツ少年っているの？」

「うん……小学生だけど」

「小学生なのにゼツメツするの？」

「うん、まあ、ゼツメツ寸前っていうか……」

女の子は、へえーっ、そうなんだぁ、と目を輝かせた。驚きながら喜んでいる。知り合ったばかりの子が、血液型も星座も自分とぴったり同じだとわかったときみたいに。

女の子はナイフさんから千円札を受け取って、「アイス、わたしのも買っていいですか」と訊いた。「わたしもゼツメツ少年に会ってみたい」

ナイフさんが笑ってうなずくと、女の子も笑い返し、自分の胸を指差して、「わたし、美由紀《みゆき》っていいます」と自己紹介した。

〈センセイ、たいへん失礼なのですが、自転車に乗って登場した美由紀という子は、センセイのどの作品に出ているのですか？　僕には思い当たらないし、リュウやジュンに訊いても、「そんなひといたっけ」「いなかったよね」と言うのです。今度もしよかったら、この子の出ているお話のタイトルを教えてください。なんとなく、彼女がサッソウと大活躍する物語なんじゃないかなあ、と予想しています〉

〈美由紀ちゃんは、ナイフさんからもらった千円札を持ってコンビニに行く前に、「買い物をせずに逃げちゃうとヤバいでしょ」と言って、自転車の前カゴに入れたトートバッグから「人質、あげる」とレモンを放ってきました。なぜレモンなのか、僕よりもあの子のほうがずっとワケがわかりません。僕は両手でキャッチしたレモンを呆然《ぼうぜん》と見つめるだけでした。でも、そのレモンはとてもいい香りがしていました。

美由紀ちゃんはすぐにアイスを買って戻ってきたので、人質のレモンを返そうとしたら、「たくさん持ってるから、いいよ、あげる」と言われました。嘘《うそ》ではありませんでした。「ほら、見て」とトートバッグの口を広げると、そこにはレモンがぎっしり詰まっていたのです。それも、五、六個というものではありません。スーパーマーケットの特売品のカゴ盛りを三つぐらいまとめて買ったほどの数がありました。まったくワケのわからないひとです。

でも、とにかく、そういうわけで、僕たちの仲間には、美由紀ちゃんも加わったのです〉

センセイの報告（その5）

タケシの両親は、家族で出かけたホエールウォッチングのことをよく覚えていた。

小学校低学年の頃のタケシは、乗り物全般に弱く、すぐに気分が悪くなっていたのだが、オーストラリアでクジラを観《み》たときだけは、元気いっぱいだったのだという。

その日の外洋は波が高く、船が観測ポイントに着くまで、乗客はみんな船室にこもって過ごしていた。ところがタケシは一人で甲板に出て、オモチャに毛の生えたような双眼鏡をかまえ、クジラが姿を見せるのを待っていた。

「もともとムダなところで張り切るヤツだったんですけどね」恰幅《かっぷく》のいい父親は、ハハッと笑って、「それにしてもあの日は張り切ってたなあ、あいつ」と、隣の母親に話を振った。

体の横幅は父親に負けていない母親も、そうそう、とうなずいてつづけた。

「ホエールウォッチングは、もともとツアーのオプションだったんです。最初は別のオプションをつけるはずだったんですけど、向こうに着いてから、あの子が急にクジラを観たいって言いだして……そんなこと、ふだんは言わない子なんですよ」

両親は、「ねえ、あのときはほんとうに珍しかったわよね」「うん、あいつは我を出すタイプじゃないし」とうなずき合った。「なんでもいい、っていうのが多かったわよね」「ウチは兄貴がしっかりしてたんで」「タケシはお兄ちゃんの後ろにくっついてるだけなんです」「兄貴に憧《あこが》れてたのかなあ、あいつなりに」

センセイは、なるほど、とメモを取りながら、「タケシくん、クジラを見つけることはできたんですか？」と訊いた。

すると、両親はまた顔を見合わせて、今度は二人そろって苦笑した。

「一番肝心なところで、お手柄を兄貴にさらわれたんですよ、あいつ」「ポイントに着いて、みんなで甲板に出ると、すぐにトオルが『クジラがいた！』って指差して」「現地のガイドさんよりも早かったんだ」「びっくりしてたわよね、ガイドさんも」「潮を吹いてたんだ」「水面からジャンプもして、すごい迫力で」「ちょうどトオルの写真を撮るときに、真後ろでジャンプしたんだ」「でも、次にタケシを撮ってあげようとしたら、なかなか出てこなくて」「だよな、タケシはそういうのはとにかく間が悪かったから」「結局、タケシとクジラのツーショットはあきらめたんです」「ちょっとかわいそうだったかなあ、いまにして思うと」「うん……時間がかかっても撮ってあげればよかった」

会話の声がくぐもってくると、父親は湿っぽさを打ち消すように「でも、その話って、そんなに大切なんですか？」とセンセイに訊いた。「せっかくなんですから、もっといろんな、タケシのこと……ねえ」

母親のほうは、もっとストレートに、愛想笑いを消した本音をぶつけてきた。

「トオルはいい子ですよ。あなたが誰にどんな話をお聞きになったのかは知りませんが、このままだとトオルが悪者になっちゃうじゃないですか」

よく調べてください、と言われた。ですからこれはタケシくんの手紙に——と言い返すと、また話は堂々巡りになってしまうので、黙り込むしかない。どうしてタケシから手紙が届くんですか、おかしいじゃないですか、と言われると、センセイにはなにも反論できないのだ。

父親が母親をなだめ、とりなすようにセンセイに言った。

「こういう言い方は親としてもよくないと思うんですが、タケシはやっぱり世の中でうまくやっていくのが難しい子だったんです。トオルも迷惑をかけられてたと思うし、トオルはトオルなりに、タケシのことをなんとかしてやりたいと思ってたはずなんです。ですから、トオルのことを一方的に悪者にするのはやめてもらえますか」

センセイは「そうします」とも「それはしません」とも応えず、「最後に一つだけ」と指を一本立てて言った。

「タケシくんが描いたホエールウォッチングの絵は、覚えていますか?」

父親は「そんなのあったかなあ」と首をかしげ、母親は「あの子、あんまり絵は得意じゃなかったんですよね」と言い訳するように答えた。

センセイは立てていた人差し指をゆっくりと折り曲げて、どうもありがとうございました、とメモ帳を閉じた。

〈だから言ったでしょ? ウチの両親にあんまり期待しちゃだめだ、って〉

タケシは次に届いた手紙で書いていた。

トオルとは家の外で会った。両親と話した数日後のことだ。高校に入ってから電車通学をしている彼を、学校帰りに駅前のロータリーでつかまえた。待ち伏せするような格好になったが、両親からすでに聞いていたのだろう、センセイに呼び止められてもたいして驚いた様子はなく、自分のほうから「立ち話、疲れるから」とベンチに誘った。

そして、並んで座ると、すぐに両親の話を訂正した。

「親父《おやじ》もおふくろも勘違いしてるんですよ、クジラのこと」

そう言って、「勘違いっていうか……だましたっていうか、俺が」とつづける。

あの日クジラを最初に見つけたのは、タケシだった。一人で双眼鏡をかまえて甲板でがんばっていたことに神さまがごほうびをくれたのか、みんなが船室から出てきたタイミングで、クジラの潮吹きが見えた。

「でも、あいつ、中途半端《はんぱ》に『あ――』って言うだけだったから、俺にしか聞こえなくて、俺が『クジラがいたっ！』って大きな声で指差したら、みんな俺が発見したんだと思い込んじゃったんですよ」

タケシの手柄を横取りした申し訳なさは、口調からも表情からも感じられない。むしろ、あっさりとつられてしまった両親の迂闊《うかつ》さを責めているようでもあった。

「そういうことって、けっこう多かったんだろう？」

センセイが言うと、「しょっちゅう」とすぐに応えた。「わざと狙《ねら》ってたときもたくさんあるし、もっとひどいことも……まあ、それ、もう知ってますよね」

「いま、どう思ってる？」

「俺に後悔させたいですか？」

じゃあ簡単でしょ、と笑う。「センセイがそう描けば、そうなりますよ」

「……とことんイヤなヤツにするのも」

「どうぞ」

「でも、最後の最後で意外にいいヤツになるのも」

「センセイの小説、そういうの多いですよね。甘いっていうか、弱いっていうか、ずるいっていうか。一生後悔させてやればいいのに、絶対にゆるしちゃだめですよ、俺みたいなヤツ」

わかった、とうなずいた。

トオルは、ふう、と肩で息をつく。拍子抜けしたようにも、ほっとしたようにも見える。

「タケシくんのこと、嫌いだったか？」とセンセイは訊いた。

トオルは夕方の雑踏を見るともなく見ながら、黙って首をかしげた。

「どんなにひどいことをしてもかまわないって、見下して、嘲《あざけ》ってたのか？」

さあ、どうなんでしょうねえ、と息だけの声で応え、また首をかしげる。

そんなトオルに、センセイはホエールウォッチングの絵について、家族の誰も知らなかったことを伝えた。

タケシはどうして、あの日の思い出をあんなに大切にしていたのか。わざわざ絵を描いて、その絵を家出のときに持ち出して、これさえあればどこでも自分のセカイになる、とまで言っていたのか。

「うれしかったんだよ。きみと二人でクジラを見つけたことが」

「でも、見つけたのはタケシだから……」

「タケシくんが見つけて、きみがみんなに伝えた。兄弟で力を合わせてお手柄を立てた、それがタケシくんにはすごくうれしかったみたいだ」

トオルの返事はなかった。ロータリーの歩行者用信号が青になった。ヒヨコのさえずりの音がしばらくつづき、赤になって音が止まって、信号待ちをしていた車が動きだすと、やっと「ふーん」と面倒くさそうに応えた。

センセイも、ああ、と喉《のど》を低く鳴らすだけだった。

「話、もう終わりだったら、帰っていいですか」

立ち上がったトオルに、センセイは一つだけ訊いた。

「タケシくんって、好きな子はいたのかな」

「……え？」

「中学二年生だったら好きな女の子がいてもいいような気がするけど、彼はそうでもないのかなあ。直接訊いたら、どうせ顔を真っ赤にして、なにも答えられないと思うし」

「思いっきりガキですよ、あいつ」

「きみはなにか聞いてないか？　ちょっとした片思いでもいいんだけど」

そんなのないです、あいつマジにガキなんですから、とトオルは初めて素直に笑って、歩きだした。歩行者用の信号は赤だったが、車の流れの隙《すき》をついてダッシュで道路を渡る。

物語の作者は、暴走してきた自動車に彼を撥《は》ねさせることもできる。

トオルは道路の向こう側に着くとセンセイを振り向き、なーんだ、なにもしなかったんですか、と短く笑って、遠ざかっていった。

センセイは肩をすくめて、トオルの後ろ姿が雑踏に紛れて消えるまで見送った。


タケシの手紙――。

〈センセイ、僕は美由紀ちゃんのような子が、好きなタイプです〉

それから、〈兄貴ってサイテーでしょ？　殴ってやればよかったのに〉ともあった。

6

美由紀の自転車を借りた。タケシが荷台に座り、ナイフさんが歩いて自転車を押して、美由紀はナイフさんのカバンを提げてついてくる。

ガードレールに並んで腰かけているときにはそれほど感じなかったが、自転車のハンドルをつかんで、よいしょ、よいしょ、と踏ん張りながら坂道を上るナイフさんの後ろ姿を見ていると、やっぱり小柄なひとだなあ、とタケシはあらためて思う。

体は小さくても力持ちだったりスポーツが得意だったりするひとはたくさんいるが、ナイフさんはそういうタイプでもない。タケシがときどき地面に足をついてバランスをとらなければ、自転車をまっすぐ支えることさえできない。

「僕、自分で押します」

何度も言ったのだ。痛いのは右足だけだし、自転車を歩行器や杖《つえ》の代わりにすれば、意外と楽に坂を上れそうな気もする。

だが、ナイフさんは「なに言ってんだ、まかせとけ」と息をはずませて笑い、背広の背中にまで汗を滲《にじ》ませながら、自転車を押す。

「これもトレーニングだから、いいんだよ、タケシくんが気をつかうことないんだ」

「なんのトレーニングなんですか？」

「体力をつけるんだ」

「だから……なんのために？」

「まだ決めてない」

冗談で言ったのではなく、ナイフさんは真顔で「なかなか決まらないんだよなあ……」とつづけ、美由紀を振り向いて、「カバンも重いだろ」と笑った。

美由紀は、ちょうどまさに右手に提げていたカバンを左手に持ち替えたところだった。

「ほんと、なんでこんなに重いんですか？　それに、こんなに分厚くなっちゃって……カバンの型、くずれちゃうんじゃない？」

「広辞苑《こうじえん》を入れてるんだ」

「って、あの大きな辞書？」

「そう。大きくて、分厚くて、重い辞書だ。鉄アレイを提げて歩いてるようなものだから、いい運動になるぞ。握力もつくし、手首も鍛えられる」

唖然《あぜん》とする美由紀とタケシをよそに、ナイフさんは真剣そのものの顔で「生きるためには体力が要るんだ」と言って、袖《そで》をまくった腕で額の汗をぬぐいながら、よいしょ、どっこらしょ、と自転車を押す。「カバン、カゴに入れてくれ」

言われたとおり、美由紀がカバンを前カゴに入れると、ハンドルが急に重くなって、ナイフさんはたちまち自転車をふらつかせてしまう。腕力のなさに加えて、不器用でもあるのだろう、さっきからペダルを何度も向こうずねにぶつけて「うぐっ」「痛たたたっ」とうめき、そのたびに自転車は危なっかしくふらつく。

なんとかそのバランスが落ち着くと、ナイフさんは「さっきのレモンのこと、一つ訊いていいかな」と言った。「あれは、ひょっとして、カジイか？」

美由紀はフフッと笑う。

「ナイフさんって、意外と本を読むひとなんですね」

「カジイモトジローで知ってるのって、それだけなんだけどな」

「わたしもそうです。先週読んだばっかり」

「中学生にはちょっと早いだろ」

「でも、名作限定の読書感想文の宿題があって、名作ってみんな長いじゃないですか」

「うんうん、長いのが多いなあ」

「すごく短い名作ってなにかないかなあ、って思ってお父さんに訊いたら、カジイモトジローの『レモン』がいいんじゃないかって言って、お父さんの持ってる文庫本を貸してもらったんです」

「で、読んでみて、どうだった？」

「よくわかるところもあったし、全然意味不明のところもあったけど……」

「レモンの時限爆弾、気に入ったんだろ」

ナイフさんがいたずらっぽい口調で言うと、美由紀も「面白そうだな、って」と同じような笑顔を返した。

タケシには、なにがなんだかさっぱりわからない。カジイモトジロー？ 名作の『レモン』？ レモンが時限爆弾？

ナイフさんは「勉強しなくちゃなぁ」と苦笑して、手短に説明してくれた。

カジイモトジローは、梶井基次郎と書く。大正時代から昭和初期にかけての作家だった。生前よりもむしろ亡《な》くなってから人気が高まったのだという。

『レモン』という名作も、正しくは漢字の『檸檬《れもん》』だった。梶井基次郎自身を思わせる主人公の「私」が、得体の知れない不安にさいなまれたすえに、京都の丸善《まるぜん》という大きな本屋に寄って、果物屋で買ったばかりのレモンを本の上に置いて立ち去るというストーリーだ。

タケシにはどこが面白いのかまるでわからない話だったが、ナイフさんはかまわず美由紀に向き直って、ゆっくりと言った。

「でも、レモンは爆発しないよ」

美由紀は黙っていた。

「永遠に爆発しないんだ」

ナイフさんはそう言って、「これと同じだよ」と背広の内ポケットを探った。

サバイバルナイフが出てきた。鞘《さや》の部分が錆《さ》び付いて、一目で使い物にならないとわかる、古くて、小さくて、ちゃちなナイフだった。

「ひさしぶりに持ってきたんだ。ほんとうにたまたま……虫の知らせみたいなものだったのかなあ」

きょとんとする美由紀にはなにも説明せず、「こんなに古びてるとは思わなかったけど」と、寂しそうな、ほっとしているような、複雑な笑顔になって、ナイフをしまった。

スカイハイツの三〇二号室は、五人集まるとずいぶん窮屈になってしまった。美由紀はアイスを食べながら、何度も部屋を見回して「いいなあ、いいなあ、こういうの」と笑う。タケシたち三人の家出の話を聞いても、驚きはしたが、家に帰ったほうがいいとは一言も言わなかった。それどころか、リュウが「ぼくは明日、帰っちゃうけど」と言ったときには、「せっかく三人そろってるのに」と残念そうな顔になった。

「美由紀さんは？」

ジュンが訊いた。「もう十一時近いけど、ウチに帰らなくていいの？」

美由紀は少し間をおいて「帰るよ」と言った。「お父さんやお母さんも心配してるし」

そんな美由紀を、ナイフさんはなにか言いたげな顔で見る。訊きたいことがたくさんあって、その答え次第では、伝えたいこともたくさんある、という表情だった。

美由紀のほうは、ナイフさんには目を向けない。梶井基次郎の『檸檬』のことをジュンとリュウに説明するときも、きょとんとするだけのリュウに「小学生には難しいよね」と笑うときも、「なんで小説の真似《まね》をするんですか?」というジュンの問いを「なんでだろうね」と肩をすくめていなすときも、決してナイフさんとは目を合わせなかった。

今日は三つレモンを置いてきた、と美由紀は言った。星ヶ丘の街を自転車で回って、思いついた場所に置いてきた。さっきのコンビニの雑誌コーナーにも、こっそり置いた。

「けっこう気持ちいいよ、どきどきするし、レモンの黄色が似合う場所って意外とたくさんあるの」

「爆発するの?」

リュウが訊くと、ジュンは、バカなんじゃないあんた、と肩を小突いた。

だが、美由紀は「いっぺんにぜんぶ爆発したらすごいよね、そういうの、いいよね」と笑う。

リュウに話を合わせただけではなかった。「ほんと、カボチャが馬車になるみたいに、レモンがぜんぶほんものの時限爆弾になったら、すごくいいよね」とつぶやくように言う美由紀の笑顔は、ひどく寂しそうだった。

タケシはそれに気づいていた。ナイフさんも気づいていた。だから――。

「明日もレモン置きに行くんだけど、一緒に行かない？」

美由紀が言うと、リュウは明日家に帰ることも忘れて「行く行く行く」と応《こた》え、「まあ、どっちでもいいけど」と言うジュンも興味をそそられた様子だったが、タケシはなにも応えず、ナイフさんも黙ったまま、静かにため息をつくだけだった。

アイスを食べ終えた頃、ナイフさんの携帯電話が鳴った。ディスプレイの発信者表示を確かめたナイフさんは、あわてて立ち上がり、「ちょっとごめん」と廊下に出て行った。

部屋に残った四人は、なにか不意打ちをくらってしまったような気分で顔を見合わせる。

「さっき、あのおじさん、ナイフ持ってたね」

美由紀がタケシに言う。「だからナイフさんっていうの？」

「うん……」

「なんでそんなの持ってるの？」

「いろいろあって……」

「通り魔？」と訊くリュウの無邪気さが、わずらわしいような、救いになるような。

「護身用なの？　それとも誰かを守るために持ってるの？」――ジュンの勘の良さに、

しかたないな、という言い訳を与えてもらって、タケシはナイフさんの話をみんなに伝えた。

話が終わると、リュウは野球の審判の「セーフ」の身振りを交えて、ほっとした顔で言った。

「だって、ナイフでほんとに刺しちゃったら、もっとヤバいじゃん。犯罪じゃん。危なかったよね」

「まあ、ふつうのひとはそんなことしないよね。できるわけないって。結局、子どものためになにかがんばってますっていう自己満足ってことだもん」

ジュンはいつものようにそっけなく言って、「べつにナイフさんだけじゃなくて、親ってみんな、そんな感じじゃん」と付け加えた。

二人の言葉にうなずいたタケシは、美由紀を振り向いて、「美由紀ちゃんは……どう思う?」と訊いた。

美由紀は「『ちゃん』付け、嫌いなんだけど」と軽く口をとがらせたが、すぐに頬を引き締めて、「いいんじゃない?」と言った。「どっちでもいいよ、なにもできなかったわけなんだし」とつづけた。

「だったら、もし、美由紀……さんのお父さんがそうしたら、どうなる?」

美由紀は、「ウチのお父さん?」と聞き返し、苦笑交じりに首をかしげた。

「どうなんだろう、そんなの考えたことなかった」

その一言で自分の答えを終わりにして、「タケシくんは？」と訊き返す。

「俺は……そうだな、俺は……」

最初はしばらく迷っていたが、答える声はきっぱりと響いた。

「俺は、うれしい」

「そう？」――リュウとジュンの声が重なった。

「うん、助けてもらえなくても、味方でいてくれたら、俺、それでいい」

リュウは納得のいかない顔で「助けてもらえなかったら意味ないんじゃない？」と訊いたが、タケシはまた、きっぱりした口調で「意味はあるよ」と答えた。ジュンは、そう言うだろうと思った、と苦笑してタケシを見る。

美由紀はうつむいた。フローリングの床に落ちる自分の影を、じっと見つめた。

「べつに直接助けてもらえなくてもさ、孤独じゃなかったらいいよ、俺。味方とか友だちとか仲間とか、こっちサイドにいるのは俺だけじゃないってわかったら、もう、サイコーにうれしい」

タケシは、「だからいま、俺、ハッピー」と三人を見回して笑う。

リュウは照れくさそうに笑い返す。遅ればせながら、タケシの言いたいことが伝わった。最初からわかっていたジュンは、あっ、そ、と頬をもぞもぞさせながらそっぽを向いた。

美由紀はうつむいた顔を上げなかった。

だが、タケシがそれに気づく前に玄関のドアが開き、ナイフさんが戻ってきた。

「悪いけど、俺はそろそろ帰るよ」

頬が上気している。声もうわずって、あせっている様子だった。

「なにかあったんですか？」

タケシが訊くと、うなずいて、「孫が生まれそうなんだ」と言う。

「孫って……」

「息子の、子どもだ。いまカミさんから電話があって、さっき奥さんの陣痛が始まったから病院に向かったって」

予定日よりかなり早い、という。

「まあ、こういうのは、それこそ案ずるより産むが易《やす》しなんだけど、カミさんを一人で心配させるわけにもいかないしな」

ばたばたと帰りじたくをするナイフさんに、美由紀が声をかけた。

「だからトレーニングしてたんですか？」

ナイフさんは肩をすくめて、「それもあるかな」と言った。「じいさんが孫のために体を鍛えてもしかたないんだけど」

「うん、でも、強くなりたいんだ、いろんな意味で」

広辞苑の入ったカバンを持ち上げて、手首のスナップを利《き》かせて上下させる。よし、と手応えに満足したようにうなずき、「ああ、それでだな……」と美由紀に言う。

「さっきのレモンのことなんだけど、なんていうかな、真似はつまんないぞ」

「え？」

「レモンを時限爆弾にするって、結局、梶井基次郎の真似だろ？　大切なものは、ひとの真似をしないほうがいい、ほんとうに」

美由紀は黙ってうなずくだけだったが、タケシが「ミカンとか？」と言った。ナイフさんと美由紀のあきれ顔に気づかなかったリュウは、「じゃあ、スイカ！」と声を張り上げて、「そんなのどうやって置いてくのよ」とジュンにまた小突かれた。

美由紀はプッと噴き出して、ナイフさんもどこかほっとした顔になった。

「赤ちゃんが生まれたら教えてください」

ジュンが言った。ナイフさんは「うん、またこの部屋に来るよ。いなかったら、手紙でも郵便受けに入れとくから」と応え、くすぐったそうな思いだし笑いを浮かべた。

「タケシくんにはさっきも言ったんだけど、なんだかほんとに……きみたちとは、初めて会ったのに、昔からの知り合いのような気がするなあ」

「でも……」

「わたしもです」とジュンが言う。

「ぼくも！」とリュウが右手まで挙げて言う。

「ほんと、孫のことなんてなあ……きみらに話す筋合いなんてどこにもないんだけどなあ……」

ナイフさんはしきりに首をかしげながらも、まんざらではなさそうな顔をして、最後に前腕でカバンを上下させて、「じゃあ」と部屋を出て行こうとした。

タケシは「ナイフさん、あと一つだけいいですか？」と呼び止める。

「うん？　なんだ？」

「孫が生まれるってことは、息子さん、結婚したんですよね」

「ああ、そうだ。できちゃった婚だけどな」

「ってことは、息子さんのこと、愛しちゃってる女のひとがいたんですよね？」

「そりゃあ、まあ、愛してくれてるんだろうなあ、嫁さんも」

「息子さん、おとなになったんですよね？」

「ああ……二十四だ、もう」

「いじめ、終わったんですよね？」

タケシの声はすがるような響きになって、ナイフさんも、いままでとは違う調子でうなずいた。

「そうだ、終わった。卒業までつづいたけど、終わったんだ」

「でも」――美由紀が割って入る。「卒業でいじめが終わったって、中学時代はやり直せないでしょ」

パンチを放ったボクサーがすぐさま防御の体勢に入るように、しゃべり終えるのと同時に、またうつむいてしまう。

ナイフさんは落ち着いた様子で、ああ、とうなずいた。

「たとえあいつらが反省して謝ったとしても、中学時代はもうやり直せない。取り返しがつかない。時間が解決するなんて嘘だ。時間がたてばいい思い出になるなんて、絶対に嘘だ。息子にとっても、俺やカミさんにとっても、あの三年間の思い出は、いまでもつらいものばかりだよ」

「だったら――」

「それでも、死ななかった」

静かに言った。深い水にまっすぐ落とした小石のように、しぶきも波もなく、声は部屋に響いた。

「息子は死ななかったから、おとなになって、もうすぐ親になる」

うつむいたままの美由紀をナイフさんは最後にじっと見つめ、最後の最後に大きく一つだけうなずいて、部屋を出て行った。

美由紀はスカイハイツからの坂道を自転車で下りていく。ペダルを踏まなくても、自転車はどんどんスピードを上げていく。

「スイカ……スイカ、スイカ……」

お気に入りのオモチャで飽きずに手遊びをするみたいに、リュウの思いついたスイカの時限爆弾のことを、繰り返しつぶやく。両手に抱えたスイカを、コンビニの雑誌コーナーやCDショップの棚にどんどんと置いて立ち去る光景を想像すると、自然と頬がゆるむ。

だが、どんなにしても、微笑《ほほえ》みから寂しさの影は消えない。

トートバッグの中に入っているのは、レモンの時限爆弾だけではなかった。ほんものの時限爆弾――すべてが終わらないと開封されることのない、両親宛《あ》ての手紙も入っている。

〈ごめんなさい。でも、もう疲れました〉

手紙は、きちょうめんな字で、そう書き出されているはずだ。

7

三〇二号室にはレモンの香りが残っていた。

床に仰向《あおむ》けに寝ころんだタケシは、美由紀からもらったレモンを蛍光灯の明かりにかざして言った。

「確かに爆弾みたいな形してるよな……ホンモノ見たことないけど」

リュウもジュンも笑わない。二人とも座ったまま、リュウは床に置いたレモンを、ジュンは体育座りをした膝《ひざ》の上に載せたレモンを、黙って見つめていた。美由紀が帰ってから、ずっと――ただ口を開かないというだけでなく、むしろ言葉が出そうになるのを必死にこらえているという様子だった。

「でも、美由紀って、変わってるヤツだったな。見た目はフツーなんだけど」

今度も二人の返事はなかった。「ま、それを言ったらナイフさんも同じだけど」とつづけても黙り込んでいた。

「ツカモトさんも、エミっていうひとも……今日会ったひとって、みんな変わってたよな。ワケわかんなかったよな」

返事をしない二人に代わって、タケシは自分の言葉に、ほんとほんと、まったくそのとおり、とうなずいたが、言葉はそれきり途切れてしまった。

タケシはおでこにレモンをあてた。ひんやりとしている。息を吸い込むと、酸《す》っぱい香りに皮の苦みが加わった。

「あのさ……おまえらに一つだけ質問していい？」

けっこうマジな質問なんだけど、と付け加えた。俺もあとで答えを言うけど、先に教えてくれよ、ともつづけた。

二人はまだ黙っている。

「答えたくなかったら無視していいからな、平気だからな」

ほんと、全然気にしなくていいから、と念を押して、二人に訊いた。

「リュウとジュンちゃんは、自殺したいと思ったことある?」

声が微妙に震えた。蛍光灯のまぶしさから思わず逃げるように、声を出す瞬間に目をつぶってしまい、そのまま開けられなくなった。目に見えるものがなくなったぶん、レモンの香りが、ツンと濃くなった。

「あるよ」

ジュンが言った。軽く、そっけなく、膝の上のレモンを見つめたまま。

追いかけるように、リュウも言った。

「ぼくも、ある」

床に置いたリュウのレモンが、タケシが起き上がったはずみで、小さく揺れた。タケシは小さくうなずいて、ジュンからもリュウからも目をそらし、「同じだよな、みんな……」とため息交じりに言った。

マンションの裏の駐輪場に自転車を入れた美由紀は、エントランスに戻る途中で足を止め、夜空を見上げた。星を見たのではなく、建物の高さを目で測った。わが家のある七階だと、ちょっと足りないかもしれない。屋上からだとどうだろう。九階のさらに上からなら、なんとかなる、だろうか。

エントランスのほうから自転車に乗ったおじさんがやってきた。顔なじみの、同じマンションのひとだ。夜十一時を少し回った頃は、都心の会社に通うサラリーマンの帰宅時間でもある。

向こうも美由紀に気づいて、自転車にブレーキをかけながら「こんばんは」と声をかけてきた。

「こんばんは」と美由紀は笑って会釈《えしゃく》する。

「夏休み、もうすぐ終わっちゃうねえ」

ええ、とうなずいて、「サイテーです」と笑顔のまま返す。

「じゃあ、どうも」

「どーも、です」

美由紀はまた歩きだす。マンションの屋上から地面まで、何度も何度も、目でなぞる。そのたびに、透き通って夜の闇《やみ》に溶けた人影が、落ちる。

だいじょうぶだろうか。失敗してしまうことはないだろうか。大ケガはする。それは、もう、間違いなく。もしかしたら死ぬよりもそっちのほうが痛いかもしれない。後遺症で体が不自由になることもありそうだし、車椅子《くるまいす》や寝たきりの生活になってしまう恐れもある。絶対に困る、それは。痛いのはイヤだし、死ぬこともできなかったんだと思い知らされるのもイヤだし、なにより両親に一生迷惑をかけて、つらい思いをさせたくはない。

意識を取り戻さないまま昏々《こんこん》と眠りつづけるのなら――。

一瞬思った。これならなにも考えずにすむ。思いださずにすむ。両親も、命があるだけでもましだ、と思ってくれるかもしれない。

それでも、だめだ――。

思いだしたくない顔が次々に浮かんだ。みんな嘲って笑っている。あいつ失敗したんだって。バカじゃないの。なにやらせてもサイテー。声も聞こえる。

失敗はできない。きちんと飛び降りて、きちんと死んでやる。

ホールでエレベータが降りてくるのを待っていたら、さっきのおじさんが怪訝《けげん》そうに首をひねりながらエントランスに入ってきた。手にレモンを持っている。美由紀に「これ……誰かの自転車に置いてあったんだけど」とレモンを見せて、「どうしようかなあ」と言う。

「そんなのあったんですか？」

美由紀は驚いた顔で訊《き》き返し、肩に掛けたトートバッグの口をさりげなく閉じた。

「うん、前カゴだったら買い物の袋から落ちちゃったのかもしれないけど、サドルの上なんだよ。さっきもあった？」

「すみません、気づきませんでした、暗くて」

「なんなんだろうなあ、いたずらかなあ……」

「でも、そんなのって、いたずらにならないかも」

「そうだよなあ、べつに迷惑するわけでもないし」

おじさんはレモンを鼻に近づけて、「ホンモノだよなあ」とまた首をひねる。

美由紀はクスクス笑って、バッグの口から残りのレモンが覗《のぞ》いていないかどうか、こっそり確かめた。だいじょうぶ。おじさんも「ちょっとエレベータ停めたまま、待っててくれる？」と言って、夜は無人になる管理人室まで小走りに戻って、カウンターにレモンを置いた。

「押しつけるわけじゃないけど、やっぱりさ、こういうときのための管理人さんなんだし」

言い訳しながらエレベータに乗り込んだおじさんに、美由紀は「ですね」とうなずいた。駐輪場の自転車も悪くないが、管理人室のカウンターのほうがマンションの住民みんなの目に触れる。防犯カメラがあっても、おじさんのような自然なしぐさなら、なんとかなるかもしれない。

しかしなあ、それにしても不思議だよなあ、レモンなんてなあ……と、おじさんは四階でエレベータを下りるまで首をひねりどおしだった。

一人になった美由紀は、トートバッグからレモンを一つ取り出して、足元に置いた。七階に着いた。扉が開く。美由紀は一階のボタンを押して外に出た。レモンの爆弾は次に帰宅するひとを迎えるために、ゆっくりと降りていった。


「俺、思うんだけど……」

タケシは床に落ちたレモンを拾い上げて言った。野球のピッチャーが指にボールをなじませるように軽く放り上げては受け止めながら、「爆弾っていうより、これ、手紙とか伝言みたいなものだよな」とつづける。

リュウは自分のレモンを見つめたまま、「なんの伝言?」と訊いた。

タケシは一瞬言葉に詰まって、レモンをひときわ高く放った。

「遺書だよ」――ジュンが言った。タケシの代わりに。リュウもなんとなく思っていたことを。

「自殺するんじゃない? 美由紀さん」

ジュンの声は淡々としていた。まなざしも、膝の上のレモンから動かない。

「いろんな場所にレモンをのこして、死にたいんだよ、あのひと」

なんで、とはタケシもリュウも訊かなかった。ジュンも理由は話さない。訊いて、答えて、説明して、納得するような種類の話ではない。ただ、訊かなくても、答えなくても、説明しなくても、納得しなくても、三人にはわかる。

ジュンは淡々とした声をさらにひらべったくして、つづけた。

「今日会った四人って、みんな似てた。わたしたちと同じだった」

ひとりだった、みんな――。

「ツカモトさんはお母さんが死んでひとりぼっちになって、ナイフさんは、ひとりぼっちでいじめられてた息子を、ひとりぼっちで守ろうとして、ナイフ持ってた。でも、ツカモトさんはいまは奥さんもいて、子どももいて、元気で幸せだし、ナイフさんの息子も結婚して、ナイフさん、おじいちゃんになった」

死ななかったから――。

「エミさんには、もう会えないけど、ずっと忘れない友だちがいる」

これからも、生きているかぎり、ずっと――。

「でも、美由紀さんは違うよね」

ジュンの言葉を引き取って、タケシがつづけた。

「ゼツメツするよ、あいつ」

そう言った瞬間、タケシの目から涙があふれた。

「うん……ゼツメツしちゃうかもね」とうなずくジュンも、見る間に泣き顔になった。

「ヤバいじゃん、それ、だめだよ、絶対にだめ、ゼツメツしちゃだめなんだ」

リュウはうめくように言って、目を手の甲でごしごしとこすった。

死にたいと思ったことは、タケシは何度もある。正確には、消えてしまいたい、と思ったのだ。学校でいじめられ、家族から見放されて、どうせ安らぐ居場所がどこにもないのなら、このまま消えてしまってもかまわないじゃないか。だが、死ぬのは痛そうだし、苦しそうだし、怖いし、悲しい。

「だって、悲しいだろ、せっかく俺、いま、いるのにさ。いなくなっちゃうんだぜ？自分からわざわざ消しちゃうんだぜ。なんなんだよ俺の人生、って……悲しくなるじゃん、もう、たまんないじゃん……」

タケシは泣きながら言った。リュウに話しているのでも、ジュンに訴えているのでもない。ただ言わずにはいられなかった。

「俺、死にたくないよ、やっぱり」

その一言を、誰でもない誰かに、伝えたかった。

お母さんに会いたい、とリュウは思っていた。お母さんが亡くなった直後ではなく、最近――クラスでひとりぼっちになってしまってから。

お母さんが向こうの世界にいるのなら、自分もそこに行きたい。お母さんは待っていてくれる。お母さんは抱きしめてくれる。お母さんと一緒にいれば、教室でどんなに悔しくても、家の中でどんなに寂しくても、がんばっていけるだろう。

だが、向こうの世界に行ってしまうと、もう二度とこっちには戻ってこられない。いまの悔しさや寂しさはイヤだ。逃げだしてしまいたい。それでも、「さよなら」をしたきり、もう永遠にここには戻れないんだと思うと、悔しくて、寂しくて、悲しい。

「夜中にそんなこと思って、迷ってると、お父さんのいびきが聞こえてくるんだよね。ぐーすかぴー、って……すごい間抜けないびきなんだけど、なんか、それ聞いてると、向こうの世界には絶対に行けないっていうか、行きたくないっていうか……」

リュウは嗚咽《おえつ》交じりに言った。タケシは「わかるよ、その感じ」とうなずいてくれた。ジュンも「いびきって、ふつうは迷惑なんだけどね」と、たぶんわざとそっけなく言ってくれた。

だが、二人には言わなかったこともある。リュウは待っていた。お母さんが向こうの世界から語りかけてくれるのを、いまでもじっと待っている。

ジュンは、アンナと二人分の人生をたった一つの体で背負わされることに、疲れきっていた。

アンナを背中から降ろしたい。アンナが自分にぴったりと貼《は》りついて離れないのなら、自分の体ごと、崖《がけ》から飛び降りてしまってもいい。もともと、アンナが亡くならなければ生まれてこなかったのだ。アンナの命と引き替えに誕生した命は、最初から、なにか大切なものが間違っていたのだ。

だが、たとえジュンが死んでも、あの部屋は残る。両親は幻の世界の外へと足を踏み出すことはないだろう。そして、あの部屋の中で両親が見つめる幻は、アンナ一人の姿なのだろう。アンナの身代わりだった妹が生きてきた年月は、両親の記憶から消え失《う》せてしまったまま、思い出としてよみがえることすらないのかもしれない。

「急に悲しくなったの。わたし、死んでも思いだしてもらえないかもしれない、って。だったら死ねない。絶対に死にたくない。わたしが死んだとき、お父さんとお母さんがわたしのために泣いてくれるようになるまで、生きて、生きて、生きてやる、って……」

アンナのこと追い出すまで長生きしないとだめだもんね、と泣きながら笑う。まあ、べつに死んだあとで思いだしてもらっても意味ないんだけど、と突き放して笑う。

ね、そうでしょ、とタケシでもリュウでもなく膝の上のレモンをじっと見つめ、あんたならわかるでしょ、とハナを啜《すす》って笑う。

明かりを消した部屋の中で、美由紀はベッドに膝を抱え込んで座っていた。トートバッグからレモンを取り出して並べ、たったいま、最後の一つを置いたところだ。

ぜんぶで八個あった。明日も買い足すつもりだったが、ベッドの上に並んだレモンを見ていると、でも、もう、そろそろいいのかな、という気もしてきた。

明日――。

八個のレモンのうち七個を街のどこかに置いて、残り一個を手に、屋上に上ろう。もういい。それでいい。

ほんとうは二学期が始まってからのほうがよかった。みんなが学校にいるときに知らせが入るほうがいい。大騒ぎになる。みんな顔が真っ青になる。新聞の取材も来るかもしれない。テレビのカメラも校門の前に集まるかもしれない。ヘリコプターが空から学校やマンションを撮影して、校長が記者会見して、緊急の保護者会が開かれて……。

だが、夏休み中というのも悪くない。最初の知らせはニュースだろうか。クラスの緊急連絡網だろうか。ケータイやメールだろうか。

あわてふためく様子が目に浮かぶ。口調や声の震え具合まで、はっきりと思い描くことができる。

夏休みは、みんなひとりだ。どんなに長電話をして、メールをひっきりなしにやり取りしても、ひとりはひとりだ。教室に集まって、みんなの陰に隠れ合って顔を隠すことはできない。

同級生の自殺だ。たいした理由もないのに女子全員で無視をした同級生が、自ら命を絶ってしまったのだ。ショックを受ける。きっと受ける。受けてほしいと、思う。ひとりぼっちでいるときに、その知らせを聞かせたい。いままでずっと「みんな」の陰に隠れていたのだから、最後の最後ぐらいは「ひとり」で受け止めさせてやる。

どんなに逃げても「ひとり」でいるかぎり、「みんな」にかばってもらうことはできない。どんなにあわてて目をそらしても、顔を見合わせて、とぼけて「なんのこと?」「ワケわかんないよね」と笑い合う仲間はいない。

自分のやってきたことの重さを思い知らされて身震いするのは、あの子とあの子。

後悔するのは、あの子とあの子とあの子。

言い訳を必死に考えるのは、あの子とあの子とあの子。

誰か別の子のせいにして逃げようとするのは、あの子とあの子とあの子とあの子とあの子。

勝手に死んだほうが悪いんだから、と開き直ってしまうのは、あの子とあの子。

みんなの前では強がっていても、ひとりになったとたん気弱になって、どうしようどうしよう、とおびえてしまうのは、あの子とあの子とあの子……。

美由紀はクラスの女子を一人ずつ思い浮かべて、ざまーみろ、と笑う。

生《い》け贄《にえ》にされて命を絶つまで追い詰められてしまった同級生の悲しさや悔しさを思って、謝ってくれる子は――。

泣いてくれる子は――。

自分のやったことを一生背負って、忘れずにいてくれる子は――。

あのクラスの中で、いったい何人いるのだろう。

「それでも、死ななかった」

ナイフさんの声がよみがえる。

「息子は死ななかったから、おとなになって、もうすぐ親になる」

ナイフさんのまなざしがよみがえる。

それを振り払うように、美由紀はベッドの上のレモンをじっと見つめる。

ずっとひとりぼっちだった。どんなに気をつかっても、どんなに親切にしても、どんなに媚《こ》びても、「みんな」の中には入れてもらえなかった。

自分が生け贄に選ばれた理由もはっきりとはわからないまま、「なにか直すところがあるんだったら言って」とすがってみた。「謝るから、もうゆるして」とも訴えてみた。

「いいかげんにしてよ」と怒ってもみた。それでも、「みんな」は、ただ笑って身をかわすだけだった。

明日だ――と決めた。

＊

タケシとリュウは三〇二号室で、二人並んで眠った。ジュンが四〇三号室にひきあげたあと、「じゃあぼくもそろそろ……」と五〇二号室に戻ろうとしたリュウを、律義《りちぎ》にパジャマに着替えたタケシが「一緒に寝ようぜ、キャンプみたいでいいじゃん」と誘ったのだ。一人で寝るのが怖いんだろうな、とリュウは思ったが、なにも言わなかった。リュウだって、べつに怖くはないけれど、こんな夜に一人きりで寝るのは、やっぱり寂しい。

〈蒸し暑かったので、僕はシュラフから上半身だけ抜け出すような格好で眠りました。そのせいでしょうか。なんだか、夢みたいな夢を見ました。ヘンな言い方だけど、そうなのです。

僕は走っていました。逃げていました。追いかけてくるひとは誰もいないのに、夢の中で、はっきりと、自分が逃げていることがわかっていたのです。

ふつうなら、逃げているときにはあせっていますよね。怖くて怖くてたまらないですよね。でも、違うのです。すごく気持ちよく逃げているのです。体が軽くて、脚を速く動かせば動かすほど、ぐんぐんスピードが増して、最後は半分飛んでいるような感じでした。後ろを振り向いたわけではないのに、だいじょうぶだ、と安心したのです。逃げ切ったぞ、と思ったのです。

そのときの気持ちよさは、いままで味わったことのないものでした。さっきは「体が軽くて」と書きましたが、体よりも心のほうが軽くなっていたのかもしれません。

でも、そもそも、僕は誰から逃げていたのでしょう。そして、逃げ切ったあとも走りつづけるということも、「逃げる」でいいのでしょうか。ほんとうは、夢の中の僕は逃げ切ったあと、どこかに向かっていたのでしょうか。よくわかりません。ただ、明け方に目が覚めたときには、すごく幸せな気持ちでした〉

「おい、おい、リュウ、起きろよ」

タケシはパジャマをTシャツに着替えて、リュウの肩を揺り動かした。シュラフの胸元をはだけたリュウの寝顔も、幸せそうだった。

〈リュウも夢みたいな夢を見ていたそうです。お母さんに会えた、と言っていました。もっとも、それは初めてのことではなく、同じような夢はしょっちゅう見ていたらしいのですが、そのときの気持ちがいつもとは全然違っていたのです。いつもなら、夢の中でお母さんに会うと小さな子どもみたいに抱きつくリュウが、ナマイキにも笑って手を振ったらしいのです。「やあ!」とか、「おーい!」とか、そんなふうに。

いろんな話をしたそうです。どんな話をしたかは覚えていなくても、最後までお母さんに抱きつかず、手もつながずに話したんだということは、得意そうに教えてくれました。最初は無理してるんじゃないかと思っていましたが、僕にそれを話すリュウは、笑いながら泣いていました。ゆうべの涙とは違って、すごくうれしそうで、すごく幸せそうな涙だったのです〉

リュウはシュラフから出て、ふう、と息をついて言った。

「ぼくね、最後にお母さんに、じゃあね、ってお別れのあいさつまでしたんだよ。で、こっちに向かって歩きだしたところでタケシくんに起こされたの」

いつもなら、途中で夢から覚めてしまう。それも、決まって、大切なことをお母さんに言おうとした矢先に。目覚めと同時に、その大切なことの中身は忘れてしまうのも常だった。

「なんか、最後までやり通した、って感じ」

目尻《めじり》に溜《た》まった涙を指でぬぐって、「あー、楽しかった」と笑う。

タケシもへヘッと笑い返して、枕元《まくらもと》に置いていた自分のレモンを手に取った。

「なあ、リュウ」

「うん？」

「もう明るくなってるから、散歩に行こうぜ」

「足、だいじょうぶなの？」

「うん、平気。痛くない」

足首を軽く左右に回し、フシギだけどさ、と首をかしげる。

どこに？　と訊かれたら、いまから決めよう、と答えるつもりだった。

「だから、行こうぜ」

だが、リュウは「ぼくもいま、そう思ってた」と言った。「外に出て……これ、どこかに持って行こうって思ってた」

リュウの手にもレモンがあった。

最初はきょとんとしていたタケシも、そっか、そうだよな、と笑ってうなずいた。

「時限爆弾なんだもんな、いつまでも持ってたらヤバいもんな」

「そうだよ、そろそろ爆発するかも」

「だな、うん」

「で、どこに行くの？」

「それなんだ、問題は」

「そこ、大事だよね」

二人が顔を寄せたとき、玄関のドアが開いた。

「早起きしてるじゃん」と笑うジュンも、すっきりとした顔をしていた。

〈ただ、ジュンの見た夢は、ほんとうは楽しかったのかどうかわかりません。なぜって、あいつ、両親とアンナさんが一緒にいるところを夢で見たのです。ジュンはそこにいません。ただ三人が楽しそうに並んで歩いているのを見ているだけだったらしいのです。

「そんなのサイテーじゃん」と僕は思わず言いました。ジュンのことがかわいそうでしかたありませんでした。

でも、ジュンは、うれしそうに「アンナはわたしの知らない子だった」と言ったのです。写真やビデオがのこっている三歳までのアンナではなく、もっと大きくなったアンナが、夢に出てきたのです。小学五年生ぐらいだったそうです。ジュンとなんとなく顔立ちが似ていても、ジュンではありません。

「アンナは、やっとわたしから離れてくれたっていうわけ」とジュンはホッとした様子で言いました。

「でも、そこにジュンがいないと意味ないじゃん」とリュウが言うと、ちょっとだけ寂しそうに笑って、「でもいいの」と首を横に振りました。「お父さんとお母さんはアンナのことを思いだしたあとで、わたしのことも思いだしてくれるよ」

やっぱりジュンは優しい子だったのです。いつかセンセイに手紙で書いたこと、訂正します。僕はリュウとジュンがケッコンすればいいと書きましたが、それ、やめます。リュウはガキっぽいし、ジュンのような子には年上の相手のほうが似合いそうなので、僕がジュンとケッコンしてあげようかな、と思っています〉

ジュンも自分のレモンを持っていた。玄関から、早く出てきてよ、とタケシとリュウを手招いた。

「散歩、行くんでしょ？　いい場所考えたの」

「……どこ？」

「行けばわかるから、ほら、レモンと荷物持って、早く」

「荷物も？」

「そう」

うなずいて、部屋を覗き込む。「もう、ここには帰ってこないから」

「そうなの？」

尋ねたリュウではなく、ぽかんとするタケシのほうを見て、ジュンは黙ってうなずいた。


〈センセイ、ありがとう〉


三人は、うっすらと朝霧がたった川べりにたたずむ。ゆうべ花火大会のあった河原だ。

「どう？　ここ、いいと思わない？」

ジュンが言うと、リュウが「サイコー！」と声をあげて、タケシも荷物を足元に置いた。

川べりに並んで立った。一人ずつ、レモンを川に放った。レモンは川の流れに乗って、いつか、やがて、海へとたどり着くだろう。

そして、ゼツメツ少年の物語は、最後の一日を迎える。

センセイは三人を朝霧で包み込んだ。土手道を通りかかった新聞配達員の目から隠すためだけではない。

三人のたたずんでいる川べりから少し離れたところに、ゆうべの花火大会で屋台の焼きそばの包装に使われていた、古い新聞が落ちているのだ。

そこには、『小中学生三名いまだ行方わからず——化石発掘中　雷雨を避けて道に迷う？』という見出しがあるはずだ。

センセイの報告（その6）

窓から射《さ》し込む秋の夕陽に目を細めて、駅からのバスに揺られた。陽が傾くのがずいぶん早くなった。あと一カ月もすれば、バス通りの歩道にはイチョウの葉のじゅうたんが敷き詰められるだろう。

いつものバス停で降りた。「今日はひさしぶりに残業なしで帰れますから」とリュウのお父さんは電話で言って、もしよかったら家で軽く一杯飲《や》りませんか、と誘ってくれた。

元気そうな声だった。さっぱりとして、落ち着いていた。八月や九月初め、まだ現地で大がかりな捜索がつづいていた頃の、みんなから責められ、後悔を背負い込んで憔悴《しょうすい》しきっていた様子は、もちろんまだセンセイの記憶にくっきりと刻まれているのだが。

バスを降りたセンセイは、リュウのマンションとは逆の方向に歩きだした。お父さんとの約束の時間までに寄りたい場所があった。

このニュータウンが造成される前、ひなびた農村だった頃に建てられた白山《はくさん》神社だ。鳥居《とりい》と祠《ほこら》があるだけの、おみくじやお守りすら売っていない小さな古い神社だが、道路から境内までの石段はけっこう長く、周囲もちょっとした雑木林なので、小学生にとっては格好の遊び場になっている。リュウも石段を自転車に乗ったまま駆け下りているところを先生に見つかって、こっぴどく叱《しか》られたことがあるらしい。

鳥居の脇《わき》に、自転車が二台停めてあった。前輪の泥よけに書かれた持ち主の名前を見て、センセイは思わず頬をゆるめた。待ち合わせをしていたわけではなかったが、この時間なら、ひょっとしたらいるかもしれないな、と思っていたのだ。

石段を上った。祠の前で手を合わせている男の子が二人――リュウもよく知っている二人だ。

お祈りが終わるのを待って、「よお」と声をかけた。先に振り向いたウエダくんは「あ、どーも」と笑って会釈をしたが、少し遅れてお祈りの手を下ろしたニシムラくんは目を赤く潤《うる》ませていた。いつものことだ。お祈りをしているうちに、いじめの標的になっていた頃にリュウにかばってもらったことを思いだして、泣きそうになってしまう。浮かんでくるリュウの顔が決まって潑剌《はつらつ》とした笑顔だから、よけい悲しくなってしまうのだ。

「今日で三十四回目だよ、俺」

ウエダくんが得意そうに言う。「残りは六十六回」とつづけ、「こいつには負けてるけど」とニシムラくんを指差して、なっ、おまえ皆勤賞だもんな、と笑う。

お百度《ひゃくど》参りだ。リュウが無事に帰ってくることを祈って、白山神社に百回通ってお祈りしよう、と決めたのだ。

学級会でそれを提案したのはウエダくんで、クラス全員、賛成した。だが、一日も欠かさず、雨の日も台風が上陸した日もお参りをつづけているのはニシムラくん。あー、それ、死ぬほど目に浮かぶ、わかるわかる、とリュウもうなずくだろう。性格というのは、こういうときにはっきり出てくるものなのだ。

ウエダくんはノートに書いたカレンダーの日付を塗りつぶしながら、「ねえ、おじさん」と言った。「まだ、全然手がかりないの？」

「うん……」

「もう二カ月以上だよね」

「そうなるな」

「三人で家出しちゃったとかっていうのは、やっぱり、ない感じ？」

「警察もそれはもうないだろうって言ってたな。中学生一人だったらアレだけど、小学生が二人もいたら、どこかで見つかるはずだもんな」

「でも、ジュンが一緒だから……あいつ、マジに頭よかったから、見つからない方法も考えてるかもしれないけど……タケシくんって間抜けだから、そっちが足引っぱっちゃうかもね」

タケシには会ったこともないくせに、まったく生意気なヤツだ。だから、もっとイヤな登場人物にしてやったほうがよかったんだよ、とリュウは口をとがらせるだろうか。

それでも、ウエダくんは自分のしでかしたことを自分で謝った。リュウのお父さんが東京に帰ってくるまで毎日毎日、一日に何度もマンションのインターホンを鳴らして、やっとお父さんに会えたとき、あのハガキや留守番電話のことをきちんと謝った。

リュウがこんなことになるとは思わなかったから、ごめんなさい、留守番電話の消し方とか、ハガキの取り戻し方とか、いろいろ調べたけどわからなくて、ごめんなさい、その前にリュウをいじめてごめんなさい、ごめんなさい、ゆるしてくれないと思いますがごめんなさい……。

謝ってすむような問題じゃないだろ、とリュウはそっぽを向くだろうか。ハガキや留守番電話が大問題になって自分の親にばれちゃうのが怖かっただけだよ、と切り捨てるだろうか。

お父さんも、土下座しかけたウエダくんに、もういいから帰りなさい、と言うだけだった。ゆるさないとは言わなかったが、ゆるしてやるとも言わなかった。

『蛍雪』の前でリュウとケンカをした場面を読んだとき、ウエダくんは「ひでーっ、俺ってとことんサイテーのヤツじゃん」と不満そうだったが、あとでぽつりと「小説の中なら、リュウに一発殴られてたほうがよかったかも……」と言った。センセイが少しだけ意地悪に「小説の中だけでいい？」と訊くと、うつむいて、照れ笑いを浮かべながら首を横に振った。

石段を並んで下りながら、ウエダくんと話をつづけた。

「小説のラストはどうなるの？」

「さあ……」

「決めてるんでしょ、教えてよ」

「決めてなんかないよ。次の手紙が届かないと、俺が勝手に書くわけにはいかないんだ」

ウエダくんはなにか言いかけたが、まあいいや、と口をつぐんだ。

美由紀と巡り会ったゼツメツ少年たちが朝を迎えたところで、小説は止まっている。

「ハッピーエンドになりそう？」

ニシムラくんは心配そうにセンセイの顔を覗き込む。「リュウ、帰ってくる？」黙ったままでいたら、「おじさん、作家でしょ」とにらまれた。「作家は嘘《うそ》をつくのが仕事なんだから、ちゃんと帰らせてよ」

「なに言ってんだよ、小説の中で帰ってきたって意味ないだろ」

ウエダくんは口をとがらせて、「実際に帰ってこないと、悲しいだけじゃん」と石段の端に吹き寄せられた落ち葉を蹴散《けち》らした。

「でも……」

ニシムラくんは目をこすりながら、「嘘でもいいから、リュウに会いたい」と言った。

「会ってどうするんだよ」とウエダくんが怒った声で訊く。

「ごめん、って言う……リュウに助けてもらったのに、みんなと一緒にシカトしてごめん、って言う……」

ニシムラくんは足を止めて、しゃくりあげてしまった。

「ラストシーンに出してあげましょうよ、ニシムラくんを」

白山神社でのやり取りを話すと、リュウのお父さんは迷う間もなく言った。「ウエダくんも出してあげたいなあ、やっぱり」とつづけて、「ストーリーとしては難しいですか？」とセンセイに訊く。

「いえ、それはなんとかなると……」

「気のすむまで謝らせてあげてください。あと、ウエダくんも、一発殴られたほうがすっきりするんだったら、そうしてあげたほうがいいんじゃないかな」

それでも、少し間をおいて、「甘すぎるかな」とつぶやく。センセイは黙って、なにも応《こた》えない。「もうちょっと背負わせますか、後悔を」とお父さんはつづけ、ビールを啜る。センセイは黙ったままだった。

「まあ、どうなるにしても、小説の中だけでも、リュウがこっちに戻ってこなくちゃいけないわけだけど」

お父さんは言った。いままでなら言葉のあとで寂しそうなため息が漏れるところだったが、今夜は、代わりにおだやかな微笑みが浮かぶ。

夏の終わりから背負ってきた重荷を、下ろした。

ビールを冷蔵庫から出す前に教えてくれた。

今日の昼過ぎ、警察から電話がかかってきた。行方不明になった現場から数キロ下流──秋が深まって水かさの減った川の底から、片足だけの長靴が発見されたのだという。

やはり、三人は川に流されたのだ。

「きっと、いまごろは海になってるんです。わかりますか、センセイ。海に流されたんじゃなくて、あの子たちが海になったんですよ。命の源なんですものね、海は。そう考えれば、もう……めでたいとは言わなくても、そんなに、ねえ、めそめそすることもないじゃないか、って……」

ほんとですよ、ほんと、僕は本気でそう思ってるんです、と念を押す。どこまでが本音で、どこから先が強がりなのかはわからない。わからないままにしておけばいいんだ、とも思う。

「踏ん切りがつきました」

だから、とお父さんは仏壇を指差した。亡《な》くなったお母さんの写真立ての隣に、リュウの写真も飾ってある。

「いままでは、リュウをそっちに連れて行かないでくれ、俺のもとに帰してやってくれ、と思って、絶対に写真を並べなかったんです。でも、今日からは逆ですよね。そっちでリュウと仲良くな、リュウはずっとおまえに会いたくて、甘えたかったんだから、抱っこしてやってくれよ、って……」

で、僕はひとりぼっちになったっていうわけです、と自分を指差して、笑う。

センセイがかけるべき言葉は、いくらでもあった。励ます言葉や、慰める言葉は、考えるまでもなく浮かんでくる。だが、センセイはそれをすべて脇に押しやって、言った。

「まだ最後の手紙が届いていません」

ゼツメツ少年たちが、自分たちの物語をどう閉じるのか。それを見届けるまでは、おとなの物語も、まだ終わらない。

お父さんは苦笑交じりのため息をついて、「ちょっと寒いけど、外に出ましょうか」とセンセイをベランダに誘った。二人並んで肌寒い風に吹かれ、ビールを啜りながら暮れなずんだ空を見上げて、お父さんは言った。

「僕はいまでもわからないんです」

「……なにがですか？」

「理屈とか常識では考えられない、ありえない話じゃないですか、あの手紙は」

「ええ……」

「星ヶ丘から投函《とうかん》されてるんですよね」

「消印はぜんぶそうです」

「でも……どこにもいない。スカイハイツでしたっけ、あのマンションにも……」

「もう何カ月もひとの入った形跡はありません」

めちゃくちゃですよね、とお父さんは苦笑して、ビールを啜る。

確かに、理屈では説明できない。事実を組み立てていって真実がかたちづくられるとするなら、これは、まったくのでたらめの物語にすぎない。

だが、「ほんと、めちゃくちゃだなあ」と繰り返すお父さんの口調や表情は、あきれてはいても、責めたり咎《とが》めたりしているわけではなかった。

理屈で説明のつくことだけが真実なら、ひとはなぜ、あんなに夢中になってさまざまな物語に読みふける？　希望を組み立てていってかたちづくられる真実も、きっと、ある。その真実は、現実の世界を救うことはできなくても、いつか、誰かが、現実の世界を愛そうとするときの手助けになるだろう。

「警察はどんなふうに納得してるんですか」とセンセイは訊いた。

「誘拐の線でも捜査を進めているらしいんです。あと、陰謀論めいてるんですが、拉致《らち》されて、監禁されて、手紙は工作員が星ヶ丘から投函してるんじゃないか、とか……」

カルト宗教や、かねがねこの国と緊張した関係にある国家の存在、あるいは猟奇的な性癖を持つ男や女――残念ながら、人間の持つ悪を組み立ててつくりあげる真実のほうが、この世の中ではずっとリアルなのだろう。

「でも、長靴が見つかったわけだから、どうするんでしょうね」とセンセイが訊くと、お父さんは「偽装工作の可能性も捨てきれないそうです」と言った。

なるほど、とセンセイはうなずいて、「私よりずっと作家らしい発想ですね」と苦笑する。

お父さんは困惑気味に笑い返すだけだったが、センセイは、まったくそうだなあ、とあらためて自分の言葉にうなずいた。そういう物語を書く才能があれば、もう少しは派手な人気を得ていたかもしれない。ただし、ゼツメツ少年たちに語り部として選ばれるという光栄に浴することもなかっただろう。

「私は、理屈で説明しようとは思いません。ゼツメツ少年たちから手紙が来る、それを受け取って、私なりの希望を加えて、小説に仕上げていく……それを最後までつづけるだけです」

いいですか？　とお父さんに訊いた。

お父さんは「もちろん」とうなずいて、夜空に向かって献杯のしぐさをした。センセイも同じように、ビールの缶を軽く掲げる。

「最近ね、センセイ、リュウやタケシくんやジュンちゃんのことを思うと、希望の意味が変わってきたなあって気づくんですよ」

「どんなふうに？」

「最初のうちは、あの子たちはまだ生きてるのかもしれないっていう希望でした」

「ええ……」

「でも、ゼツメツ少年の物語に付き合ってると、ほんとうの希望はそうじゃないのかもしれないなって思うんです。あの子たちが生きてきたことや、生まれてきたこと、誰かと出会ったり、誰かと別れたりすること……それにぜんぶ意味があったんだ、あの子たちの人生にはちゃんと大切な意味があったんだって信じられることが、ほんとうの希望なんじゃないかな、って」

お父さんは、明日、現地に向かう。タケシやジュンの両親と一緒に、発見された長靴を受け取る。

「ねえセンセイ、ラストシーンなんですけど、もしワガママ言っていいんだったら、僕はアレでも、せめて女房を出してやってもらえませんか。それはなんとかなるでしょう？　小説の中のできごとなんですから」

センセイは笑ってうなずいて、「同じことをジュンちゃんを亡くなったアンナちゃんの両親からも、このまえ言われました」と打ち明けた。「ジュンちゃんとアンナちゃんと会わせてやってほしい、って。自分たちは会えなくてもいいから、ジュンには会わせたいから、って」

「親って、そういうものですよね、ほんとうに」

「ええ……」

「タケシくんの両親は？　なにかリクエストしてましたか？」

「いや、それは、まだ……」

「あそこはちょっと厄介そうかなあ。ひとんちのことを言うのってアレですけど」

お父さんはからかうように笑ったが、センセイが「なんとかしますよ」と言うと、真顔で「なんとかしてあげてください」と返した。「タケシくんはいいヤツだから、最後の最後にカッコいい見せ場をつくってやりたいじゃないですか」

センセイは黙って、小さくうなずいた。

「それにしても、不思議なものですね」

お父さんはビールの残りを飲み干して、くすぐったそうに首をひねった。

「一人で飲むとなかなか酔いが回らないのに、一緒に話す相手がいるときには、すぐに酔っちゃうのって、なんででしょうね。人間ってのは……ね、やっぱり、寂しがり屋なんでしょうかねえ……」

声が震えた。「僕、一人暮らしですよ……三年前には三人いたんですよ、でも、もうこれからはずっと、一人きりなんですよ……」

お父さんはフェンスに突っ伏して肩や背中を震わせる。

「センセイ、僕もあなたの小説の中の登場人物なんですか？」

センセイはなにも応えず、夜空の星を思いつくままにつないで、でたらめな星座をいくつもつくる。その中には、光だけをのこしてすでにゼツメツしてしまった星も、きっとあるだろう。

センセイの携帯電話が鳴った。出版社の担当編集者からだった。

タケシからの手紙が、いま、手元に届いたという。

最終章　テーチス海の水平線

1

三人は、川べりの道を歩いた。もう陽はとっくに昇りきっている頃なのに、霧は濃いままだった。たちこめる霧が川面《かわも》と空の境い目を白く溶かしてしまって、鉄橋を渡る電車は空を飛んでいるように見えるし、中洲《なかす》から飛び立つ鳥の群れは水の中を泳いでいるようにも見える。

レモンが三つ、まるで黄色い水泳帽をかぶった子どもが並んで遠泳しているみたいに、遠くに浮かんでいる。川に流してからずいぶんたつのに、レモンはこれ以上遠ざかることはなく、空とも川ともつかない白い霧の中で、ふわふわと揺れている。

「美由紀さんのところ、行くんだよね」

ジュンがぽつりと言った。

タケシは「約束したから、しょうがないよな」と気乗りしない声で応《こた》えた。

「わたしたちが一緒にいても、止められないのかな」

「うん……たぶん」

「なにもできない？」

「わかんないけど、できないんじゃないかな」

「だよね……」

言葉と一緒に、交互にため息をつく。リュウは一人だけ取り残された格好になった。

タケシとジュンの様子が、さっきからおかしい。リュウに対して急によそよそしくなったし、リュウの知らないことを二人だけ、いつの間にか、知っているみたいだった。

あきらめ半分の二人のやり取りを、リュウは「そんなことないよ」とさえぎった。

「死んじゃったらぜんぶおしまいじゃん、そんなの絶対にだめだってば」

「わかってるよ」

タケシは早口に、不機嫌そうに言い返す。

「だったら止めようよ。まだ間に合うんでしょ？」

「間に合うとか間に合わないとか、そういう問題じゃないんだって」

今度は舌打ちも交じった。タケシがこんなにそっけない言い方をするのは初めてだった。

逆に、ジュンのほうがリュウを諭すように「気持ちはわかるけどね」と言う。

リュウは口をとがらせて、「美由紀さんに会ったら、俺、言うからね」と宣言した。

「だって、自殺するって知っててほっとくのって、ひきょうじゃん」

タケシはムスッとして、ジュンはうつむいた。

「なんでわかんないんだよ」とタケシはもどかしそうに言って、ジュンはうつむいたまま、タケシに「やめなよ」と言う。

リュウはきょとんとして二人を見比べた。やはり、いままでとは違う。ぷんぷん怒っているタケシは、心の底では悲しさに泣きだしているように見える。逆に、悲しそうな顔のジュンは、じつはなにか、とても大きなものに腹を立てているんじゃないか、という気がした。

リュウは地面に足を踏ん張って、胸をグッと前に出して言った。

「ぼく、美由紀さんのこと、助ける」

だが、タケシは間髪を容《い》れずに「無理だよ」と返す。

「なんで?」

「俺たちには、そんなの、できないんだよ」

「だから、なんで?」

リュウの語気も荒くなった。訝《いぶか》しさが、しだいに腹立たしさに変わってきた。

タケシは目をそらして、「なんでも、だよ」と言った。「小学生のくせに生意気なんだよ、おまえ」

「関係ないじゃん、そんなの」

リュウは怒りを込めて、タケシに詰め寄った。タケシは逃げるように一歩あとずさって、「だったらジュンちゃんに訊《き》いてみろよ」と言う。話を振られたジュンは、あきれはてた顔でタケシを一瞥《いちべつ》してからリュウに向き直って、「変えられないみたいよ」と言った。

「なにが？」

「美由紀さんはやっぱり自殺しちゃう。わたしたちにはどうすることもできないの」

「なんで？」

話は振り出しに戻ってしまう。霧に包まれた川面に浮かぶ三つのレモンのように、どこへも流れていってくれない。タケシとジュンは途方に暮れた顔を見合わせて、二人同時に、深々とため息をついた。

〈センセイ。

お願いします。心からのお願いです。

僕とジュンは、もう知ってしまいました。川に流したレモンを岸辺から見送っているうちに、まるで魔法が解けたように、いままで信じていたなにかがすうっと抜け落ちて、かわりに、いままで忘れていたなにかが自分の中に入ってきました。

　僕たちは、もうテーチス海の底に着いてしまったのですね。泳いでいて力尽きたのか、最初からおぼれて沈んでしまったのかはわかりません。ただ、僕たちはもう陸地には戻れず、テーチス海の水面へ浮かび上がっていくこともできないのですね。

　遠い昔、陸地を追われたパキケタス・アトッキやアンブロケタス・ナタンスなどの原始クジラは、ゼツメツを逃れるためにテーチス海に逃げ込みました。でも、海に入った原始クジラたちがみんな、水中の生活に適応できたわけではありません。それくらい僕にだってわかります。きっと、何千、何万、何十万と海に入った中で、生き延びることができたのは、ほんのわずかだったのでしょう。そのわずかな生き残りが、命を大切に大切に育《はぐく》んで、次の時代につないで、少しずつ水中で自由に生きられるよう体の形や機能を変えていって、子孫を増やしていったのです。

　僕とジュンは、生き延びることができませんでした。

　でも、僕たちは、センセイ、あなたのつくった物語の世界にいます。センセイが僕たちに会わせてくれた小説の登場人物たちのように。

　僕が最初の手紙でお願いしたことを、センセイは果たしてくれたのですね。センセイ、僕たちを物語の中に隠してくれて、どうもありがとうございました。

ひとりぼっちだった僕は、ジュンやリュウという仲間に出会えました。ツカモトさんもナイフさんも、とてもいいひとでした。

ニンゲンが大嫌いだったジュンも、僕やリュウと旅をして、エミさんと出会ったおかげで、少しずつ、ニンゲンと、自分自身とを好きになっていったのだと思います。

ほんとうにありがとうございました。

僕は自分の人生にちょっとだけ自信を持って、どうだ、俺だってがんばって生きてきたんだぞ、と胸を張ってゼツメツします。

自分のことを亡《な》くなったおねえさんの身代わりとしか思えなかったジュンも、自分だけの人生がちゃんとあって、自分が生まれてきた意味もちゃんとあったんだ、とわかったはずです。生まれてきた意味がわからないのにゼツメツするなんて、あまりにもかわいそうではないですか。だから、いま、ジュンは幸せにゼツメツするのでしょう。

でも、リュウは、まだ自分がゼツメツしてしまうことを知りません。あいつは小学生だし、ジュンよりはるかにバカだし、単純だし、素直だし、いいヤツだから、テーチス海をいまもグイグイ力強く泳いでいるんだと信じ込んでいるようです。

最初はそれが腹立たしかったし、ジュンも困っていました。

でも、いま、僕は思うのです。センセイ、お願いです。あいつにほんとうのことを教えないでやってください。信じさせてやってください。

大事なのは想像力です。

僕は何度も手紙に書きました。

そして、想像力とは、希望なのだと思います。

センセイ、ゼツメツする僕たちにも希望をください。リュウは僕たちの希望です。ゼツメツの危機に瀕《ひん》していた少年が、自殺しそうな少女を救いだすなんて、サイコーの希望です。リュウは張り切っています。ニシムラくんをいじめから救いだしたように、美由紀さんを救おうとしています。ニシムラくんのときには、引き替えに自分がいじめの標的になったというのに、まったく反省も進歩もないヤツです。でも、僕は、そういうリュウが大好きなのです。きっと、じつはジュンも(悔しいけど)。

リュウに正義の力を信じさせてやってください。僕たちだって、それを信じてみたいです。想像力とは、夢です。憧《あこが》れです。未来です。そして、そして、そして、やっぱり、希望なのです。

センセイ、僕たちから希望を奪わないでください〉

リュウは悔しそうに足を踏み鳴らして、「なにか言ってよ」とタケシに訴えた。ジュンに向き直って、「なんで黙ってるんだよ」とも言った。

ふう、とジュンは肩の力を抜いて、頬をゆるめた。リュウがつかみかかってくるかもしれない、と身がまえていたタケシも、うん、ま、そうだよな、と緊張を解いた。

「ねえ、リュウ」

ジュンが言った。「いまから、ちょっと難しい話するから、わかんなくても聞いてくれる？」

「……なに？」

「美由紀さんを助けることはできなくても、救うことはできると思うよ」

口をぽかんと開けて、「なにそれ、どっちも同じ意味だろ？」と返したのは、リュウではなくタケシだった。

やれやれ、とジュンは苦笑してつづけた。

「辞書をひいたら同じ意味になってるかもしれないけど、わたしにとっては違うの。で、その違いが、いまはすごーく大事なの」

いや、でもさ……と言いかけたタケシを「ちょっと黙ってて」と制して、ジュンはまっすぐにリュウを見つめた。

「わたしは昨日、エミさんに助けてもらったわけじゃないの。べつにあのひとがなにかをしてくれたわけでもないし、あのひとに会ったあと、なにかが変わったわけでもないから」

「うん……」

「でも、エミさんに会って、楽になった。いろんなことが、ちょっとだけ、楽になった。わたしはエミさんに救ってもらったんだと思うの」

タケシが横から「あ、それ、ツカモトさんと俺も同じかもしれない」と言った。今度はジュンも「黙ってて」とは言わなかった。

助ける——。

救う——。

リュウにはまだピンと来ない。なにも変わらないんだったら意味がないじゃないか、とも思う。

だが、ジュンはかまわず言った。

「美由紀さんの自殺する原因を取り除くことができたら、助けられるよ。でも、それは無理っていうか、もう間に合わないと思う。だったら、問題は解決できなくても、いまの美由紀さんを楽にしてあげるしかないでしょ」

「……どんなふうに？」

「わたしを見てればわかるでしょ？　生まれてきたことには意味があるんだ、って思わせてあげてよ」

タケシがまた横から、「俺を見てたらわかるだろ？　こっちだってがんばって生きてるんだぞ、生きてることをなめんなよ、って思わせてやればいいんだよ」と、腕にしょぼい力こぶをつくって言った。

「そうすればね」とジュンが言う。

「楽になれるんだよ」とタケシが言う。

「ビルの階段を登る途中で引き返すかもしれないよね」

「フェンスをよじ登ろうと思っても、楽になりすぎて腕に力が入らなくなるかもな」

「とりあえず今日は死ぬのをやめよう、って思うかもしれないし」

「で、明日になったらまた、明日でいいか、って一日延ばすかもしれないしな」

「それをずーっとつづけていけばいいの」

「俺、思うんだけど、いじめとか、いつかは終わるんだよ。生まれてからいじめられっぱなしだった俺が言うんだから間違いない」

「自分が生まれてきた意味や、生きてる意味って、絶対にある。わたしにだってあったんだから、美由紀さんにないはずないじゃん」

二人が交互に口にする言葉に気《け》おされたように、リュウは「ちょっと待ってよ」とあとずさった。「いまの話、タケシくんとジュンが自分で美由紀さんに言えばいいじゃん」

タケシは、そうだよな、とうなずいて、「でも、俺たちじゃ無理なんだ」と寂しそうに笑った。

ジュンも「リュウにしかできないの、美由紀さんを救うのは」と、タケシよりもっと寂しそうな微笑《ほほえ》みを浮かべた。

「がんばれ、リュウ」

「そう、がんばって、リュウ」

行こう、とタケシはリュウの肩を抱いて歩きだした。

ジュンが遊歩道の先を指差すと、それを合図にしたように、霧がほんの少し晴れた。一本道のずっと遠くに、美由紀の姿が見える。ゆうべと同じトートバッグを肩から提げて遊歩道にたたずみ、三人には気づかずに岸辺のほうを眺めていた。

「ここで待ち合わせだったっけ?」

リュウは首をかしげ、「っていうか、何時にどこで会うのか決めてなかったよね」とつづけた。

「約束なんてする必要ないんだ、もう」とタケシが言う。

「なんで?」

「リュウ、わかんないの? わたしたち、もうテーチス海の中にいるんだよ」とジュンが言う。

「じゃあ、俺たち、ゼツメツせずにすんだの?」

声をはずませたリュウに、タケシはちょっと困った顔で笑って、「おまえは元気に泳いでるよ」と言った。

〈センセイが一人で来てください〉と書いてあった手紙に従って、センセイは星ヶ丘ニュータウン駅に向かった。妻に話すつもりは最初からなかった。期待させてはいけない。失望を味わわせたくもない。すべてはもう終わったことだ。それくらいの分別はセンセイにもある。

ただ、〈知ってください〉とタケシは言う。〈美由紀さんが最後の一日をどんなふうに過ごしたのか、センセイに知ってほしいのです〉

その横に〈知らないとだめだと思います。リュウより〉とつづいていた。〈美由紀さんもお父さんに知ってほしいんだと思います。ジュンより〉ともある。そして、タケシは〈最後の手紙は、僕とリュウとジュンの三人で順番に書きます〉と書いていた。〈僕たちそれぞれの、最後の旅です〉

駅に着いた。探すまでもなかった。手紙にあったとおり、自動改札機の上に、レモンが一つ、ぽつんと置いてあった。

平日の朝だ。午前七時。すでに駅は通勤や通学の客で混み合っているのに、誰もレモンには目をとめない。センセイにしか見えていないのかもしれない。だが、レモンはずいぶん前からここにあったように改札の風景に馴染《なじ》んでいた。美由紀が亡くなってから五年――ずっとここでセンセイに見つけられるのを待っていたのだろうか。

改札を抜けるひとの流れが途切れるのを待って、レモンを手に取った。ひんやりとして、意外と持ち重りがする。顔に近づけると酸《す》っぱい香りが鼻を刺した。間違いない。これはほんもののレモンだ。

〈センセイのレモンです。どうぞ、持っていてください〉

ジャケットのポケットに入れた。家を出る前に読んだ手紙の文面を思いだしているというより、センセイ自身が手紙の中に入り込んでしまって、タケシの声を聞きながら行動しているような感覚だった。

〈自動改札は切符なしでも勝手に開きます〉

改札を抜けた瞬間、音が消えた。駅の雑踏はそのままでも、まわりのひとたちとの間に透き通った壁ができた。センセイとひとびとは同じ風景の中にいても交じり合うことはない。レイヤーを重ねた画像のようなものだ。

センセイは現実のレイヤーから、いま、別のレイヤーに移った。ゼツメツ少年たちはそこにいる。センセイが描いてきた物語の住人たちと一緒に、現実と重なり合っていても交じり合うことのない世界で、終わりのない旅をつづけている。

〈上りのホームに降りてください〉

階段の途中で、幼い女の子を連れたお母さんとすれ違った。お母さんは女の子の手を引いて、拍子をとるように軽く振りながら、歌っていた。女の子の名前は、マユミちゃんというらしい。「マユミが好き、好き、好き……」とお母さんが歌う。なにをやらせてもまわりとずれてしまうマユミちゃんを励ます歌だった。そんな物語を、センセイは以前書いたことがある。

初老の男性数人ともすれ違った。誰もネクタイをしていない。ジャケットにノーネクタイのいでたちが落ち着かないのか、それとも通勤ラッシュの時分にのんびり歩いている定年暮らしに居心地の悪さを感じているのか。そんな彼らの物語も、確かに、センセイは書いたのだ。

〈ホームに着いたら、階段からすぐのところにあるベンチに座って待っていてください〉

ベンチには先客が二人いた。一人は、もっさりした風貌《ふうぼう》の中年男だった。文庫本の草《くさ》野心平《のしんぺい》詩集を読んでいた。もう一人は野球帽を目深《まぶか》にかぶった少年だった。二人ともセンセイに気づくと、黙って、真ん中の席を空けてくれた。うまくしゃべれない二人だ。言葉がつっかえてしまう。

ありがとう、とセンセイはそこに座る。ひさしぶりだな、と中年男を見て、元気だったかい、と少年の野球帽のツバを少しだけ持ち上げてやった。古い友だちみたいなものだ。二人の物語は、センセイ自身にとって、特に大切で愛《いと》おしい。

草野心平の好きな男を、センセイは物語の中で中学校の教師にした。少年を主人公にしたのは、うまくしゃべれないから、ほんとうにたいせつなことしか生徒に話さない教師だ。ほんとうにたいせつなことは物語では、うまくしゃべれなくても、素直になれなくても、ほんとうにたいせつなことはちゃんと伝わるんだよ、と繰り返した。だが、「ほんとうにたいせつなこと」の中身は、じつを言うとセンセイにはいまもわからないままなのだ。五年前に、美由紀がそれをわが家から持ち去ってしまったのだと思う。

うまくしゃべれない少年は、また帽子を目深にかぶり直し、うまくしゃべれない教師は、草野心平詩集をまた一ページめくった。

センセイは二人に挟まれて、ホームの屋根の先に広がる朝の空をぼんやりと見上げた。

「なあ……」

空から目を動かさずに、少年に声をかけた。

「ここがテーチス海なのかな」

うまくしゃべれない少年は、うまくしゃべれないから、黙っていた。

センセイは同じように空を見上げたまま、教師に声をかけた。

「テーチス海の底に沈んでたのは、俺だったのかな」

うまくしゃべれない教師は、うまくしゃべれないから、草野心平詩集をめくるだけだった。

センセイも黙ってレモンをポケットから取りだして、香りを嗅《か》いだ。酸っぱさが、鼻よりもむしろ目にしみた。

〈準備はすべて整いました。さあ、行きましょう〉

電車が来た。ほかの車両はぎゅうぎゅうに混み合っていたが、センセイの座るベンチの真ん前に停まった車両だけはがら空きだった。

じゃあな、とセンセイはうまくしゃべれない少年の野球帽のツバをまた少し持ち上げてやってから、立ち上がる。元気でな、とうまくしゃべれない教師の肩をポンと叩《たた》いて、電車に乗り込んだ。

ロングシートに座っていた乗客は一人だけだった。

「どーも」

半袖《はんそで》のスウェットパーカーにキュロット姿の少女が、面倒くさそうなしぐさで会釈《えしゃく》をした。

「ジュンか？」

「そう」

うなずいて、「これを置きに行くの」と、斜めに肩に掛けたメッセンジャーバッグからレモンを取り出した。

「どこに？」

「決まってるでしょ」

そっけなく言って、レモンを窓枠に置いた。なるほど、これならタケシやリュウは尻《しり》に敷かれっぱなしだろうな。思わずクスッと笑って隣に座ると、「付き合ってくれるんでしょ」と、もっとそっけなく言った。「まあ、わたしはどっちでもいいけどね、一緒に来たいんなら来れば？」

センセイに背を向ける格好で窓枠に頬杖《ほおづえ》をついて、外の景色を見つめる。細めに開けた窓から流れ込む風が、髪を揺らす。

「お父さんとお母さんに会ったら、なんて言うんだ？」

「とりあえず、ただいま、かな」

「それから？」

「……さよなら」

窓枠のレモンは電車の振動に合わせて小刻みに揺れながら、危なっかしいバランスを保って、落っこちずにいる。

「センセイ」

「うん？」

「楽しかったよ」

「そうか……」

「タケちゃんもリュウも、バカだったけど」

「でも、いいヤツらだっただろ?」

「選択の余地のないチームだったからね、比べる相手もいないし」

あいかわらずひねくれたことを言う。

それでも——。

「あの二人に会えて、よかった」

ぽつりと言ってくれた。

〈美由紀さんは、河原でわたしたちにまたレモンを一つずつ手渡してくれました。どこに置いてほしいとも、どこに置けばいいとも言われませんでした。

でも、わたしもタケちゃんも、置く場所は、最初から決めていました。というより、決まっていた、のほうが正確かもしれません。美由紀さんも、説明しなくてもいいよね、という表情をしていました。

わかっていなかったのはリュウだけでした。「え? なに、これ、どうするの?」とあせって、一人でさっさと歩きだした美由紀さんを追いかけて走って行きました。

それが、いまのところ、リュウとのお別れの場面です。

タケちゃんはもっとしっかりと「さよなら」を言いたそうでしたが、わたしが足を踏んで止めました。ほんとうにタケちゃんというひとは、自分の立場というか、リュウの使命というか、大切なものごとをケロッと忘れてしまうひとなのです。

それに、わたしはひそかに信じています。リュウとは、これでお別れになるんじゃない。まだ会える。もう一度会える。美由紀さんを救ったリュウが意気ヨウヨウと戻ってくるのを、タケちゃんと二人で迎えてあげる——という場面が、不思議なほどはっきりと浮かんでいるのです。

センセイ。

タケちゃんは、想像力は希望なんだと書いたようですね。

わたしは、想像力とは、信じることなんだと思っています。『走れメロス』のセリヌンティウスがメロスの帰還を最後まで信じ抜いたように、わたしもリュウを信じます。美由紀さんが自殺を思いとどまってくれるのも信じています。

そして、わたしの両親は、わたしが生まれたことを、アンナのためではなく、両親自身のためでもなく、わたしのために喜んでくれていた頃もあったんだ、と信じようと思っています。

タケちゃんとは、河原の道を途中まで一緒に歩いていましたが、気がつくとはぐれていました。あのひとはほんとうに間抜けだから、ぼーっとして歩いているうちに足を滑らせて、土手から落っこちてしまった、ということも大いにありうると思います。でも、わたしは幼い頃タケちゃんに救われたのです。タケちゃんが『なかよし公園』で言ってくれた一言が、わたしを救ってくれたのです。タケちゃんに「あのときはありがとう」と言っておけばよかった。いま、後悔しています。今度会ったら言います。絶対に言います。そのためにも、タケちゃんともまた会えるんだと信じています。

　想像力は、約束です。信じているから、約束ができるのです。センセイ、約束してください。わたしたちはもう一度会えるんだと、わたしと約束してください。

　信じています〉

　電車は駅に近づいてスピードをゆるめはじめた。ジュンは窓枠の上から最後まで落ちなかったレモンを手に取って、お守りのように両手で、胸の前で握り込んだ。

「……だいじょうぶだよ」

　センセイは言った。信じろよ、と笑ってやった。

　ジュンが暮らしてきた時間の止まった部屋は、いまもまだ時計がどこにもないのだろうか。カレンダーはあの頃のままめくられていないのだろうか。

　わからない。それでも、信じる。

　電車が停まる。ドアが開く。

「心配しなくていいよ」

先に立ち上がったセンセイが念を押して言うと、ジュンは「よけいなお世話」とそっけなく返し、センセイを追い越して先にホームに降りた。

3

〈ぼくはとほうにくれていました。正直に言って、ヤバいなあ、どうしよう、と思いながら、美由紀さんを追いかけていったのです。途中で振り返ると、タケシくんもジュンもいませんでした。どうしたんだろうと思って、しばらく待っていましたが、二人はちっとも追いかけてきません。美由紀さんもどんどん遠ざかっていきます。

しかたなく、美由紀さんのほうを選びました。美由紀さんを救えるのはぼくしかいない、とタケシくんにもジュンにも言われたのだから、その期待にこたえなければいけない、と思ったのです。それに、どんなに待っていても二人はもうここには戻ってこないんだ、となんとなくわかっていたから。

もらったレモンを片手に持ったままダッシュして、美由紀さんに追いつきました。美由紀さんも最初はぼく一人しか来なかったのを不思議がる顔をしていましたが、すぐに、ははーん、と笑って、「行こうか」とぼくに言いました。

「どこに？」ときこうとしたら、まるでシンデレラに出てきたカボチャの馬車の魔法のように、霧の中から自転車が出てきました。

「ここにとめてたの？」

質問しても美由紀さんは答えてくれません。そのかわり、トートバッグを前カゴに入れてサドルにまたがると、「後ろに乗りなよ」と言ってくれました。

二人乗りです。学校では禁止されているのでヤバいかなあと思っていたら、美由紀さんは「平気よ」と笑って、「乗らないんだったら行っちゃうよ」とペダルをふみこむ体勢をとりました。

ぼくはあわてて荷台に乗りました。「落ちないようにしっかりつかまってて」と言われたけど、レモンがあるので両手で荷台をつかむことができません。どうしようかと思っていたら、美由紀さんは「片手でだいじょうぶ」と言いました。「レモンはずっと持ってなきゃだめだよ」

「ポケットに入れてもだめ？」

「手に持ってなさい」

そんなわけで、ぼくは右手で荷台をつかみ、左手にレモンを持って、背中にはリュックサックを背負ったヘンなカッコで自転車に乗ったのです。

霧はいっそう濃くなって、道路がどこまでの幅なのかわかりません。道の先のほうも霧で隠れています。ガードレールのない道なので、土手から河原に落っこちたら大変です。でも、美由紀さんはペダルを勢いよくふんで、一気に回して、自転車がびっくりするぐらいのスピードに乗ったところで、ハンドルをグイッと持ち上げました。

すると、センセイ、びっくりしないでください。ぼくたちは飛んだのです。自転車が空を飛んだのです。

すげーっ、とびっくりするぼくに、美由紀さんは「レモン落とさないで」と言いました。「落としちゃったら、帰れなくなるよ」

「ウチに？」

「あんたが帰らなきゃいけない場所に」

「じゃあ、ウチじゃん」

「しゃべってたら、ほんとにレモン落としちゃうよ」

自転車はどんどん空高く上っていきました。それにつれて霧もどんどん晴れてきて、ふと下を見ると星ヶ丘の町なみが広がっていました。

美由紀さんが言ったとおり、右手だけで体を支えていても、不思議と荷台から落ちそうな気はしませんでした。むしろレモンのほうが心配で、手でにぎっているだけでは不安なので、胸にギュッと押しつけていました。

「なんで自転車なのに空を飛べるの？」

「ひとは空を飛びたいから」

「はあ？」

「ねえ、伝言してくれる？」

「だれに？」

「リュウが手紙を書く相手のひとに……飛び降り自殺だったんだよ、って」

なにがなんだかワケがわかりません。

ぼくはだまって、美由紀さんの言葉を聞くしかありませんでした。まちがいなく伝言するために、しっかり聞きました。

「自殺にもいろんな方法があるけど、飛び降り自殺を選ぶひとって、なんかね、死を選ぶぐらいだから疲れはててるんだけど、それでもね、最後の最後にね、いっしゅんだけ、空を飛びたかったんじゃないかな、って。きせきが起きて、ほんとに信じられない、ありえないきせきが起きて、空を飛べたら、もう一回リセットして生きてみようか、って……そんなこと考えて、むいしきかもしれないけど思ってて、飛び降りたんじゃないかな、って」

「それを手紙に書けばいいの？」

「そう」

だからぼくは、いま、正しく伝言しました。

美由紀さんがペダルをこぐのをやめても自転車は落ちません。グライダーのように風にすうっと乗って、ゆっくり、ゆっくりと、星ヶ丘の町に降りていったのです〉

＊

玄関のチャイムを押すと、ジュンの母親はインターホンでのやり取りもそこそこに、勢い込んでドアを開けた。

「なにか連絡ありましたか？」

センセイが首を小さく横に振って「いい報告ができなくてすみません」と言うと、母親は逆に恐縮して、一瞬浮かんだ落胆の表情をつくり笑いで紛らせた。

「だめですね、なかなか割り切れなくて」

「……しかたないですよ」

「昨日もね、知り合いが霊能者を紹介するって言ってきてくれて、お断りするのが大変だったんですよ」

行方不明者の居場所を言い当てることで有名な人物らしい。

「ゆうべも夢を見たんです」と母親は言った。

「ジュンちゃんの？」

「ええ」とうなずいて浮かべた微笑みは、つくり笑いではなかった。

「二人で遊んでるんですよ」

「ジュンちゃんと……」

「アンナ」

そんなことってあると思いますか、と母親は言った。小説家のセンセイでも思いつかないでしょ、とまた笑った。

「歳《とし》がひっくり返ってるんです。アンナは三歳のままで、ジュンは小学五年生で、アンナと遊んであげてるの。そんなの、いままで想像したこともなかったのに、なつかしいんですよ、すごく」

昔もこんな光景を目にしていた気がする。現実には決してありえないはずなのに、夢の中でそれを見ているときは、むしょうになつかしかった。母親は夢の余韻を楽しむように何度もうなずきながら言って、「だから」とつづけた。「目が覚めたときは、顔が涙でびしょびしょでした」

わたし――。

ジュンの声がセンセイの背中で聞こえた。

わたし、知ってるよ、大きくなったアンナのこと――。

ゆうべ夢で見たのだ。

わたしと同じ小学五年生ぐらいのアンナ――。

わたしのほうが美人だったけどね、とジュンは笑った。

母親は「ごめんなさい、自分の話ばっかりしちゃって」と目尻にうっすらと溜《た》まった涙を指で拭《ぬぐ》い、「それで、今日は……？」と訊いてきた。

「近くまで来たのでごあいさつだけでも、と思いまして」

門前払いも覚悟していたが、母親はひと恋しさもあるのか、「じゃあ、お茶でもいかがですか」と言ってくれた。「主人もおりますから」

背後で、ジュンが身をこわばらせる気配がした。

「今日は……会社は？」

「ここのところ、ずっと休んでるんです」

「体の具合でも悪いんですか？」

「ジュンのことで八月はずっと大変だったでしょう？　その疲れがいまになって出てきちゃったみたいなんです」

体と心の、と母親は付け加えた。

家に上がった。ジュンにとってはひさしぶりの帰宅ということになる。どこにも居場所がなかったとしても、やはり、ここはジュンのわが家だ。

母親は「主人をすぐに呼んできますね」と言って、視線を階段の上に向けた。二階にいる。時間の止まってしまった真っ白なあの部屋で、いつものロッキングチェアに腰かけて、ぼんやりと虚空《こくう》を見つめているのだろうか。

「私が二階に上がってもいいですか」とセンセイは言った。

「でも……」

母親は困惑した表情になったが、迷いを断ち切るようにうなずき、「すぐにお茶を持って行きますね」とキッチンへ向かった。

センセイは一人で階段を上っていった。

途中で背中に貼《は》りついていた気配が消えた。

教えてあげてくる――。

なにを？

アンナは向こうの世界で元気に大きくなってたよ、ってお母さんに教えてあげる――。

行ってこい。

指図とか命令とか、しないで――。

最後の最後まで、そっけなく、怒りっぽく、素直になれない子だった。

ほっといて――。

聞こえていたか。

時間の止まった部屋に入ると、予想どおり父親はロッキングチェアに座って「おひさしぶりです」とセンセイを迎え、「あなたに会いたかったんですよ」と言った。「会って、訊きたいことがあった」

「なんでしょうか」

「亡くなったひとにもう一度会えることって、あると思いますか」

唐突な問いかけだったが、不思議なほど戸惑わなかった。むしろ、センセイ自身がその言葉をずっと待っていたような気がした。

「小説を書くようなひとは、想像力が豊かでしょう。亡くなったひとにもう一度会えるような奇跡、あなたは信じてるんじゃないかなあ、と思って」

センセイは少し間をおいて、「じつは、ちょっとだけ信じてます」と言った。

「そうですか……」

喜んでいるのかどうか、表情や声からはわからなかった。

「でも、それが決して起きないことも、わかってるんです」とセンセイは言った。

「あきらめてるんですか？」

「というより、受け容《い》れてるんでしょうね。奇跡なんか起きないのが現実で、人間は、現実の中でしか生きられない」

「そこまでわかってるのに、奇跡を信じるんですか？」

聞き咎《とが》めているのかどうかも、わからない。センセイはうなずいて、「だから小説を書いてるんですよ」と言った。

「小説の中でなら奇跡はいくらでも起こせるっていうことですか？」

「そうじゃないんです」

奇跡を起こすためではなく、現実では決して起きない奇跡を信じるために、ひとは神話の時代から物語を語りつづけてきたのではないか。現実にはありえない荒唐無稽《こうとうむけい》の話や、できすぎのような人情譚《にんじょうたん》を、ひとは、それでもそんなことがあるかもしれないと信じ、あってほしくないと恐れたり、あってくれたらいいと祈ったりしながら、愛してきたのではないか。

父親は黙ってセンセイの話を聞いてくれた。いつもと同じ時間の止まった部屋の中で、虚空を見つめる父親のまなざしは、いつもとは違って、きちんと焦点が合っていた。

話が終わると、父親はまっすぐにセンセイを見つめ、微笑んで、言った。

「生き返る奇跡はさすがに信じられなくても、もう一度だけ会える奇跡ぐらいは……信じていいかな、僕も」

もちろん、とセンセイはうなずいた。

「信じていいんだよな……」

父親はロッキングチェアに深く座り直し、椅子《いす》を軽く揺らしながら、微笑んだまま、目をつむった。閉じたまぶたから、光のかけらのような涙のしずくが頬を伝って、落ちた。

そのときだった。

階下から、カップが床に落ちて割れる音が聞こえた。母親の甲高い泣き声も響いた。

ジュン——。

ジュン——。

ジュン——。

父親ははじかれたように腰を浮かせ、口をわななかせながら階段を駆け下りていった。

たったいままで父親が座っていた椅子の座面には、レモンが一つ、置いてあった。

さよなら、ジュン。

センセイは一人で、外に出た。さっきジュンと歩いてきた道を逆に向かって歩きだした。

最初の角に出たところで、並んで歩く相棒が現れた。ひょろりと背の高い中学生だった。

「センセイ、どーも……」

タケシは首を縮めるように会釈をして、「次は僕の番です」と、手に持っていたレモンを真上に放って、受け止めた。

「兄貴に会えるといいなあ、最後に」

＊

〈ぼくたちの自転車は、いつのまにかビルの屋上に着陸していました。

こんなところに自転車で降りても困るじゃないかとぼくは思いましたが、美由紀さんは最初からねらいどおりという様子で、「はい、着いたよ、降りて」と言いました。

ぼくとしてはもっと空を飛んでいたかったけど、しかたなく荷台から降りました。トートバッグを肩にかけてフェンスに向かう美由紀さんを追いかけて、ぼくも歩きだしました。何歩か進んで、ふと後ろを振り向くと、自転車はどこにもありませんでした。しかも、空の色は、まるでとんでもなく大きなモニターで映像を早送りするみたいに、あっという間に夕焼けの色になってしまったのです。

なんだか、もう、ちょっと、すごいことになっています。

センセイ、ぼくはどうなってしまったのですか？　ぼくはいま、どんな世界に来てしまったのですか？　今朝、霧に包まれたときから、どうもヘンです。タケシくんやジュンはどこに行ってしまったのですか？

早くウチに帰りたいです。イエデクジラの一泊二日の旅もおもしろかったけど、お父さんに早く会いたいです。ウチに帰ると、ウエダやニシムラたちのこととか、いろいろ問題もあるけど、やっぱり帰りたいし、なんとなく、あいつらと仲直りできるかどうかはわからないけど、ぼくはいままでより強くなったんじゃないか、という気もしています。

だから、センセイ、早くぼくをウチに帰らせてください。美由紀さんを救ったら帰れるんですよね？　でも、「救う」というのは、いったいどういうことなんですか？

美由紀さんはフェンスまで来るとこっちを振り向き、トートバッグの中からレモンを取り出しました。

「リュウは知らないと思うけど、朝からずっと、あっちこっちにレモンを置いてきたの」

「昨日もそうしてたんだよね？」

「そう、もう何日も」

「なんで？」

その質問は無視されてしまいました。ゆうべスカイハイツで会ったときにはわりと優しそうなおねえさんだと思っていたのに、今日の美由紀さんはヘンです。そっけないというか、冷たいというか、しかも、ジュンやエミさんとは違う種類のような気がします。怖いのです。背筋がぞくっとするような怖さです。それは、美由紀さんが、今日死んでしまうからなのでしょうか？

「学校にも置いたし、コンビニにも置いたし、小学校にも置いてきたし、図書館にも置いてきたし……思い出の場所ぜんぶに置いてきた」

「なんで？」

また、答えてもらえませんでした。

「でも、これが最後の一個」

美由紀さんはレモンの香りを気持ちよさそうにかいで、フェンスの上にそっと置きました。

「ここが、わたしが最後にいる場所」

胸がドキドキして、息が詰まりそうになってしまいました。怖くて怖くて、泣きそうでした。

美由紀さんは、この屋上から飛び降りて自殺するのです。いまから、ぼくの目の前で。

なんで？　なんで？　なんで？

もう声が出ません。

やめて、やめて、やめて、そんなのやめて……とさけびたいのに、なにも言えません。

美由紀さんを救うなんてできない。その前に、ぼくを助けて！　センセイ！　お願いです、センセイ！　誰かを呼んできてください！　お父さんに会いたい。お父さんがいれば、どんなときでも怖くない。お父さん、早く助けに来て！〉

＊

「兄貴と『なかよし公園』で会いたいな」とタケシは言った。小学生時代のタケシがまだ幼いジュンと偶然出会った、あの公園だ。

「ああいう子どもっぽい場所で会ったほうがいいよ、兄貴とは」

「でも、今日は平日だぞ」

しかもまだ朝のうちだ、とセンセイが言うと、「うん……でも、いることにしようよ」と顔を覗《のぞ》き込んでくる。「それくらいできるでしょ、作者の力で」

タケシの歩き方は、センセイが物語で描いたとおり、ふわふわと頼りない。まるで足踏みをしているみたいに、足の動きと体の進み具合が釣り合わず、なかなか前に進まない。おまけに街並みを落ち着きなく見回しながらなので、こちらがよほどゆっくり歩かないと、すぐに距離が空いてしまう。

さえない少年だとは思っていたし、物語の中でもそういうふうに描いてきた。だが、ほんとうに歩くことにまで不器用なヤツだとは、さすがに想像していなかった。

「なあ、もうちょっと早く歩かないか？」

振り向いて声をかけると、タケシは「センセイが早すぎるんだよ」と笑った。「そんなに俺とさっさと別れたいの？」

そこまでは冗談の口調だったが、タケシは笑顔のまま足を停め、「俺たちの話、そろそろ終わっちゃうんだよね」と、つぶやくように言った。

「……ああ」

「じゃあ、やっぱりゆっくり歩かせてよ」

左右を見回し、秋の空を見上げて、「それなりに思い出もたくさんあるんだしさ」と言う。息を大きく吸い込み、肩の力を抜きながら吐き出して、センセイをあらためて見つめた。

ほんの一言二言の話をしただけなのに、タケシの表情はさっきまでよりおとなびた。まなざしも深くなった。すべてを見透かして、受け容れて、「センセイ、ありがとう」と言ってくれた。

違うよ、お礼を言いたいのはこっちのほうだよ、と言いかけたセンセイを制して、「楽しかったんだ、すごく」とつづけた。

「イエデクジラの旅、面白そうだったな」

「冒険の旅もよかったけど、やっぱり、友だちができたのがサイコーだった」

「ジュンも同じこと言ってたよ」

照れくさそうな顔になって、「イヤミなんじゃないの？」と首をかしげる。そのくせ、センセイが「そうかもな」と言うと、ムッとして「あいつはかわいげのないヤツだけど、そういうことでイヤミは言わないよ、絶対」と口をとがらせる——そんなタケシが、センセイは好きだった。

「リュウも同じだよ。友だちができたのがいちばんよかった、って言うよ」

「そう？　でも、ほら、あいつって学校で人気者だったたんでしょ？」

「イエデクジラの仲間は特別だよ」

今度は、えへへっ、と素直に照れ笑いを浮かべる——そんなタケシを、センセイはこれからもずっと好きでいるだろう。

「センセイはどうなの？　俺たちの話のどこがいちばん好きなの？」

少し考えて、「ぜんぶ」と答えた。

タケシは「それはそうだよね、作者なんだもんね」と一人で納得してうなずく。「じゃあ、これって、わりと自信作？」

「そういう意味じゃないんだ」

「謙遜《けんそん》しなくてもいいじゃん」

「違うって……」

言葉を探したが、その前にタケシはさっさと話を先に進めてしまった。

「俺たちも、ツカモトさんやエミさんみたいに、またセンセイと会えるかな、会えるよね、だいじょうぶだよね」

自分の質問に自分で勝手に答えを出し、やったね、ラッキー、と小さくガッツポーズをつくる。最後の最後まで、ちょっとずれたマイペースをくずさないヤツだった。

やれやれ、と歩きだすセンセイにタケシは小走りになって追いつくと、「もう一つだけ訊《き》いていい？」と言った。

「俺と兄貴がもうすぐ会うでしょ。俺、兄貴にどんなことを言うの？」

さあな、とセンセイは苦笑する。

「だって作者でしょ」

「自分のことは自分で決めろ」

タケシは「無責任だなあ」と笑った。

「恨んでたか？　トオルくんのこと」

「恨んでるっていうのとは、ちょっと違うかな……ムカつくし、悲しかったけど、好きか嫌いかっていったら……どうなんだろ」

「わかるよ」

センセイがうなずくと、逆にタケシは不服そうに「でもね、マジ、マジ、イヤなヤツなんだよ、兄貴って」とまくしたてる。「リュウが兄貴と会ったら絶対に、なにこいつサイテー、って怒ると思うし、ジュンだったら、ピンタ一発張っちゃうかもしれないんだから」

「タケシだったら？」

「俺？」

「トオルくんに会ったら、ビンタですむか？」

タケシは虚を衝《つ》かれたように一瞬言葉をなくし、ちぇっ、と悔しそうに笑って、「兄貴とセンセイって性格似てるよ」と言った。

「会いに行く相手、ほんとうにお父さんやお母さんじゃなくてトオルくんでいいのか？」

「親父《おやじ》やおふくろは、兄貴がいればだいじょうぶだから」

センセイが口を挟む間を与えず、「でもさ」とつづける。

「兄貴は、俺がいなきゃ兄貴になれないんだもん」

自分の言葉に自分で照れて、体をくねくねさせながら、さらにつづける。

「兄貴のこと、俺、甘やかしてる？」

「そんなことないさ」

「でも、まあ、兄貴のおかげでリュウやジュンと冒険できたし、いろんなひとにも会えたし……なんか、俺、自分のこと好きになれたっていうか、生まれてきてやっぱりよかったなっていうか……でもやっぱりムカつくんだけど、兄貴のせいでキツいことが死ぬほどたくさんあったし……あ、死んでるか、もう……」

「ストップ」

「え？」

「あとは直接本人に言えばいいんだ」

軽く背中を叩いてやると、タケシは大げさに痛がって、「簡単に言うけどさあ、そこが難しいんだってば」と顔をしかめる。

そうかもしれない。それでも、言わなければならない。二人はもう『なかよし公園』の前まで来てしまった。トオルはベンチにぽつんと座っている。

センセイは立ち止まってタケシを見送った。気づかずに何歩か先に進んだタケシは、あわてて振り向いて、「センセイ、来てよ」としょぼくれた顔で言う。

「がんばれ、おまえの見せ場なんだから」

「……俺、べつに見せ場なくてもいいけど」

「ほら、いいから」

「俺、兄貴をぶん殴っちゃうかも。それでもいいの？」

ああ、とセンセイは笑ってうなずいた。「思いっきり、ガツーンとやっちゃえ」

タケシはまた一人で歩きだして、すぐにまた立ち止まり、センセイを振り向いた。

「作者のいちばん身勝手なところ、俺、わかっちゃった」

「なんだ？」

「物語を終わらせる、ってこと」

クイズの難問に正解を出したときのように、どう、すごいでしょ、と得意そうな顔になる。

胸がうずく。終わらせてるわけじゃないよ、物語を作者が手放すだけなんだ――言い訳にしかならないのはわかっているから、代わりに訊いた。

「まだ終わりたくないか？」

タケシはなにも答えずにセンセイに背を向け、さっきより足早に歩きだした。

トオルは今日も学校を休んだ。

朝はいつもどおりに家を出て、駅まではなんとか、自分を必死に奮い立たせてたどり着いた。だが、改札の手前で足がすくむ。みぞおちがムカムカしてきて、吐き気をこらえていると割れるような頭痛に襲われてしまう。それでいて、学校に行くのをあきらめて踵《きびす》を返し、駅舎の外に出たら、吐き気も頭痛も少しずつ治まって、『なかよし公園』に来ると嘘《うそ》のように消えうせるのだ。

二学期に入ってから、そういう日が増えた。ここのところは毎日だった。

両親は「夏の疲れが出てるんだ」「今年の夏はタケシのことで、ほんとうに大変だったものね」と言う。両親はどんなときにもトオルの味方をしてくれる。行方不明になってしまった弟と、弟が行方不明になったせいで心労が重なって体調を崩した兄――「生きてるほうの子を心配するに決まってるでしょう」「あたりまえじゃないか、まったくタケシのヤツ、どこまで迷惑をかければ気がすむんだ」と両親に真顔で言われたら、どうしよう。ほんとうに言いそうだから、正直、少し怖くなる。

それでも、いままでと変わらずタケシを疎《うと》んじて、だめな子として扱いつづけることで、両親はなにかを信じようとして、なにかを受け容れるのを懸命に拒んでいるのかもしれない。

川底から長靴が見つかったあとも、両親は捜索願いを取り下げていない。「いつまでも宙ぶらりんだと成仏《じょうぶつ》できずに、かえってかわいそうだから」と、年内にはケジメをつけてお葬式をあげるべきだと言う親戚《しんせき》もいるが、両親は聞く耳を持たない。

そういうところが、意外と――。

これ、いかにもセンセイの小説にありそうなフォローのパターンだなあ――。

トオルは苦笑して、『なかよし公園』のベンチから空を見上げた。秋の空は抜けるように青くて、高い。深呼吸する。午後には消えてしまうキンモクセイの香りも、この時刻なら、まだ甘く鼻腔《びこう》をくすぐってくれる。

体調の悪さの原因は、誰よりもトオルが一番よくわかっている。報いだ、と認める。自分がいままでタケシにやってきたことの一つひとつのトゲが、ひるがえって、すべて自分に刺さってくる。それでも、トゲを刺しつづける。過去に自分がやってきたことを振り返りつづけ、思いだしつづけて、忘れない。忘れないことで、たった一人きりの弟に、いつまでも生きながらえてほしかった。たとえ兄の肉体が滅んでしまったあとも、弟の生きてきた足跡は、消えてしまうことなく物語の中に残っていてほしい。それを祈って、何通もセンセイに手紙を書き送った。書けば書くほど、苦しくなった。けれど、その苦しみが物語を深く穿《うが》って、運や要領の悪かった弟が嵐《あらし》から身を隠す場所をつくってくれるのだと信じて、書くのをやめなかった。

ほめてほしいとは思わない。ゆるしてほしいとも願わない。これで自分の罪を贖《あがな》っているのだと開き直るつもりもないし、弟が喜んでくれるのかどうかもわからない。

それでも、ただ、書きつづけた。

糸を何本も撚《よ》った物語の、その一本の糸の語り手として、トオルは『ゼツメツ少年』の物語の中にいる。

センセイ、あなたは、あなたが背負っている取り返しのつかない後悔を分かち合う相手がほしくて、僕という少年をつくりあげたのですか――？

トオル、ありがとう。

気がつくと、ベンチの隣にはなつかしいヤツが座っていた。わかっていた。そういう物語を求めたのはトオル自身で、センセイがその望みを叶《かな》えてくれたということは、ゼツメツ少年たちの物語はそろそろ終わろうとしている、ということなのだろう。

「よお」と笑うと、タケシも、えへへっ、と笑い返して、「僕と会いたかったの？　兄ちゃん」と訊いた。トオルは黙ってうなずく。そこまでは素直にできたのに、タケシに「僕も会いたかったんだ」と言われると、急に照れくさくなって、悔しさとも悲しさともつかないものが胸に込み上げてきて、「殴っていいぞ」とそっぽを向いた。

だが、タケシはそんなトオルの気負いをいなすように「お礼を言いたかったんだ」と軽い声で言った。「リュウとジュンに会わせてくれて……ありがとう」

「俺はなにもしてないよ。あいつらが小学五年生だっていうことだけ、テレビのニュースで言ってたから。あとはぜんぶ、センセイが、調べたのか頭の中でつくったのかは知らないけど、とにかく俺は関係ない」

タケシは、トオルが言った最後の言葉の真似《まね》をして「とにかく僕はうれしかった」と言う。

「……おまえ、なんか、生意気になってるな」

「強くなった？」と自分を指差して、わくわくした顔で訊く。

「知らないよ、そんなの」

「おとなになった？」と自分を差す指を動かさず、もっとわくわくした顔になる。

「知らないって言ってるだろ」

思いきり邪険に、憎々しげに言い放ったあと、大きく息をついて、「殴ってもいいし、ずーっと憎んで、恨んでてもいいからな」と言った。「死ぬほど不幸のどん底に落ちろって、おまえが思うんなら、センセイにそうしてもらえよ」

タケシは一瞬きょとんとしたあと、声をあげて笑った。

「僕はそんなふうに思わないヤツなんだって。なんかね、そういうところをビシッと決められないところが、僕のいいところで、だめなところなんだって」

「センセイが言ってたのか？」

「そう」

うなずいて、「あのセンセイ、ひとがケンカする場面を描くのが苦手で、ヘタだ、って自分で言ってた」と声をひそめて教えてくれた。

そういうところが甘いんだし、だからベストセラーが出せないんだ、とあきれて笑うと、やっと肩の力が抜けた。すると、それを待っていたように、タケシは「兄ちゃん、これ、あげる」と、丸めて筒にした画用紙を差し出した。いつの間に手に持っていたのだろう。

「……なに？」

「広げてみたら、わかるよ」

ホエールウォッチングの絵だった。画用紙いっぱいの大きなクジラと、それを観察する、満面の笑みをたたえた家族四人。

トオルが絵から顔を上げると、タケシは双眼鏡を目にあてて、遠くを見ていた。まったくもって、いつの間にこういう道具が出てくるのだろう。

なんなんだよ、まったく、と肩の力がさらに抜けると、まぶたが熱くなった。クジラの泳ぐ大海原が、トオルの胸の中に満ちて、あふれた。

「……クジラ、見えるか？」

「見えました！　隊長！」

はずんだ声で言って、「あ、でも、僕も隊長なんだけどね」と付け加える。

トオルは何度もまばたきをした。胸からあふれた大海原が、はてしなく広がっている。まばたきをするたびに水平線のはるか彼方《かなた》がキラキラ光る。波が揺れる。ごめん、ごめん、ほんとうにごめん、と潮騒《しおさい》が繰り返される。

タケシは双眼鏡を逆さにかまえ直して、トオルを振り向いた。

「兄ちゃん、ちっちゃくて、遠いよ、すごく……」

寂しそうに言って、バイバイ、と小さな声で付け加えた。

涙でなにも見えなくなったトオルは「タケシ」と呼んだ。返事はない。濡《ぬ》れた目をぬぐうと、タケシが座っていたベンチの上には、レモンが一つ置いてあるだけだった。

さよなら、タケシ。

4

美由紀はフェンスに背中をつけて、風にあおられる前髪を手で押さえた。風が強かった。鉄道の架線がひゅうひゅうと音を立ててたわむ。

美由紀は幼い頃から、おでこが広いのを気にしていた。実際にはちっともそんなことはないのに、「でこっぱちだから」と言って、髪を後ろでまとめるのさえイヤがっていたのだ。

だから、あの日も、美由紀は前髪を押さえたまま、リュウに言った。

「ねえ、レモン、ちゃんと持ってる？」

「うん……」

リュウは手に持っていたレモンを軽く掲げて美由紀に見せた。

「なくしちゃだめだよ」

美由紀は自転車で空を飛んでいたときと同じことを、念を押すように言った。

「なくしたら、帰れなくなるんだよね？」

「そう」

「ウチに帰れないの？　お父さんに会えなくなっちゃうの？」

さっき訊いたときには、きちんと答えてもらえなかった。今度も美由紀は笑うだけだった。リュウはレモンをあらためて握りしめて、「なくさなかったら……ウチに帰れるんだよね……」と小さな声で言う。「そうだよね……だいじょうぶだよね……」と、美由紀に聞かせたいのかそうではないのか、自分でもよくわからないまま、つぶやく。

美由紀は風が少し弱まったのを見計らって、手をおでこから下ろした。だが、すぐにまた前髪は風にあおられ、自分でも嫌いなおでこがむきだしになってしまう。まいっちゃうなあ、と顔をしかめた。最後の最後なのに、どうしてこうなのかなあ、運が悪いなあ、とがっかりした。

嘘だ。

あの日は風など吹いていなかった。

美由紀の両親が屋上の風の強さを知ったのは、すべてが終わったあと――あの日からひと月以上たってからのことだった。

両親は、いつものように建物の裏手の駐車場に回って、美由紀が横たわっていたあたりに手を合わせ、いつものように管理人に付き添われて、花束を手に屋上にのぼった。せめて四十九日の法要が終わるまでは、と屋上に花を供えることを管理人が特別にはからってくれていた。本音では駐車場にも花と線香を供えたかったが、オーナーの不動産会社に断られた。新築間もないビルのテナントが埋まらないうちに、「飛び降り自殺のあったビル」という疵《きず》モノにされてしまったのだ。損害賠償を請求したいくらいだ、と担当者は漏らしていたらしい。

台風が関東地方をかすめて、前夜は風雨が強かった。今朝はエントランスの脇《わき》に吹き溜められたゴミを掃除するのが大変だった、と初老の管理人は苦笑していた。

両親はエレベータで最上階まで行き、非常口の扉を開けて屋上への外階段をのぼる。あの日の美由紀もそうした。最上階のオフィスでは外階段の踊り場を喫煙所にしていたので、非常口の扉には鍵《かぎ》がかかっていなかった。美由紀は道路から踊り場の人影を見て、このビルを選んだのかもしれない。ビルのオーナーにとっては運が悪かったとしか言いようがない。

屋上に出ると、台風の吹き戻しの風にあおられて、まっすぐに立って歩けないほどだった。前日、まだ風が強まる前に供えておいた花束は、ぼろぼろにちぎれて、フェンスの角にかろうじてひっかかっていた。母親はそれを愛《いと》おしそうに拾い上げて、「落ちなくてよかったね……」と胸に抱き寄せた。

今日は花を置くのはあきらめたほうがいいだろうか。もしも花束ごと風に吹き飛ばされて、たとえば走る車のフロントガラスに落ちてしまったら、またいろいろなひとに迷惑をかけてしまう。

両親が屋上に散った花びらを拾い集めていると、管理人は「もういいよ、あとはこっちでやっとくから」と言ってくれた。「それより、今日の花束、お供えしてあげないと」

「いえ、でも、今日は風が強いから、もし下に落ちたらご迷惑ですし……」

「平気だよ」

管理人は作業服のポケットから短く切った針金とペンチを取り出して、「これでフェンスに結わえつければいいんだ」と頬をゆるめた。「花びらが飛んできて文句を言うひとなんていないよ」

管理人は、あの日、駐車場に倒れていた美由紀を最初に発見したひとだった。もっと早く見つけていれば一命をとりとめたかもしれない。ビルに入ったときに気づいていれば思いとどまったかもしれない。管理人は悔やみながら、両親に何度も詫《わ》びてくれた。もちろん両親に責めるつもりなどなかったが、管理人は、詫びどおしだった両親にただ一人「申し訳なかったねえ」と言ってくれたひとでもあったのだ。

美由紀は背中を丸め、折り曲げた膝《ひざ》を抱きかかえるような格好で横向きに倒れていたらしい。それを聞いたとき、父親は雪の中で寒さに凍え死んだ少女の姿を思い描き、母親はひとりぼっちでぽつんと砂遊びをする少女の姿を想像した。それでも、管理人は「生まれてくる前の赤ちゃんが、お母さんのおなかの中にいるような格好だったよ」という言い方をしてくれた。くわしいケガや出血の様子は、寂しそうに微笑《ほほえ》んで「忘れたよ」と首を横に振るだけだった。

美由紀の十四年間の人生は、悲しい終わり方をしてしまった。だが、彼女が最後の最後に出会ったひとは、こんなにも優しかった。

わが子を奪い去った、この現実の世界を、両親がまだ憎みきれず、絶望しきってもいないのは、そういう巡り合わせを心の奥のどこかで信じているからだった。

「ほんとに飛び降りちゃうの?」

降りしきる雨の中、リュウが言う。

「そうだよ」

美由紀は軽く返して、薄い水色の傘のグリップを握り直した。

梅雨入り前に母親にせがんで買ってもらった、お気に入りの傘だ。使ったのは二、三回しかなかった。古い紺色の傘を差して学校に通っているのに気づいた父親が「水色の傘は？」と訊くと、「あの傘、かわいいけど持ちにくいの」と残念そうな顔で答えた。すべてが終わったあと、靴箱の中にきつく巻き込んでしまってあった水色の傘を広げると、醬油《しょうゆ》かソースをぶちまけた大きな染《し》みがついていた。母親は玄関で泣きくずれ、父親は歯ぐきから血がにじむほど強く奥歯を嚙《か》みしめた。

その傘が、いまはきれいな水色の花を咲かせて、雨を受けている。

「怖くないの？」

リュウが訊くと、「いまは全然」と答え、「怖いとか、ぜいたくだよ」とつづける。「いま自分が怖くない場所にいるから、そう思うだけでしょ？　でも、いま自分がいる場所のほうが怖かったら、どこかに行くのって、全然怖くないじゃん」

「屋上に立ってるほうが怖い？」

そうじゃなくて、と美由紀は苦笑した。それでなにかの重石《おもし》が取れたのか、初めて、表情に悲しさと悔しさがにじんだ。

「毎日怖かったよ。学校にいても、街を歩いてても、家にいても、ずっと怖かった。だからもう、死ぬことのほうが怖くないぐらい」

「……いじめ？」

「わたし、その言い方、嫌い」

グリップを強く握った傘をコマのように回して、雨粒を散らす。

踏みにじる——という言葉を、美由紀はつかった。

「わたしは、みんなが踏みにじってもいい存在になっちゃったの。わたしのことは誰でも好きなときに、自由に、思いっきり踏みにじってもOKってなったの。それがいじめっていうことでしょ？」

タケシくんと同じフリーパスだ、とリュウは心の中でつぶやいて、うなずいた。

「なんで踏みにじられちゃったの？」

「最初は、ちょっとしたケンカ。ただ、相手がわりと執念深い子だったから、話がどんどん大きくなったわけ」

でもね、と美由紀はすぐに付け加えた。

「それはきっかけだよ。同じようにいじめられそうになっても、なんとなく自然消滅で終わった子のほうが多いんだもん」

「じゃあ、なんで美由紀さんだけ……」

「わたしには、大事なものがたくさんあったから」

雨が強くなる。傘を差していないリュウは頭から水をかぶったようにずぶ濡れになったが、美由紀をまっすぐに見つめて、「大事なものって？」と訊いた。

美由紀の水色の傘が、大粒の雨に叩《たた》かれて震える。フェンス越しに広がっていた街並みが煙《けぶ》って、雨雲に覆《おお》われた空に溶けてしまった。

「夢とか」

声は雨音と一つになって響く。

「希望とか」

リュウは黙ってうなずいた。

「正義とか」

今度は、あ、それ、わかるよ、と声にならない声で応《こた》えた。

「優しさとか、思いやる心とか」

うん、そうそう、そう、と小刻みにうなずいた。

「自分が自分にとって、すごく大切な存在なんだっていう誇りとか」

「そう！」──思わず声を張り上げて応えてしまった。

美由紀もリュウの反応を予想していたみたいに、それほどびっくりした様子もなく、つづけた。

「そういうのを、わたしは人一倍大事にする子だったから、いじめ甲斐《がい》があったの。だってそうでしょ？　どうせ意地悪して壊すんだったら、その子が大事にしてるものを壊すほうが意地悪になるじゃない」

「……うん」

ウエダもそうだった。リュウのいちばん大事にしているお母さんのことを、いじめの武器に使ってきた。

「でもさ、リュウ、だったら最初から大事なものなんて持たないほうがいいんだと思う?」

リュウは首を横に振った。迷いながらではなく、きっぱりと、自信を持って。

「わたしも同じ」

美由紀もきっぱりと言った。雨脚はさらに強まって、もう、空と陸の区別もつかない。

「わたしに大事なものを教えてくれたのって、お父さんとお母さんだから。勉強の成績とかクラス委員になるとか、そんなことよりももっと大事なものがあるんだよ、って……子どもの頃からずっと、お父さんとお母さんに言われてたから、それ、捨てたくないじゃん」

「ぼくも……捨てたくない」

お母さんがいつも空の上から見てくれているから。お父さんがいつも、ときどき「勉強もちょっとはがんばれよ」と言いながら、応援してくれているから。

そうだよね、と美由紀は寂しそうに笑った。あんたの言ってること、正しいよ、とうなずいた。

「だから、もう、これ以上壊されたくないの。踏みにじられたくないの。大事にしていたものがどんどん壊れちゃって、つぶされちゃって、もう残り少なくなったっていうのがわかるから……怖いの、もう……」

雨が強い。雨が煙る。空と陸が溶け合った灰色の霧の中に、世界のすべてがもぐってしまったみたいだ。

「だから……死んじゃうの？」

「そう、終わるの」

「でも……終わると、終わっちゃうんだよ」

美由紀は「あんた、国語苦手でしょ」ともっと寂しそうに笑った。


嘘だ。

美由紀が命を絶ったあの日は晴れていた。

雨が降ったのは、四十九日の法要の翌日だった。両親は雨の中を屋上に上った。花束は持ってきていない。昨日供えた花を引き取り、美由紀が最後にたたずんでいた場所の見納めをするために訪ねたのだ。

もう明日からはここに来ることもない。昨日の法要のあとには納骨もすませ、両親は一人娘のいない新しい人生を歩きださなければならない。

昨日の花を片づけて、傘の柄を肩と腕で支えた窮屈な姿勢で、いつもより長い時間手を合わせた。母親の肩が震えていたが、父親は気づかないふりをして、美由紀に心の中で語りかける言葉も、もうすっかり秋になっちゃったなあ、と時候のあいさつだけにした。

お別れだ。学校とはひどいことになってしまった。いじめを認めてほしい、せめてきちんと調べてほしい、と両親は強く訴えたが、学校側の態度は丁寧ではあっても誠意のないものだった。いじめの当事者が名乗り出てくることもなかった。せめて美由紀が遺書に名前を書きのこしておいてくれれば、と思いながら、いや、そうしなかった美由紀の優しいところが俺たちは大好きだったんじゃないか、と悔しさを噛みしめながら打ち消した。

だが、それを事細かに美由紀に伝える気はなかった。心配はしなくていい。なにも思いわずらうことはない。ただ安らかに、おだやかに、ぐっすりと眠ってほしい。

雨に濡れた街並みの遠くに、わが家のマンションが見える。最初に気づいたのは母親だった。まだ屋上に通いはじめて間もない頃、「あの子、ウチのほうを向いて飛び降りたんだね」と、ぽつりと言ったのだ。

美由紀は最後にわが家を見てくれた。だから、あの子は飛び降りたのではなく、わが家に早く帰りたくて飛ぼうとしたのだ、人間は空を飛べないことを忘れて、つい、飛べると思ってしまったのだ――両親はそれを、いまも心の片隅で信じている。

管理人はいつものように屋上まで付き添って、「四十九日もすんだんだったら、もう、娘さん、どこかで生まれ変わってるかもなあ」と言ってくれた――両親はそれも、ほんの少しだけ、信じている。

雨がやむ。水色の傘が消える

真夏の陽射《ひざ》しにまぶしそうに目を細めた美由紀は、首をかしげて言った。

「……誰？」

リュウも「え？」と後ろを振り向いて、次の瞬間、歓声をあげた。

「お父さん！」

ゼツメツ少年の物語はもうすぐ終わる。

お父さんは、髪の毛がくしゃくしゃになるほど強くリュウの頭を撫《な》でてくれた。肩に手をかけ、「冒険したんだな」と笑って抱き寄せてくれた。

そして、リュウを体の横にぴったりとつけたまま、美由紀に向き直る。

「さっきの話、一つだけ間違ってるぞ」

叱《しか》る声ではなく、咎《とが》める声でもなく、おだやかに笑って言った。

「……どこが?」

美由紀は意外そうに聞き返す。

「一番大事なものは、夢でもないし、希望でもないし、優しさとか誇りとか、そんなのでもないんだ。それはぜんぶ、二番目に大事なものなんだよ」

お父さんは話しながら、拍子をとるようにリュウの肩をそっと叩く。

「じゃあ、一番って、なに?」と美由紀が訊いた。

「簡単なんだ。簡単すぎて、親はつい子どもに伝えるのを忘れちゃうんだ。子どもが生まれた瞬間は、みんな、親は誰だって思うことなんだけどな」

リュウも「それ、なんなの?」とお父さんを見上げて訊こうとした。だが、お父さんは、こっちを見ちゃだめだ、というふうにリュウの頭を手のひらでおさえて動かないようにした。

「きみのお父さんも、伝え忘れてた。それをいまも悔やんでる。きっとお母さんも同じだ。みんなそうだ。自分から死を選んでも、そうでなくても、とにかく子どもを亡《な》くした親は、みんな……ずっと、悔やんでるんだ……」

声は途中から大きく震えた。お父さんは息を詰めて嗚咽《おえつ》をこらえ、上から押しつぶしたような声で言った。

「生きてほしかったんだ」

美由紀は黙ったまま、お父さんをじっと見つめる。

「生きてほしい……ずっと、ずっと、生きてほしい……夢なんかなくても、優しくなくても、正義の味方なんかじゃなくてもいいから、生きていれば……明日、夢が見つかるかもしれないし、明日、自分が自分であるという誇りが持てるかもしれない。それでいいんだよ」

美由紀はなにか言いかけたが、お父さんは、わかってるよ、と泣き笑いの顔でそれを制してつづけた。

「明日のことを考えると怖くてしょうがなくて、いいことがなにもないかもしれない。でも、じゃあ、あさってはどうだ？　しあさってはどうだ？　来週になったら、来月なら……中学校を卒業したら、どうなってる？」

口を閉じて小さく肩を落とす美由紀に、お父さんは諭すように言った。

「生きるっていうのは、なにかを信じていられるっていうことなんだよ」

大切なのは想像力です。

信じることも想像力です。

「俺、そんなこと書いたっけ？」と、タケシは自分を指差しておどけるだろうか。

きみの手紙に答えは最初から書いてあったってことだよ、とセンセイが言ってやると、あいつはどんなふうに照れるだろう。

「だから……」

お父さんの声は、また涙で震えはじめる。ハナを啜《すす》る。荒く息をついて、こみあげてくる嗚咽をいくつもやり過ごす。

「生きてて……ほしかった……」

膝をついて、リュウを背中から抱きしめる。強く、強く、抱く。そのはずみで、リュウの手からレモンが落ちた。

美由紀も黙って、自分のレモンをフェンスの上に置いた。つややかなレモンの皮が陽射しを浴びてまぶしく光り、まるで太陽の小さなかけらのようだった。

「リュウ、さよなら……お父さん、リュウのお父さんで、ほんとに幸せだった、ありがとう……リュウ、ありがとう……」

リュウもそれでやっと知った。レモンの意味も、白い霧の意味も、自転車が空を飛んだり、屋上で風が吹いたり雨が降ったりした理由も、そして、自分がこれから帰っていく場所がどこなのかも。

リュウは顔をゆがめてお父さんの手を振り払い、正面から抱きついた。お父さんも今度は拒まなかった。リュウの頬を両手で挟んで、もっと見せてくれ、もっとお父さんにおまえの顔を見せてくれ、と声をあげて泣いた。

美由紀は二人に背中を向け、フェンス越しの街を眺めわたした。

遠くにわが家のマンションが見える。ちょうど、父親が仕事部屋からバルコニーに出たところだった。いつものように外の空気を深呼吸して、座り詰めでこわばった体を大きく伸ばしながらプランターに目をやると、今朝咲いたアサガオが、午後になってもまだ萎《しぼ》まずに花を開いていることに気づいた。

おい、ちょっとちょっと、と父親は母親を呼んだ。見てみろよ、まだ咲いてるぞ、根性あるなあ。

リビングからバルコニーに出てきた母親もアサガオを見て、ほんとだ、すごいね、がんばってるね、と笑った。

美由紀が帰ってくるまで咲いてるかな。

夕方になるって言ってたから、どうなんだろうね。

早く帰ってくるといいのになあ。

晩ごはん、手伝ってもらわなきゃ。

今夜のごはん、なんだ？

パイナップルを載せたポークソテー。どうせ美由紀がお代わりするからって、お肉たくさん買ったの。

そうか、じゃあますます、早く帰ってくるといいのになあ……。

見えないはずのものを見て、聞こえないはずの声を聞いて、美由紀はフェンスにおでこをつけて、泣いた。


そのひとの気配に先に気づいたのは、お父さんだった。びっくりして、顔がゆがみ、また新しい涙で目が赤くうるんでいく。それでも、感情の高ぶりを懸命にこらえた。

女のひとがいる。とてもなつかしいひとだ。目が合うと微笑んでくれた。そのひとの頬にも涙が伝っている。

お父さんは、うん、うん、と二度小さくうなずいて、くちびるを嚙みしめる。

急がなくていい。あわててリュウに伝えなくてもいい。ずっと会いたかったのだ。もう少しだけ独り占めしていたかったのに――ほら、なにやってるんだ、と目に見えないもう一人の自分に、苦笑交じりに背中をつつかれた。

お父さんは胸に抱いたリュウの頭を撫でながら、「おい、もう泣くなよ」と言った。

「後ろを見てみろ」

泣きじゃくるリュウにはよく聞こえなかったようだが、かまわず体を離した。シャツの胸はリュウの涙でじっとり濡れている。温《ぬく》もりも残っている。やがて消えてしまうその温もりを愛《いと》おしむように胸に手をあてたお父さんは、じゃあな、と笑って、「ほら、後ろを見てみろ」と念を押してから、リュウに背中を向けた。

歩きだす。空を見上げる。空の青に吸い込まれたまばゆい陽光が、ぷつん、とはじけるように無数の光のしぶきになって、視界一面に広がる。

「お母さん！」

リュウの声が、聞こえる。

さよなら、リュウ。

美由紀はフェンスの前にひざまずいて泣いている。その背中の薄さと、肩の細さと、うなじの白さを、センセイはじっと見つめる。

そうする以外にはなにもできなかったし、なにもしてはならなかった。

後悔がある。伝えられなかったことがたくさんある。たとえ結果は変えられなくてもいい。自己満足にすぎなくてもかまわない。一つの命がこの世に生まれ落ちたときに胸に湧《わ》き上がったすべてを、どうして伝えそこねてしまったのだろう。

現実の世界では決して取り戻すことのできない後悔が、「センセイ」と名付けられた一人の男を、物語の書き手に――正しくは、物語の書き手という立場の登場人物にした。

その物語が、いま終わる。

美由紀を呼ぶ声がする。行こうよ、とリュウが言う。あっちだよ、とジュンが空のうんと遠くを指差す。しゅっぱーつ、しんこーっ、と号令をかけるタケシは、早くも双眼鏡をかまえていた。

美由紀は顔を上げた。センセイは目をつぶる。閉じたまぶたの裏に、テーチス海の水平線が広がる。水平線のはるか彼方《かなた》は深い霧に包まれて、なにも見えない。汽笛のような音が聞こえてくれれば、それは、霧の中で仲間が迷わないように道案内をしてくれるステラー大海牛《だいかいぎゅう》の声かもしれない。

センセイはゆっくりと目を開ける。屋上にはもう誰もいない。

あとにはレモンが二つ、のこされていた。

エピローグ

パソコンの前から離れてカーテンを開けると、窓の外に広がる初冬の街は、やわらかい午後の陽射《ひざ》しを浴びていた。朝のうちは風花《かざはな》の舞っていた曇り空も、いまはすっきりと晴れわたり、ゆうべから吹いていた木枯らしもおさまって、仕事に一区切りついたことを天気まで喜んでくれているようだった。

小説家は椅子《いす》に座り直し、腕を回して、凝《こ》った肩をほぐした。カップに残ったコーヒーを啜《すす》りながら睡眠不足の目をしばたたいたが、コーヒーの助けを借りなくても、気持ちが昂《たか》ぶっているので、まだしばらくは眠気に襲われることはないだろう。

新しい作品を、たったいま書き終えたところだ。

二人の少年と一人の少女の物語だった。途中から少女がもう一人加わって、さらに、これは最初から最後まで、生きていれば五十歳になっているはずの一人の男の物語でもあった。

小説家はまた席を立ち、机の上に置いていたフォトフレームを手に取った。四十代半ばの父親と彼の一人娘が並んで写っている。二人はともに、小説家の新作の、とても大切な登場人物だった。小説家は、この写真に見守られ、ときにはハッパをかけられながら、長い物語をなんとか書き終えたのだった。

写真の中の父親と娘は、カメラに向かって笑っている。だが、セルフタイマーのタイミングがうまくつかめなかったのか、二人とも、同じ写真に収まった母親ほどには伸びやかな笑顔ではない。微妙にぎごちない笑顔は、その後の二人の運命を暗示していたのかもしれない。

写真を撮った三カ月後、中学二年生だった娘は、自ら命を絶った。家族はあとで知ったことだが、学校でひどいいじめに遭っていたらしい。写真を撮った頃は、まだ、ぎりぎり——そういう「もしも」は詮《せん》ないだけなのだが、親や教師が気づいていれば、最悪の事態だけは避けられたかもしれない時期だった、という。

そして、父親は、娘の死後間もなく体調をくずし、心も蝕《むしば》まれてしまい、娘の一周忌を待たずに亡《な》くなった。

家族の事情を知る誰もが「緩慢な自殺」と呼んだ。父親と学生時代からの付き合いだった小説家も、それを認めるしかなかった。娘が生まれたときの彼の喜びようは、よく知っている。年賀状が毎年毎年、娘を真ん中にした家族写真だった、ということも。

そんな哀れな父親を、小説家は「センセイ」と名付けた。学生時代にしょっちゅうダウンジャケットを貸し借りしていたように、自分の職業も彼に貸した。小説家の新作にケチばかりつける彼が、それでも気に入ってくれていた何作かの小説も、物語に提供した。

娘のことは「美由紀」と名付けた。

センセイと美由紀を、もっとしっかり出会わせてやるべきだっただろうか。センセイが美由紀に伝えるべきことは、やはり、センセイの口から言わせたほうがよかっただろうか。

申し訳ない。後悔をきれいに消し去ってしまうと、小説家の——ホンモノの「センセイ」としては、ちょっと困ってしまうのだ。

後悔は消えない。人生は、たとえ物語の中でも、すべてが思い通りにはならない。そこだけは譲れないし、そうでなければ、飽きもせず小説を書きつづける理由など、どこにある？

とにかく、『ゼツメツ少年』という物語はそうやって始まり、いま、終わった。

小説家は二十年を超えるキャリアの中で初めて、友人のために小説を書いた。

センセイが——そして美由紀が、気に入ってくれればいいのだけれど。

フォトフレームをエアパッキン入りの宅配便の封筒に入れて、近所のコンビニエンスストアに出かけた。物語の中で、タケシが不良たちに囲まれた店は、ここがモデルになった。

店員に伝票をもらい、いまは奥さんが一人暮らしをしているセンセイの自宅の住所を書いた。星ヶ丘のマンションの七階。ちなみに、スカイハイツのモデルは、小説家が仕事部屋として使っている賃貸マンションだった。

センセイの奥さんは、もうすぐ引っ越しをする。新しい家族ができる。五十歳での再婚を彼女は少しためらっていて、申し訳なさそうでもあったが、センセイと美由紀はそれを素直に喜んでくれるはずだ。

そして小説家は、奥さんの再婚の話を知って、新作にセンセイと美由紀を登場させることを決めたのだ。

友情という言葉をつかうのは少し照れくさい。傲慢《ごうまん》でもあるかもしれない。

それでも、書きたかった。

タケシ、ジュン、リュウ、ありがとう。

ツカちゃん、エミちゃん、ナイフさん、さらに何人かのなつかしいひとたち、どうもありがとう。

お芝居なら、きっとカーテンコールはにぎやかになるだろう。

コンビニエンスストアで宅配便を出した帰り道、公園に寄った。

物語の中で、タケシとジュンが初めて出会い、タケシとトオルが再会を果たした『なかよし公園』は、この小さな公園をモデルにした。

小学生の子どもたちが遊んでいる。

ベンチに座る。

終わったんだなあ、と冬枯れ間近の木立を眺めて、大きく息をつく。

ゼツメツ少年たちに報告しておきたいことがある。

今日の朝刊に、アフリカ東南部のコモロ諸島でシーラカンスが捕獲されたというニュースが載っていた。「生きた化石」という言葉を見出しで目にするのは、ずいぶんひさしぶりで、なつかしくて、うれしかった。心優しいステラー大海牛だって、凍《い》てついたベーリング海の果ての果ての、そのさらに果てのどこかに、もしかしたら、いまでも――。

想像力は大事だ。

信じることは大事だ。

テーチス海の水平線のはるか彼方《かなた》に向かって、小説家は言った。

「エピローグがあるんだ」

リュウがこっちを振り向いた。

ジュンもうつむきかげんに小説家に目をやった。

やあ、タケシ、ひさしぶり。でも、いまは双眼鏡は要らないから。

「ナイフさんに、孫が生まれたぞ」

うわっ、と三人は歓声とともに顔を見合わせ、手を取り合って、喜んでくれた。

美由紀も笑って、そっと目尻《めじり》の涙を指でぬぐった。

センセイは、くちびるをグッと結び、ただ無言でバンザイを繰り返した。

そんな彼らの姿がまたテーチス海の波間に消えると、鬼ごっこをする子どもたちが、元気よくベンチの前を駆け抜けていった。

文庫版のためのあとがき

あいつ、いまごろどこでなにをやってるんだろうなあ――。

ときどき、自分の書いたお話に登場した連中の「近況」を想像することがある。

続編の構想だのスピンオフのきっかけだのといった大げさなものではない。もっと軽く、あやふやに、思いだした脈絡や理由も定かではないまま、ほんとうにふと、彼らや彼女たちのことが頭の片隅をよぎるのだ。

お話を書いた時点では、エンドマークを打ったあとの登場人物全員の行く末をきっちりと詰めているわけではない。お話に登場するまでの履歴についても同様。僕はおそらく、旅先で袖《そで》振り合うように彼らや彼女たちと出会い、別れているのだろう。

だから、思いだした登場人物の「近況」を「絶対にこうなっているはずだ」と迷いなく答えられることはめったにない。「こうであってほしいけど」と希望を込めたり、「頼むぜ、しっかりしてくれよな」と悪い予感を振り払ったりするのがせいぜいで、ほとんどの場合は「さて、どうだろう」と一から考えなくてはならない。いや、それを言うなら、思いだすことすらない登場人物のほうがはるかに多い。

お話を書くのを生業《なりわい》にするというのは、たくさんの登場人物を物語に呼びつけては忘れる、いわば使い捨てていくことの繰り返しなのか。だとすれば、お話の書き手は、いささか傲慢《ごうまん》すぎる存在ではないのか。

本作『ゼツメツ少年』を書きはじめた二〇〇七年当時、僕はそんなことをよく考えていた(ちょっと疲れてたのかな?)。

今度書く長いお話は、作家のセンセイが登場人物たちと対話し、翻弄《ほんろう》される物語にしよう——まだストーリーの骨格も固まっていないうちから、そのことだけは、はっきりと決めていたのである。

その一方で、お話を書き、それを読むことは、僕にとっては、なつかしいひとたちとの「再会」にほかならない。

僕はどうも、想像の翼をダイナミックに広げて自在に大空を翔《かけ》る、というタイプの書き手ではないようで、ほとんどすべての登場人物は現実と地続きのところに立っている。モデルとまでは言わなくとも、実際に自分の身近にいるひとや出会ったひとが登場人物の芯《しん》になることが多い。登場人物の性格や外見、ちょっとしたエピソードや口癖、しぐさに、実在の誰かさんの影が見え隠れする。ケシ粒やザラメ糖を核にして金平糖ができあがるようなものである。

だから、ごくたまに必要あって自作を読み返すと、「おまえ、こんなところにいたのかよ」と驚くことも多いし、とりわけ、若くして世を去った友人など、現実ではもう二度と会えないひとの面影がにじむ登場人物に出くわしたときには、びっくりしたあとで、しんみりしてしまうこともしばしばなのだ。

たとえば、このあとがきの小文を書く三カ月ほど前に、僕は父を亡《な》くしたのだが、「いよいよ、もういけない」という頃に、父を芯にした登場人物をピックアップするように過去のお話を何作も読み返した。すると父は、ここにも、あそこにも……たくさんいた。それを確かめて、「なんだ、親父《おやじ》はずっとここにいるんだ、くたばったあともずーっといるじゃないか」と自分に言い聞かせると、ずいぶん気持ちが楽になったのだった。

現実では生を断ち切られてしまったひとも、お話の登場人物になれば、ずっと生きていける。それはとても幸せなことじゃないか、と僕の中の僕が言う。ところが、僕の中のもう一人の僕は、違うよ、とかぶりを振る。それはとても哀《かな》しいことなんだよ。

僕の中で二人の僕が黙り込む。

二〇〇七年当時、僕はその沈黙をずっとおなかに抱えていた(やっぱり疲れてたんだろうな)。

『ゼツメツ少年』の「ゼツメツ」は、そこから生まれた言葉だ。追い詰められた子どもたちが、助けを求めてお話の中に逃げ込むお話にしよう――と決めた。『ゼツメツ少年』と名付けられる新しいお話は、哀しい終わり方になる。書き出す前に予感した。けれど、その哀しさは光に透けていなければならない。そう誓った。予感が当たったかどうか。誓いを守れたかどうか。それはもう、あとがきの手に余る問いになってしまうだろう。

本作は「小説新潮」二〇〇七年十月号から二〇〇九年四月号まで連載された。単行本刊行は、二〇一三年九月。連載終了から四年半近くもかかってしまった理由を、一言で言うのは難しい。言葉足らずを承知で申し上げるなら、「覚悟」が満ちるのを待っていた、ということになるだろうか。

そのせいで、連載中から単行本担当の立場で激励をつづけてくださった藤本あさみさんには待ちぼうけを食らわすことになってしまった。申し訳ない。結果、本作は「小説新潮」編集部から出版部へ異動になった髙橋亜由さんに、雑誌連載から単行本まで面倒を見ていただいた。

文庫化に際しての担当編集は大島有美子さんである。挿画・装画は、雑誌連載時から単行本、そして文庫版と、ずっと杉田比呂美さんにお願いした。また単行本のカバー写真は新潮社写真部の広瀬達郎さん、装幀は単行本・文庫版ともに新潮社装幀室の大滝裕子さんにお世話になった。記して感謝する。同様の感謝は、本作に力を貸してくださったすべての方々にも、もちろん。

本作は二〇一四年の毎日出版文化賞という望外の評価を頂戴《ちょうだい》したのだが、賞の名前に明らかなとおり、作者というより「出版」に携わった各位こそが顕彰されたのだということは付記しておきたい。

言うまでもなく、「出版」のバトンを最後に受け取ってくださった読み手の皆さんには、誰にもまして深い感謝の念を捧《ささ》げなければならない。ほんとうにありがとうございました。

二〇一六年四月

重　松　清

この作品は平成二十五年九月新潮社より刊行された。

重松清著　舞姫通信

教えてほしいんです。私たちは、生きてなくちゃいけないんですか？　僕はその問いに答えられなかった——。教師と生徒と死の物語。

重松清著　見張り塔からずっと

3組の夫婦、3つの苦悩の果てに光は射すのか？　現代という街で、道に迷った私たち。新・山本周五郎賞受賞作家の家族小説集。

重松清著　ナイフ
坪田譲治文学賞受賞

ある日突然、クラスメイト全員が敵になる。私たちは、そんな世界に生を受けた——。五つの家族は、いじめとのたたかいを開始する。

重松清著　日曜日の夕刊

日常のささやかな出来事を通して蘇る、忘れかけていた大切な感情。家族、恋人、友人——、ある町の12の風景を描いた、珠玉の短編集。

重松清著　ビタミンF
直木賞受賞

もう一度、がんばってみるか——。人生の〝中途半端〟な時期に差し掛かった人たちへ贈るエール。心に効くビタミンです。

重松清著　エイジ
山本周五郎賞受賞

14歳、中学生——ぼくは「少年A」とどこまで「同じ」で「違う」んだろう。揺れる思いを抱き成長する少年エイジのリアルな日常。

重松清著 **まゆみのマーチ**
―自選短編集・女子編―

ある出来事をきっかけに登校できなくなったまゆみ。そのとき母は――。著者自らが選ぶ、少女の心を繊細に切り取る六つの傑作短編。

重松清著 **ロング・ロング・アゴー**

いつか、もう一度会えるよね――初恋の相手、忘れられない幼なじみ、子どもの頃の自分。再会という小さな奇跡を描く六つの物語。

重松清著 **星のかけら**

六年生のユウキは不思議なお守り「星のかけら」を探しにいった夜、ある女の子に出会う。命について考え、成長していく少年の物語。

重松清著 **ポニーテール**

親の再婚で姉妹になった四年生のフミと六年生のマキ。そして二人を見守る父と母。家族のはじまりの日々を見つめる優しい物語。

重松清著 **なきむし姫**

二児の母なのに頼りないアヤ。夫の単身赴任をきっかけに、子育てに一人で立ち向かうことになるが――。涙と笑いのホームコメディ。

重松清著 **娘に語るお父さんの歴史**

「お父さんの子どもの頃ってどんな時代?」娘の問いを機に、父は自分の「歴史」を振り返る。親から子へ、希望のバトンをつなぐ物語。

三浦しをん著
格闘する者に○《まる》
漫画編集者になりたい——就職戦線で知る、世間の荒波と仰天の実態。妄想力全開で描く格闘の日々。才気あふれる小説デビュー作。

三浦しをん著
しをんのしおり
気分は乙女？　妄想は炸裂！　色恋だけじゃ、ものたりない！　なぜだかおかしな日常がドラマチックに展開する、ミラクルエッセイ。

三浦しをん著
人生激場
世間を騒がせるワイドショー的ネタも、なぜかシュールに読みとってしまうしをん的視線。乙女心の複雑パワー、妄想全開のエッセイ。

三浦しをん著
秘密の花園
それぞれに「秘めごと」を抱える三人の女子高生。「私」が求めたことは——痛みを知ってなお輝く強靭な魂を描く、記念碑的青春小説。

三浦しをん著
私が語りはじめた彼は
大学教授・村川融をめぐる女、男、妻、娘、息子……それぞれの「私」は彼に何を求めたのか。人間関係の危うさをあぶり出す、連作長編。

三浦しをん著
夢のような幸福
物語の萌芽にも似て脳内妄想はふくらむばかり。読書漫画映画旅行家族趣味嗜好——濃厚風味の日常エッセイは、癖になる味わいです。

ゼツメツ少《しょう》年《ねん》

新潮文庫　し－43－25

平成二十八年七月一日発行

著者　重《しげ》松《まつ》清《きよし》

発行者　佐藤隆信

発行所　株式会社新潮社

郵便番号　一六二―八七一一
東京都新宿区矢来町七一
電話　編集部(〇三)三二六六―五四四〇
読者係(〇三)三二六六―五一一一
http://www.shinchosha.co.jp

価格はカバーに表示してあります。

乱丁・落丁本は、ご面倒ですが小社読者係宛ご送付ください。送料小社負担にてお取替えいたします。

印刷・株式会社精興社　製本・株式会社大進堂

ISBN978-4-10-134935-0　C0193